AU CŒUR DE L'ORAGE

L'auteure

Après des études de lettres, **Catherine Ganz-Muller** devient monteuse dans le cinéma. Passionnée de littérature, elle ouvre une librairie à Paris puis se tourne vers le métier de bibliothécaire. Elle a écrit des articles pour des magazines, des nouvelles, des romans pour les adolescents, un roman pour enfant : *Grand-père et son secret*, paru aux éditions Lito et lauréat du prix Chronos 2010, ainsi que des romans pour adultes.

Chez Scrineo, elle a déjà publié *Le Libraire de Cologne* (2020), lauréat du Grand Prix du Roman Jeunesse de la Société des Gens de Lettres 2021.

8 rue Saint-Marc, 75002 Paris
Diffusion : Interforum

Réalisé avec le concours éditorial d'Arthur Ténor
Directeur éditorial : Jean-Paul Arif
Éditrice : Floria Guihéneuf
Mise en page : Clémentine Hède
Correction : Anne-Sophie Bord
ISBN : 978-2-38167-073-7
Dépôt légal : mars 2022

CATHERINE GANZ-MULLER

AU CŒUR DE L'ORAGE

ScriNeo

À cause de cette couche, de cette masse d'oubli
qui recouvre tout, on ne parvient à capter que
des fragments du passé, des traces interrompues,
des destinées humaines fuyantes et presque
insaisissables. Mais c'est sans doute la vocation
du romancier, devant cette grande page blanche
de l'oubli, de faire ressurgir quelques mots
à moitié effacés, comme ces icebergs perdus
qui dérivent à la surface de l'océan.
Patrick Modiano

Nous avons perdu notre foyer, c'est-à-dire
la familiarité de notre vie quotidienne.
Nous avons perdu notre travail, c'est-à-dire
l'assurance d'être de quelque utilité en ce monde.
Nous avons perdu notre langue, c'est-à-dire
le naturel de nos réactions, la simplicité de nos gestes,
l'expression spontanée de nos sentiments.
Hannah Arendt

À mes grands-parents,
À mon père,
À mes tantes.

Vendredi 3 octobre 1980, 18 heures 30. Attentat à la synagogue de la rue Copernic, Paris.

Je voulais depuis longtemps raconter mon histoire, qui n'a rien d'exemplaire ni d'extraordinaire, mais qui présente des situations peut-être dignes d'être retracées ne serait-ce que pour mes enfants. C'est l'attentat contre la synagogue de la rue Copernic, avec toutes les suites qu'il comporte, qui a été pour moi une sorte de déclencheur pour essayer de raconter les événements marquants de ma vie.

Claude Ganz, 30 octobre 1980.

PROLOGUE

Issue d'une guerre qui aurait dû nous anéantir, ma génération est la première née sur le sol français. Sans doute est-ce pour cela qu'elle recherche le lien entre ses deux cultures européennes que tout aurait dû rapprocher.

Nous étions l'écume laissée après la tempête, Erri de Luca.

Je me laisse porter dans une douce apesanteur tandis que la banlieue se dissout peu à peu dans les étendues boisées et verdoyantes de la Picardie. Le Thalys fonce vers le nord. Prochain arrêt : Bruxelles. Je ferme les yeux et m'abandonne aux mouvements du train. Dans deux heures, je serai à Cologne. Personne ne m'y attend et pourtant, c'est vers les miens que je me dirige. Je refais en sens inverse le trajet que certains d'entre eux ont effectué il y a quatre-vingt-six ans. Je retourne sur leurs pas, tirant avec moi le fil qui nous relie, de la France à l'Allemagne. Que voyaient-ils du paysage alors que leur train filait vers la liberté ? C'est parce qu'ils ont eu la lucidité de quitter leur pays en proie à la barbarie nazie que je suis aujourd'hui dans ce TGV.

En se battant pour leur liberté, ils nous ont donné la vie. Dans ce train qui me ramène vers mes racines, je souhaite que tout ce qu'ils ont vécu ne se reproduise jamais. Dans quelques heures, grâce aux recherches d'une documentaliste, je retrouverai la tombe de mes arrière-grands-parents ; les derniers à être enterrés sur le sol allemand, c'était en 1923. Je ne suis pas particulièrement sensible au recueillement dans les cimetières ; profondément athée, je ne crois à aucun dieu consolateur, mais cette tombe, recouverte de verdure et de fraises des bois, me tirera plus de larmes de joie et d'émotion que bien des évènements de ma vie. Devant ce nom, le mien, le nôtre, gravé dans la pierre, je me rendrai compte que je suis la première depuis presque cent ans à venir leur rendre visite. Mon seul geste sera de déposer de multiples cailloux, témoins des passages de tous ceux qui en ont été empêchés pendant toutes ces décennies. Sous les arbres de ce cimetière, enfin, le lien rompu se rétablira, le passé rejoindra le présent, les anciens retrouveront leurs enfants. Ce lien que des barbares ont voulu rompre se rétablira.

Car notre histoire aurait pu être différente, peut-être même aurait-elle dû être différente. Ma famille était vouée à l'extermination en tant que juifs, même s'ils n'étaient pas pratiquants. Aujourd'hui, nous sommes français depuis quatre générations grâce à un homme qui, un jour de 1934, abandonna tout ce qui faisait sa vie et prit un train pour fuir les persécutions, retrouver la liberté et donner une chance de survie à sa famille.

Il ne savait pas qu'en France, la haine le poursuivrait pendant encore de nombreuses années et que la lutte ne faisait que commencer.

PARTIE I

LA RECONSTRUCTION

DÉCEMBRE 1937 – SEPTEMBRE 1939

1

Décembre 1937

La lourde porte cochère se ferme dans un bruit sourd. La grisaille du début d'après-midi a fait place à un ciel bleu, lumineux. Alexandre Mendel est soulagé. Le contenu du message qu'il avait trouvé deux jours auparavant en arrivant à son travail l'avait un peu inquiété : *M. Bruder souhaite vous rencontrer. Il vous attend le 12 décembre 1937 à 14 heures dans son bureau.* Le billet de la secrétaire n'en disait pas davantage.

Bien que ses papiers soient en règle, il a tout de suite pensé à sa situation d'immigrant. En quittant l'Allemagne nazie en juin 1934, la famille Mendel a perdu sa nationalité allemande par décret du Reich. En France, les Mendel ont obtenu le statut de réfugiés et Alexandre une carte d'identité d'étranger qui lui a permis de trouver un travail aux éditions Bruder. Lise, sa fille, a pu s'inscrire au lycée puis à l'École des Beaux-Arts. En juin 1937, après trois ans de résidence en France, Alexandre a fait une requête de naturalisation pour chaque membre de la famille. Ils devraient devenir français dans les prochains mois.

Malgré le soleil, un vent glacial fouette les visages. Alexandre remonte le col de son pardessus et s'engage dans le boulevard Saint-Germain avec l'intention de prendre le métro à Châtelet. Il a besoin de marcher. Coursier aux éditions Bruder depuis trois ans, il vient d'être nommé « responsable du secteur commercial en lien avec les librairies ». C'est Arnaud Bruder lui-même qui le lui a annoncé. Alexandre a eu l'impression que Bruder s'excusait de n'avoir que ce poste à lui offrir, à lui, « le grand libraire d'Allemagne », comme il l'a désigné avec admiration. Ils avaient eu l'occasion de parler de la *Buchhandlung** de Cologne** lors de l'embauche d'Alexandre en décembre 1934. Bruder avait semblé confus du poste qu'Alexandre Mendel acceptait dans sa maison d'édition. « Je verrai à vous

* « Librairie » en allemand.
** Voir *Le Libraire de Cologne* de la même auteure, éditions Scrineo, 2020.

proposer mieux», avait-il murmuré en lui donnant une poignée de main ferme et sincère. «Qu'importe la tâche, pourvu que ma famille puisse vivre», avait répondu Alexandre.

Ce maigre salaire ne suffit pas pour offrir à sa famille le train de vie qu'ils avaient à Cologne. Ici, pas question d'avoir des domestiques ; Clara, sa femme, s'est adaptée à la situation. Elle ne travaille plus comme du temps de la Librairie où elle accueillait les lecteurs, les orientait vers la section recherchée et tenait la caisse avec sourire et bienveillance. Elle peut maintenant se consacrer à la gestion du budget ainsi qu'à l'entretien de la maison et du jardin. *Clara va être soulagée,* se dit Alexandre, *elle se fera moins de soucis pour ma santé et nos ressources vont augmenter.* En contournant la brasserie à l'angle des boulevards Saint-Germain et Saint-Michel, Alexandre sourit à un enfant assis derrière la vitre et prend conscience qu'il marche d'un pas léger, peut-être pour la première fois depuis des années. Après l'arrachement à ce qui était sa terre, sa culture, sa langue, il a le sentiment d'être arrivé. Il peut enfin détendre ses larges épaules qui ont porté tant de soucis. Bien sûr, le poste que lui propose Arnaud Bruder est loin de ses compétences, mais il reste dans le domaine qui est le sien. Il pense à sa librairie de Cologne et à son cher Hans, à qui il l'a confiée en partant. Il marche en rêvant aux visages des clients qu'il ne reverra sans doute jamais. Il tente d'imaginer sa ville natale sous la botte hitlérienne, et son cœur pleure.

En traversant le pont Saint-Michel, il s'arrête un instant. Une péniche transportant du charbon passe sous les arches. Les cales sont tellement chargées que l'eau est proche du plat-bord. Elle se dirige vers Bercy. Sur le rouf luisant sous le soleil, un chat fait sa toilette. La sérénité de cette image correspond à l'état d'esprit d'Alexandre. Les dernières années en Allemagne ont été marquées par la violence et la haine. À Cologne, Alexandre était Alexander Mendel, le propriétaire de la plus grosse librairie de l'ouest de l'Allemagne. Son érudition était reconnue. Il était aimé et respecté dans toute la ville et au-delà. L'année 1933 et le paragraphe aryen* ont tout bouleversé et depuis ce jour, sa vie et celle des siens ont vogué sur des eaux tumultueuses. L'exil a été un déchirement. Les premiers mois en France ont représenté une nouvelle épreuve : il a fallu s'adapter à la langue, aux codes sociaux, faire siens une ville et un pays. Aujourd'hui, son existence, à

---

* Disposition juridique du régime nazi qui vise à évincer les non-Aryens, donc les juifs, de la vie économique.

l'image de cette péniche, peut naviguer sur des eaux tranquilles. La cloche de la Sainte-Chapelle sonne la demie de 4 heures. Alexandre lève les yeux. Face à lui, Notre-Dame semble le protéger. *Cette ville qui nous a accueillis, Clara, Lise et moi, est à la hauteur de ce que j'avais espéré. Je me sens bien dans ses rues chargées d'histoire et de culture.* Il hésite à faire un détour par le pont Neuf, comme il le fait parfois, pour s'arrêter au square du Vert-Galant. Un lieu qu'il aime particulièrement pour la singularité de son emplacement, en proue sur la Seine, et pour l'hommage qu'il rend à Henri IV, le roi de l'édit de Nantes qui apporta la paix entre les religions. Clara l'attend, il a hâte de lui faire part de son nouvel emploi aux éditions Bruder.

Il reprend sa marche vers le quai de la Mégisserie. Il fait mentalement le bilan de ces premières années sur la terre d'exil. Alors qu'à Cologne, les Mendel ont toujours habité un appartement, le peu d'argent qu'ils ont pu emporter et le salaire d'Alexandre leur permettent de vivre dans un pavillon de la banlieue parisienne, au milieu d'un vaste jardin donnant sur la vallée de la Seine. Leurs meubles ont été livrés rapidement après leur arrivée, et Clara a recréé au mieux l'atmosphère de leur vie colonaise. Malgré un léger accent, Alexandre parlait couramment français en arrivant mais Clara a dû perfectionner le peu qu'elle avait appris au lycée en lisant et en écoutant la radio assidûment. Elle profite aussi des échanges fréquents, par-dessus le mur du jardin, avec sa voisine, Mme Roche, une bavarde impénitente. Comme dans toute société en exil, on se regroupe entre compatriotes. La plupart des amis des Mendel sont juifs allemands, comme eux émigrés, fuyant le nazisme. On parle allemand à la maison, français en dehors.

En s'attachant à recréer un décor proche de celui dans lequel ils vivaient à Cologne, Clara a aidé les siens à faire le deuil du passé et à prendre pied dans leur nouvel univers. Grâce à son énergie, la vie a repris. Le quotidien s'est reconstruit. Malgré les difficultés financières, et pour ne pas rompre avec la tradition, tous les vendredis soir, Clara prépare un bon repas, puis, la table desservie, les livres et les notes qu'Alexandre a prises à l'intention de sa fille apparaissent. L'émigration est passée par là, et plus que jamais Alexandre cherche à lui transmettre un message de tolérance et d'humanisme. La Bible, l'Ancien Testament ou le Nouveau, des ouvrages sur le bouddhisme ou l'islam remplacent les livres d'histoires et la lanterne magique.

Alors qu'il franchit le pont au Change, une clameur le sort de ses pensées. Elle enfle au fur et à mesure qu'il avance d'un pas de plus en plus tremblant. La Seine franchie, il est accueilli par des cris, des slogans hurlés : « La France d'abord ! Dehors les profiteurs, les métèques, les youpins ! » C'est un rassemblement de l'Action française étudiante. Une banderole barre l'entrée du pont : « La France seule ! Ordre, Paix, Patrie ! »

Alexandre s'arrête, pétrifié. Jamais il n'aurait imaginé revoir cette haine creusant les visages, ces bouches déformées hurlant le rejet de l'autre. Un frisson lui parcourt le dos. Il retrouve la peur mêlée de colère qu'il croyait avoir laissée derrière lui, le même désespoir, la même impuissance face au fanatisme. *Mais je suis en France*, se dit-il, *rien ne peut être pareil.* Pourtant, depuis quelques années, la France est en proie aux ligues d'extrême droite. Elles ont été dissoutes en 1936, mais des partis politiques nouveaux ont repris leur discours et se font entendre régulièrement, souvent violemment. Si Alexandre se sait à l'abri dans le pays des droits de l'Homme, l'atmosphère délétère répandue par ces mouvements est nauséabonde. Il ne peut nier le malaise qu'il ressent depuis quelque temps comme un écho aux derniers mois vécus à Cologne. La vague brune qu'il voit monter lui rappelle l'atmosphère en Allemagne à la fin des années 20. Le gouvernement de Léon Blum avait pris une sage décision en interdisant ces ligues, mais cela n'avait pas empêché leurs idées de couver et de renaître à la première opportunité. En contournant la manifestation pour atteindre l'entrée du métro, Alexandre a le sentiment douloureux de se retrouver plusieurs années en arrière. *L'Action française, la Cagoule, les Camelots du roi, tous ces mouvements, bien qu'interdits, ne cessent de faire parler d'eux. Je me demande comment tout cela va tourner...*, s'interroge-t-il en s'engouffrant dans la bouche de métro.

« Dubo. Dubon. Dubonnet... Dubo. Dubon... » Alexandre fixe la publicité peinte sur les murs du tunnel et qui défile à un rythme régulier : ligne écrite, ligne noire, ligne écrite, ligne noire... Ainsi vont ses pensées, optimistes, pessimistes, joie et inquiétude.

Lorsqu'il retrouve Clara dans le jardin du pavillon, il ne lui parle pas de ces manifestations xénophobes et antisémites. Le visage rougi par le froid, elle l'accueille d'un sourire inquiet.

— Alors ?

— Une promotion : responsable des ventes aux libraires.

— Tu es content ?

Alexandre soulève le panier rempli de légumes et passe un bras sur les épaules de sa femme.

— Oui. Notre nouvelle vie va vraiment commencer.

2

Février 1938

Comme des ombres chinoises déformées par la buée, les passants défilent derrière la vitre du café *Le Bonaparte.* Lise Mendel, cheveux bruns courts encadrant un visage rond aux yeux noirs, suit du regard ces silhouettes emmitouflées, courbées dans le vent. Au chaud dans le café, elle attend son amie Solange Vallon et leur camarade Léon Robert, ils se sont donné rendez-vous pour aller au cinéma ; on joue *La Belle Équipe*, un film avec Jean Gabin, leur acteur préféré. En patientant, elle essaie de se concentrer sur la biographie du peintre Jean-Auguste-Dominique Ingres, dont son professeur aux Beaux-Arts doit commenter un tableau lors d'un prochain cours.

Dans les effluves de tabac et le brouhaha des consommateurs, ses pensées s'envolent peu à peu bien loin de la rue Bonaparte et de l'École des Beaux-Arts de Paris : en Allemagne, à la *Frü am Dom*, la grande brasserie de Cologne. C'était il y a un peu plus de trois ans, mais cela lui semble des décennies. Elle y avait rendez-vous pour la dernière fois avec Hans, son ami d'enfance. Attablée devant un bock de *Kölsch*, le visage sombre, elle refusait de penser au lendemain. Elle voulait oublier qu'elle devait quitter sa ville, sa famille, ses camarades, ses habitudes de jeune fille heureuse. Quand il était entré, elle avait senti monter les larmes. *C'est la dernière fois qu'il me sourit. La dernière fois que nous nous retrouvons ici…* Hans s'était assis sur la banquette à côté d'elle, avait jeté un rapide baiser sur sa joue et annoncé, très excité : « Alexander me confie la Librairie ! Tu te rends compte ! SA Librairie ! À moi, Hans Schreiber, son employé ! » Il était heureux et fier. Il en avait complètement oublié qu'il devait cette responsabilité à l'exil imposé à son patron. « Pourvu que je sois à la hauteur. Je n'ai peut-être pas les compétences… » Lise l'avait arrêté : « Tu es le meilleur libraire que je connaisse. Qui mieux que toi connaît tout du métier, et surtout de la Librairie de mon père ? Ne t'en fais pas, ça se passera très bien. Et puis… nous reviendrons vite. »

Lise revoit cette scène comme si elle la vivait. « Nous reviendrons vite. » Aujourd'hui, ce souhait semble bien compromis : l'Allemagne est aux mains des nazis et les quelques nouvelles qu'elle reçoit sont mauvaises. *En France nous ne risquons rien, mais tous ceux qui sont restés en Allemagne, que risquent-ils ?* Nombreux sont les membres de sa famille à avoir émigré en Israël, aux États-Unis, en Belgique ou ailleurs. Seul son cousin Ludwig Brodsky, militant socialiste, a choisi de ne pas s'exiler, « Pour résister », avait-il dit. Avec lui, beaucoup d'amis sont restés, juifs ou non juifs, résistants ou inconscients du danger. Certains même parce que convaincus par les idées nazies. Lise se demande si elle les reverra. Une vague de tristesse la submerge. Elle frissonne : *Pourrons-nous un jour rentrer chez nous ?* se demande-t-elle le cœur serré.

Sa tasse de chocolat est vide. Quand elle lève la main pour héler le serveur, son regard croise celui d'un jeune homme assis à quelques tables. Il lui sourit. Sans doute l'observe-t-il depuis un moment. Épaisse chevelure noire, carrure de nageur. Un veston gris sur un pull noir à col roulé. De petites lunettes rondes cerclées d'acier lui donnent un air sérieux. *Il a l'allure d'un médecin*, pense Lise, *ou d'un intellectuel. Plutôt beau garçon…* Il ne la quitte pas des yeux. Chaque fois qu'elle tourne la tête dans sa direction, il lui adresse un sourire. À la fois gênée et flattée, elle replonge dans les pages de la vie d'Ingres pour masquer son trouble.

Un vent glacial s'engouffre dans le bistrot. Solange et Léon viennent d'entrer. Solange est vêtue de son manteau cintré dont le col de fourrure fait rêver Lise ; ses boucles blondes s'échappent d'un bonnet tricoté. À son grand étonnement, Lise voit Léon aller droit vers le garçon aux lunettes rondes. Il lui serre la main et lui présente Solange. Quand le jeune homme se lève pour les suivre, elle comprend qu'ils viennent à sa table.

— Je te présente François Villeneuve, un copain. Il est à Science Po. François, voici Lise Mendel !

La poignée de main est franche, les yeux noirs pénétrants.

— Votre lecture n'a pas beaucoup avancé ! plaisante le regard noir. Vous rêvez beaucoup, Lise !

La voix grave et légèrement voilée est douce. Les mots la troublent. Elle ne sait pas quoi dire. L'intervention de Solange met fin à son embarras.

— Allez, allez, on n'est pas en avance, la séance est à moins le quart !

*

Il est 18 heures quand ils sortent du cinéma, la nuit est tombée. François propose de boire un dernier verre, mais Léon doit déposer Solange chez elle et rentrer travailler. Lorsqu'ils sont partis, Lise tend la main au jeune homme :

— Eh bien, François, je vous dis au revoir…

François garde la main de la jeune fille dans la sienne, et soutient son regard :

— Ah, mais on ne va pas se quitter comme ça ! Je vous offre un verre.

— Je n'ai vraiment pas le temps.

— Permettez-moi au moins de vous raccompagner.

— J'habite très loin !

Sans lâcher la main de Lise, il demande :

— C'est où, très loin ?

— Denfert-Rochereau, la ligne de Sceaux, puis à pied. Vous voyez…

— Je vois. Alors allons-y, une petite marche nous fera du bien.

Il lui prend le bras et l'entraîne d'un bon pas vers la rue Monsieur-le-Prince qui rejoint le boulevard Saint-Michel. Ils font le trajet en discutant. François est en deuxième année de sciences politiques ; après, il fera peut-être du droit pour reprendre le cabinet d'avocats de son père, à moins qu'il n'entre en politique.

En attendant il vit chez ses parents, un grand appartement avenue de Suffren où il a rarement le droit de faire venir des amis. Lise raconte l'atelier de dessin que son père lui a aménagé dans la tourelle de leur pavillon. Elle ne parle pas de l'Allemagne, elle n'en a pas envie. Aujourd'hui elle est française, ou presque, et sa vie est ici. Alors elle parle de ses amies de l'École des Beaux-Arts, de son amour du dessin qu'elle pratique depuis qu'elle est toute petite, de sa mère qui chante les classiques et de son père, libraire érudit. Heureusement, François ne demande pas où se situe la librairie de M. Mendel. Lise serait bien en peine.

Ils se quittent devant chez elle.

— Merci pour cette délicieuse promenade. J'espère que nous aurons l'occasion de nous revoir.

François prend la main de la jeune fille et y pose délicatement ses lèvres.

— Entre la rue Saint-Guillaume et la rue Bonaparte, toutes les rues me mèneront maintenant à une ravissante brune, élève aux Beaux-Arts, murmure-t-il en la fixant de son regard noir.

Les manières un peu désuètes et particulièrement délicates de François font sourire Lise, mais la séduisent. *J'ai envie de le revoir très vite*, pense-t-elle en lui adressant un signe de la main, avant de pénétrer dans le jardin du pavillon.

Un peu plus tard, allongée dans son lit, elle repense à cette rencontre ; c'est la première fois qu'on lui fait ouvertement la cour. Au lycée comme à l'École des Beaux-Arts, les garçons restent des camarades, même si certains souhaiteraient autre chose. Bien sûr en Allemagne il y a Hans ; mais Hans, c'est l'ami d'enfance, le frère. Si la vie avait continué à Cologne, peut-être que cette relation aurait évolué. Depuis leur plus jeune âge, Hans imaginait passer sa vie avec elle, mais Lise avait un autre projet : se consacrer à sa peinture. Seul le temps aurait peut-être eu le pouvoir de changer les choses. Maintenant elle est en France, bien loin de son ami, et elle tremble parfois, à l'idée de ne plus jamais le revoir. Pour chasser cette pensée, elle se concentre sur le sourire de François.

3

Printemps 1938

Dans sa volonté de créer une « grande Allemagne », Hitler a proclamé l'*Anschluss* : le rattachement de l'Autriche au Reich. Depuis, il poursuit sa politique d'annexion de territoires, dont la région des Sudètes, en Tchécoslovaquie. Conscients des dangers, les pays européens cherchent par tous les moyens à éviter le pire.

Le quartier de Saint-Germain-des-Prés est baigné de soleil. Les robes aux imprimés colorés rivalisent avec les costumes clairs et les chapeaux légers. Les terrasses sont bondées. Paris respire d'un souffle printanier. Assis sur un banc, dans le petit jardin du musée Eugène Delacroix, face à la verrière de l'atelier du peintre, Solange et Léon entourent Lise et tentent de la réconforter. Lors du dernier cours, le professeur s'est autorisé une digression sur les défauts des juifs alors qu'il commentait le tableau de François-Léon Bénouville représentant *Esther à l'odalisque*. Face à tant de haine, Lise l'a interrompu en déclarant qu'elle était juive et ne tolérait pas de tels propos dans un pays libre. En revivant cette scène la jeune fille tremble encore de son audace, et de sa colère.

— Allez, Lise ! Oublie ces infamies, lui conseille Solange.

— Mais oui, laisse tomber, surenchérit Léon. Ce type est un facho. On le lui a bien fait savoir, presque toute la classe était de ton avis.

Toute la classe ? Lise n'ose pas raconter comment, à la sortie du cours, Viviane qu'elle croyait son amie lui a lancé : « Allemande et juive ! C'est trop, je ne t'adresserai plus jamais la parole. » C'est sans doute cette invective qui l'a blessée, plus encore que les abjections verbales de son professeur. Heureusement, l'amitié de ses camarades et la solidarité d'une partie de la classe la rassurent. Grâce à leur réaction, elle a ressenti pour la première fois une véritable appartenance à la France et a décidé de négliger les propos de Viviane.

Solange tient dans la sienne la main de son amie.

— Allez, Lise ! On t'affirme que tu as bien fait.

D'ailleurs, on devrait tous agir comme toi en entendant ce genre de discours…

Léon se penche vers elle :

— En réalité, tu es juive ou c'est juste pour défendre les juifs ?

Lise sort enfin de sa torpeur :

— Les deux. Je suis juive, et parce que je suis juive je ne peux pas tolérer qu'on dise n'importe quoi sur ce peuple.

Léon hoche la tête, l'air pensif.

— Mais vous êtes d'accord avec moi, oui ou non ? demande la jeune fille avec inquiétude devant le silence de ses amis.

Solange passe un bras sur ses épaules et la serre contre elle :

— Mais qu'est-ce que tu vas chercher ? Je m'en fiche, moi, que tu sois juive ou pas. Tu es mon amie, c'est tout. Et je suis complètement d'accord avec toi : il faut s'opposer à ce genre de discours.

— Moi aussi, je suis d'accord, confirme Léon.

Lise dépose un baiser sur la joue de chacun. Puis elle se lève en lançant avec impatience :

— Bon, on y va ? Eugène va s'impatienter…

*

Une heure plus tard, François attend Lise, debout au centre de la place Fürstenberg, un pied posé à plat sur le socle du lampadaire, les deux mains dans les poches d'un large pantalon de toile rayée. C'est devenu un rituel, elle le rejoint là et il la raccompagne jusqu'au métro Denfert-Rochereau. L'occasion de flâner le long du boulevard Saint-Michel, d'entrer dans les librairies, de boire un verre à une terrasse. Parfois, ils s'attardent au jardin du Luxembourg. Assis sur les chaises face au grand bassin, ils s'embrassent, comme tous les couples d'amoureux, en regardant les enfants jouer avec leurs petits bateaux. Ce soir, Lise a besoin de cette promenade amoureuse ; elle a décidé de ne rien dire de son intervention du matin, ni à François ni à ses parents. C'est un incident qu'elle veut oublier. François est un garçon attentionné et tendre, elle ne veut gâcher aucun des moments qu'elle partage avec lui. François, c'est sa vie en France.

4

Été 1938

L'année scolaire 1937-1938 est passée en un éclair. Lise a eu d'excellentes notes. Elle est promise à un brillant avenir d'artiste. Une galerie de la rue de Seine a déjà exposé trois de ses dessins et lui a proposé d'en prendre d'autres. En septembre, elle entamera sa troisième année aux Beaux-Arts.

Tous les soirs, François l'attend au pied du réverbère de la place Fürstenberg. Ils font un bout de chemin ensemble jusqu'au métro. Un soir de juin, un des derniers de l'année scolaire, ils sont arrêtés devant l'éventaire d'un libraire du boulevard Saint-Michel. Lise feuillette un livre de photos de Cologne, sa ville natale.

— Regarde, c'est ma ville ! dit-elle avec fierté. Tu vois, j'habitais dans ce quartier…

— C'est vrai, j'oublie toujours que tu es allemande. Tu n'as aucun accent !

— Ça fait plus de quatre ans que je suis à Paris, et j'avais un peu appris le français au lycée de Cologne.

François la fixe comme s'il la découvrait. Il semble réfléchir, chercher quelque chose dans le visage de la jeune fille, puis il lance :

— Mendel ! J'espère que tu n'es pas de la famille de ce Georges Mandel*, le ministre juif ! assène-t-il avec mépris.

— Non, pas du tout. D'ailleurs son nom s'écrit avec un « a ». Cependant, moi aussi je suis juive…

— Je sais, mais toi, ce n'est pas pareil. T'es une bonne juive !

Lise est sidérée : une « bonne juive » !? Elle est tellement étonnée qu'elle ne réagit pas. C'est seulement quelques minutes plus tard, assise dans le métro, qu'elle se reprend. *Qu'est-ce qu'il a voulu dire ? Il n'y a pas de bons ou de mauvais juifs ! Pourquoi je ne lui ai pas demandé ? D'habitude, j'ai la réplique plus rapide, surtout sur ce sujet !* La surprise d'une telle remarque de la part du garçon dont elle est amoureuse, et qui

* Ministre d'État français de 1938 à 1940. Opposant au régime et incarcéré au Maroc sur ordre de Pétain.

dit l'aimer, lui a coupé tout sens de la répartie. *Je lui poserai la question la prochaine fois.* Mais elle sait déjà que revenir sur ce sujet avec François risque de lui apporter de grosses déceptions. C'est sans doute pour ça qu'elle n'a pas riposté comme elle l'aurait fait avec quelqu'un d'autre. Très vite, elle se persuade qu'elle a mal interprété sa réflexion et il n'en est plus question. Ses amours reprennent un cours paisible dont Alexandre s'amuse : « Il fait sa cour. Il viendra bientôt me demander ta main en gants blancs, un genou à terre. » Mais Lise ne rit pas, elle n'a aucune envie de se marier, en tout cas pas dans les dix prochaines années. Elle veut se consacrer à son art. Et puis, est-elle certaine d'aimer François ? Bien sûr, elle apprécie ses manières galantes, sa constance, sa disponibilité, elle est bien auprès de lui. Mais voilà six mois qu'ils se fréquentent et jamais elle n'a vraiment ressenti cette harmonie, cette confiance mutuelle qu'elle partageait avec Hans. Elle savait qu'il était amoureux d'elle sans le lui avoir dit. De son côté, elle aimait être avec lui, mais n'appelait pas cela de l'amour. Se serait-elle trompée ? Elle se demande parfois quelle est la nature de son sentiment pour François et à quoi ressemble le véritable amour ? Poser ces questions à Clara est impensable. Oserait-elle en parler avec Solange ?

*

Fin août, les Mendel ont pu louer un chalet en Savoie pour quelques jours. Ils avaient besoin de retrouver des paysages de montagne. Ils ont passé deux semaines à randonner, à visiter des villages savoyards. Lise a fait la connaissance de Francine Lavergne, en vacances chez ses grands-parents dans le chalet mitoyen. Elles ont passé beaucoup de temps ensemble. Francine a des cheveux châtains magnifiques, épais et ondulés, qu'elle attache en queue-de-cheval, et un visage ovale aux yeux noisette. Lise trouve qu'elle s'habille un peu trop comme une dame, et se demande parfois si elle n'emprunte pas les tenues de sa mère : quand Lise est en short large et chemisier coloré, une tenue adéquate pour grimper les sentiers, Francine porte un ensemble jupe et veste à basques de couleur unie, nettement moins pratique. L'une donne une image de jeune fille sage ; l'autre, Lise, la brunette qui laisse toujours ses cheveux courts dans le vent, celle d'une jeune fille énergique et peut-être un peu frondeuse. Grâce à Francine, Lise a fait la connaissance des habitants du village, elle a découvert l'endroit de la rivière où on peut se rafraîchir, les meilleurs points de vue, et a profité pleinement de ses vacances.

5

Automne 1938

Le dernier week-end de septembre avant la rentrée scolaire, François a invité Lise, Solange et Léon à venir passer deux jours dans la maison de campagne de ses parents près de Louveciennes, en région parisienne. Ils feront le trajet à bicyclette et partiront de bonne heure le lendemain matin. Lise a préparé un sac à dos avec quelques affaires, comme elle le faisait pour ses randonnées avec Hans, son cousin Ludwig et sa fiancée, Lore. Tous les quatre allaient souvent marcher dans le *Bergisches Land*. Des souvenirs heureux qu'elle garde précieusement.

Son bagage fermé, elle rejoint Clara à la cuisine où flotte une bonne odeur de pain grillé.

— Vati* est en retard, il est déjà 8 heures! se plaint sa mère. Il devait passer à la préfecture déposer une nouvelle fois le double de son contrat de travail qu'ils auraient encore égaré!

— Ils ont toujours besoin de quelque chose! À croire que ça n'en finira jamais...

— Je ne comprends pas, les bureaux sont fermés depuis un moment...

Elle est interrompue par le grincement de la grille du jardin.

— Ah, le voilà, murmure-t-elle, soulagée.

Durant les derniers mois en Allemagne, tout retard pouvait signifier une arrestation arbitraire. Clara, comme beaucoup d'autres, vivait dans la crainte de ne pas voir rentrer son mari ou sa fille. Elle en a gardé une angoisse latente dont elle n'arrive pas à admettre qu'elle n'a aucun fondement ici.

— Bonsoir! lance Alexandre joyeusement.

Il dépose son chapeau dans l'entrée et vient embrasser sa femme et sa fille.

— Je meurs de faim, annonce-t-il en s'asseyant à table.

---

* « Papa ».

Devant lui, un plateau de charcuterie, du pain tranché et divers fromages.

— J'ai ajouté une salade verte, pour faire un *Abendbrot** plus français ! précise Clara en souriant.

Alexandre saisit une tranche de pain qu'il pose dans son assiette et annonce :

— Bonne nouvelle ! Notre dossier avance bien. Cette fois, il ne manque plus aucune pièce. Nous devrions être français au début de l'année prochaine.

— Ce sera un gros soulagement. Je n'aime pas me sentir ainsi : ni allemande ni française, déclare Clara en s'asseyant à table à côté de son mari.

— Tu as attendu longtemps ? demande Lise qui a déjà eu l'occasion d'accompagner son père et de connaître les files d'attente devant la préfecture de Paris. Un jour, elle avait même eu le temps de visiter la Sainte-Chapelle.

— Deux heures, c'est un minimum ! Et presque autant pour rentrer… Paris est sens dessus dessous. Il y avait un parti de droite, je ne sais pas lequel, Cagoule ou Action française, qui essayait de bloquer le cortège du roi d'Angleterre…

* Littéralement : « repas du soir ».

— Oui, j'ai vu que le roi George VI et sa femme sont en visite officielle. J'aurais tellement aimé voir le carrosse...

— Tu rêves encore de princesses ? s'amuse Clara.

— Bien sûr !

— Évidemment le métro était bondé, reprend Alexandre, tout ce que je déteste. Enfin, me voilà ! conclut-il en dépliant sa serviette.

Et il ajoute, comme pour lui-même :

— Tous ces mouvements fascistes qui s'agitent... Ça ne me dit rien de bon.

Un lourd silence ponctue ses paroles. Chacun a le souvenir de la crise économique en Allemagne, de l'idéologie nazie qui a grandi progressivement et les a poussés à tout quitter. Bien qu'ils soient maintenant installés dans un pays en paix, les grondements lointains d'une Europe secouée par différents fascismes sont tous les jours plus menaçants.

Le dîner se termine rapidement. Alexandre et Clara restent encore à discuter tandis que Lise, qui se lève de bonne heure, monte se coucher.

*

La maison des Villeneuve est un ancien pavillon de chasse au milieu d'un parc immense et boisé. Après une longue promenade, les quatre jeunes gens se prélassent dans la salle principale avant le dîner. Un feu crépite dans la cheminée. Léon et Solange sont assis sur un vieux canapé recouvert d'un plaid. Durant l'été, Solange a fait couper ses cheveux. Elle voulait avoir la coiffure crantée de Michèle Morgan dans *Quai des brumes*. Lise reconnaît que ça lui va bien, mais elle aimait beaucoup sa longue chevelure blonde ondulée qui tombait sur ses épaules. Et puis elle trouve que vouloir ressembler à une actrice de cinéma manque un peu de personnalité, mais elle ne le dira jamais à son amie. Léon a posé son bras sur les épaules de Solange ; ils écoutent François parler du goût de son père pour les grands crus. Lise les regarde avec tendresse : *Ils vont vraiment bien ensemble, ils sont beaux et amoureux...* Cette réflexion la renvoie au couple qu'elle-même forme avec François ; elle a parfois l'impression d'être « à côté de lui » et non « avec lui » et se demande si ça se voit de l'extérieur. Elle est installée dans un fauteuil club au cuir défraîchi, identique à celui dans lequel est assis François. Ils font face à leurs amis. François a ouvert une bouteille de vin de la cave de son père. Tous les quatre lèvent leur verre à sa santé en riant.

— À mon père et à son Morgon !

Lise a un peu l'impression de commettre un vol en buvant son vin dans la maison d'un homme qu'elle ne connaît pas, mais l'enthousiasme de ses amis la rassure. Après tout, c'est aussi la maison de François. La conversation tourne autour de la balade de la journée. Lise raconte les randonnées avec ses parents pendant leurs vacances en Savoie.

— Moi, je préfère la mer, intervient Solange. L'altitude me donne le vertige. Je suis allée skier une fois en colonie de vacances. L'horizon bouché par les hauts sommets, ça m'étouffait. J'aurais voulu pousser le mont Blanc pour voir derrière…

Pour appuyer ses paroles, elle balaye de la main une montagne invisible.

— Déplacer les montagnes, c'est bien une idée de fille, ça ! Un garçon les escalade ! lance François avec un mépris dénué d'humour.

— Les filles aussi escaladent, reprend Léon. Marie Paradis, par exemple.

Solange éclate de rire :

— Tu viens de l'inventer, je suis sûre !

— Mais non, elle a vraiment existé, Marie Paradis. J'ai lu un bouquin sur les pionniers de la montagne. Elle a été la première femme à atteindre le sommet du mont Blanc*.

* Le 14 juillet 1808.

Et il ajoute pour couper court aux ricanements de ses amis :

— De toute façon avec un nom pareil, c'est normal qu'elle ait tenté d'atteindre le ciel !

Le bon mot de Léon fait naître un éclat de rire général.

— Le vin de ton père est excellent, annonce Lise en saisissant la bouteille pour les resservir. Arrosons l'exploit de Marie Paradis !

Le feu n'est plus que braises ; François se lève pour les attiser et remettre une bûche. Au moment où il se baisse, un journal s'échappe de la poche de sa veste.

— Tu lis *L'Action française* ? interroge Léon étonné.

— Pourquoi cette question ? « Le moins qu'on puisse attendre d'un homme cultivé, c'est qu'il connaisse son temps », disait Émile Boutmy, le fondateur de Sciences Po. Donc, je m'informe.

— Oui, mais c'est quand même un journal nationaliste qui développe des opinions d'extrême droite…

— Je ne vois pas où est le mal à suivre leurs idées. Tu ferais mieux de t'informer, toi aussi. L'art, c'est bien, mais ce n'est pas l'art qui mène aux victoires idéologiques.

— Parce que toi, tu crois que les idéologies d'extrême droite doivent triompher ? Que Franco doit gagner la guerre ? Que Hitler…

Solange s'est levée.

— Bon, ça suffit les garçons. On est en week-end, vous reprendrez cette discussion quand on sera rentrés.

Un léger malaise plane quelques instants, c'est Léon qui rompt le silence.

— Et si on mangeait ? Je commence à avoir la dalle, moi.

— Vous mettez la table, les filles ? demande François.

— Pourquoi nous ? répondent-elles d'une seule voix.

— Ben, parce que c'est le rôle des filles ! rétorque François.

— Non. Les garçons aussi peuvent mettre la table, souligne Lise avec fermeté.

— Moi, j'ai pas faim, affirme Solange, boudeuse.

— C'est une révolte ? lance François en riant.

— Non, sire, une révolution ! Aujourd'hui ce sont les hommes qui font le dîner et mettent la table. Allez viens, gros paresseux ! enjoint Léon en extirpant François de son fauteuil.

À regret, François suit Léon dans la cuisine. Son journal est resté posé sur son siège. Solange s'en empare et le feuillette.

— Ils ne sont pas que royalistes, ils sont aussi antidémocratiques. Écoute ça : « Un régime qui vit des volontés du peuple est le paradis des crétins. » C'est dans un article de Charles Maurras*.

— Mais c'est pour s'informer, insiste Lise, qui ne veut pas croire que son amoureux puisse avoir ce genre d'opinion.

— Je n'en suis pas si sûre, tranche Solange en remettant le journal à la place où elle l'a trouvé.

Lise ne sait que penser. Cette lecture serait-elle une explication à sa réflexion sur sa judaïté possible ? Ses pensées sont interrompues par un cri joyeux venant de la cuisine.

— C'est prêt ! Et vos chefs cuisiniers se sont surpassés ! hurle Léon.

Solange hausse les épaules en signe de lassitude :

— Évidemment, ils sont « chefs cuisiniers ». Nous, nous restons « des femmes qui font la cuisine ».

— Qui LEUR font à manger, tu veux dire !

*

C'est un matin d'automne rougissant, Lise pédale rapidement, la tête penchée sur le guidon, le regard

---

* Charles Maurras, journaliste et essayiste français, était une grande figure de l'Action française : il défendait la théorie du nationalisme intégral et était un virulent antisémite.

fixant la route. Elle n'a qu'une envie : retrouver sa maison, ses parents, ses pinceaux. Quelques larmes coulent le long de ses joues. Ce n'est pas le froid, mais la colère et la déception. Dans l'intimité de ce groupe d'amis, François s'est montré tel qu'il est : prétentieux et intolérant. Après le dîner, Léon et lui ont eu une longue et houleuse conversation politique ; ils ont même failli en venir aux mains. C'est Solange qui les a arrêtés, une fois de plus : « Ne gâchons pas la fin de cette journée ! » Lise est montée se coucher sans un mot. François a tapé à sa porte, pour s'excuser, a-t-il dit. Elle n'a pas ouvert. Jamais Hans n'aurait parlé ainsi aux femmes. Sa virilité n'était pas dans une prétendue supériorité, mais dans sa tendresse et le soin qu'il portait à rassurer. Elle se sentait son égale, pas sa servante.

Le petit groupe de cyclistes traverse le bois de Vincennes, longe le lac de Saint-Mandé. Lise poursuit ses réflexions : *Il retarde un peu François Villeneuve, à vouloir que les femmes restent à la cuisine ! L'an dernier, il y avait deux femmes au gouvernement de Léon Blum ! Un jour prochain, nous aurons le droit de vote, et un compte en banque, et…* François vient de passer devant elle et s'arrête net, lui barrant la route. Elle doit freiner sec. Léon et Solange font de même.

— C'est là qu'on se quitte, les banlieusards ! lance-t-il.

Pourquoi Lise ressent-elle du mépris dans cette affirmation ? Les deux autres se contentent de sourire. On se sépare. Malgré son envie de le lui refuser, Lise se laisse aller au baiser de François.

— Je te vois demain comme prévu, à 15 heures sur notre place. On ira au cinéma… Regarde ce qu'on joue au *Champollion*.

Elle n'a pas le courage de lui dire qu'elle ne veut pas obéir à ce qu'elle considère tout à coup comme un ordre, qu'elle n'est pas certaine d'avoir envie de le voir le lendemain, qu'elle souhaite même prendre un peu de distance, réfléchir à leur relation. Après ces deux jours passés ensemble, Lise ne retrouve plus le garçon doux et attentionné qu'elle fréquente depuis un an et se pose beaucoup de questions.

Pourtant, quelques semaines plus tard, alors que l'année scolaire a repris, Lise retrouve les rendez-vous amoureux de la place Fürstenberg, mais ils ne lui procurent plus le même plaisir. Son regard sur François a changé. Même si elle a du mal à l'accepter, un pressentiment encore vague lui conseille de se méfier de lui.

Le 12 novembre, les journaux relatent les violences antisémites qui se sont déroulées dans toute l'Allemagne durant la nuit du 9 au 10 novembre. Certains citent les propos du Dr Goebbels, ministre de la Propagande nazie, affirmant « qu'il s'agit de représailles spontanées de la population allemande en réaction à l'assassinat, en France, du secrétaire d'ambassade vom Rath ». Pour Alexandre et certains journalistes, cette violence est instiguée par les nazis eux-mêmes dans leur haine antisémite. Les récits et photos de cette nuit, très vite appelée « Nuit de cristal » à cause des morceaux de verre couvrant le sol, sont effrayants : rues jonchées de débris de toutes sortes, façades maculées de slogans antisémites, synagogues saccagées, magasins juifs pillés. C'est un choc pour Alexandre et Clara qui reconnaissent, sur les clichés du journal, certains lieux qu'ils ont connus. Alexandre est inquiet pour sa librairie, il décide de téléphoner à Hans. Le jeune homme le rassure, la vitrine a été brisée et quelques livres volés, mais ces dégâts seront vite réparés. En raccrochant, Alexandre se demande s'il a bien fait de prendre des nouvelles. Il a agi sans réfléchir : il faut qu'il cesse de penser à la *Buchhandlung*. Son commerce est maintenant dans les mains de Hans. Il se promet de ne plus prendre contact avec Cologne et de se consacrer au présent et à sa vie en France.

*

Début décembre, à la suite de ces évènements, les Mendel reçoivent un avis de la préfecture leur signalant que leur demande de naturalisation est « rejetée momentanément ».

— La politique du Reich est devenue incontrôlable. L'Europe a peur. Elle se protège, commente Alexandre.

Malgré cela, les Mendel veulent espérer qu'ils sont à l'abri, que la France sera épargnée. Ils continuent à construire leur vie française.

6

1939

Le 30 janvier 1939, devant le Reichstag, Hitler hurle que : « Si la finance juive, en Europe et ailleurs, parvient une fois de plus à plonger les peuples dans une guerre mondiale, alors la conséquence n'en sera pas la bolchevisation du monde, et donc une victoire des juifs, mais au contraire la destruction de la race juive en Europe. »

Un matin de février, un télégramme d'Allemagne annonce la venue d'Oma* : « Arriverai seule gare de l'Est demain 18 heures. Stop. Mutti**. » Sans

* « Grand-mère », « Mamie ».
** « Maman ».

autres explications. Clara est ravie de revoir sa mère, mais cette arrivée soudaine l'inquiète. Que s'est-il passé ? Pourquoi Oma vient-elle seule ? Qu'en est-il de sa sœur Julchen ? En 34, elles ont refusé de quitter l'Allemagne et se sont toutes les deux installées chez Otto, le frère d'Oma. Au début, il y a eu quelques lettres échangées entre Clara et sa mère, puis leur correspondance s'est espacée jusqu'à s'arrêter ces derniers mois. Clara pressent que l'arrivée d'Oma apporte une nouvelle dramatique.

Le lendemain, sur le quai de la gare, elle apprend la mort de sa sœur. Plus jeune de huit ans, Julchen était professeure de piano. Sa vie, entre ses élèves et sa mère avec qui elle vivait, semblait bien monotone à Clara. « C'est ma vie, je l'aime ainsi et ça ne te regarde pas ! » tranchait Julchen quand Clara essayait de lui en parler. Mais Julchen n'était pas heureuse ; chacun le savait et personne ne pouvait rien pour elle.

Le soir au dîner, la famille est réunie autour d'Oma, toujours droite et digne malgré le chagrin.

— Quand Julchen est-elle tombée malade ? demande Clara.

— Un matin elle s'est plainte de violentes douleurs au ventre. Le médecin n'a pas laissé beaucoup d'espoir. Nous l'avons emmenée à l'hôpital de Hanovre. Là, le chirurgien a dit qu'il était trop tard, qu'il ne pouvait plus rien faire…

La voix d'Oma s'éteint. Clara pose sa main sur la sienne. Oma redresse la tête, retire sa main et reprend :

— Elle est morte début décembre. L'Allemagne s'isole. Les liaisons sont difficiles, je ne savais pas par quel moyen te l'annoncer.

Elle marque un temps puis ajoute :

— Et surtout, je ne voulais plus rester en Allemagne.

— Tu as bien fait de venir, intervient Alexandre. Tu as toujours été chez toi dans ma maison, Oma.

— Chez Otto, reprend la vieille dame, nous n'étions pas les bienvenues. Il était désagréable et faisait sans cesse des remarques sur « ces juifs qui avaient les moyens de fuir ».

— Il parlait de nous ? demande Lise.

— Oui, de la famille Mendel.

Puis Oma ajoute en se tournant vers Alexandre :

— Il ne t'a jamais aimé.

— Il était jaloux. C'est une maladie qui fait beaucoup de dégâts, la jalousie ! Il devait en être très malheureux, commente Alexandre.

— Qu'importe et tant pis pour lui ! tranche Oma.

— Parle-nous de l'Allemagne, demande Lise.

Oma boit une gorgée de vin, repose lentement son verre. Sa voix est monocorde :

— Les villes sont aux couleurs du nazisme : étendards à croix gammées, drapeaux sur tous les monuments. Même dans la petite ville de Gehrden où nous étions, les habitants se méfient les uns des autres, se terrent chez eux. Les discours d'Hitler sont retransmis dans les rues du village par un haut-parleur placé sur le balcon de l'hôtel de ville. Gare à celui qui n'écoute pas ! La TSF* diffuse à longueur de journée des informations de propagande…

Elle fait un geste de la main :

— Bah, je ne veux plus y penser. Ici, je suis en sûreté. Et puis, il faut aller de l'avant !

— Comment as-tu fait pour quitter le pays ? demande Clara. On dit que c'est de plus en plus difficile.

La vieille dame a saisi sa fourchette et commence à manger. Elle prend son temps. Oma est quelqu'un de taiseux, se raconter ou parler de ce qui est arrivé est un exercice difficile. Enfin, elle reprend :

— Je ne sais pas comment j'ai fait, mais… je suis là.

— Et pour Julchen…

— Elle est enterrée au cimetière de Gehrden. Otto m'a promis de s'occuper de sa tombe, mais je n'y crois

* Télégraphie Sans Fil : ancêtre de la radiodiffusion.

pas. Il n'a aucun sens de la famille, assène-t-elle d'un ton sec et tranchant.

— Quand tout ira mieux, nous pourrons peut-être faire transférer ses cendres auprès de celles de papa, au Melaten-Friedhof de Cologne*.

Oma a un léger haussement d'épaules pour signifier que cette éventualité est actuellement improbable.

— Quand je vois l'état de notre pays, soupire-t-elle, je me demande ce qu'il va devenir. Si ce Hitler n'est pas arrêté dans sa course à la guerre, ici ou en Allemagne, je ne sais pas ce que sera notre avenir.

Elle baisse la tête et semble tout à coup porter toutes les angoisses du monde. Lise se lève et vient déposer un baiser sur la joue de sa grand-mère :

— Il faut garder espoir, Oma. Hitler n'a pas encore gagné.

— Et ce n'est pas lui qui finira un aussi bon strudel ! plaisante Clara en déposant un morceau de gâteau aux pommes dans l'assiette de sa mère. La dernière part est pour toi, Mutti.

— Oh, mais ce n'est pas nécessaire ! murmure la vieille dame en prenant sa cuillère pour entamer la pâtisserie.

---

* Cimetière central de Cologne.

*

Oma trouve vite sa place au sein de la famille. Elle ne parle jamais de Julchen ni de son chagrin ; la retenue est un trait majeur de son caractère aussi sec et sévère que son physique. Elle est très active dans la maison, ce qui permet à Clara de se consacrer davantage à la musique. En effet, quelques mois plus tôt, au cours d'une soirée chez des amis, Alexandre et Clara ont retrouvé le couple Bruno Walter* et sa femme Rose, réfugiés à Paris, et qu'ils avaient connus à Cologne. Lui est chef d'orchestre, elle est cantatrice. Clara lui a avoué son regret de ne pouvoir chanter comme elle le faisait en Allemagne lors des rencontres musicales qu'elle organisait chez elle et auxquelles Rose et Bruno avaient souvent participé.

— Chez nous ce n'est pas possible, nous vivons dans un petit deux-pièces dans le quartier du Marais, déplore Rose, mais si votre maison est grande, nous pourrions y donner des concerts, comme nous le faisions dans votre appartement de Braunsfeld**. Je serais tellement

* Chef d'orchestre, compositeur et pianiste, né à Berlin en 1876, répétiteur à Cologne en 1893.
** Quartier de Cologne.

heureuse de chanter de nouveau avec vous. J'ai gardé un si bon souvenir de vos soirées !

— Ce serait avec plaisir, mais j'ai besoin de réexercer ma voix…

— Alors, je vous fais répéter et nous recommençons… Dites oui, chère Clara.

Oma ayant pris en main les travaux ménagers, Clara peut se mettre au piano tous les jours et travailler le chant pendant des heures. Rose vient toutes les semaines. Un violoncelliste et deux violonistes, amis des Walter, se sont joints à elles. Un premier concert a été organisé au printemps. Alexandre était un peu sceptique mais, quand un dimanche de mars, la maison a résonné des notes de Mahler et de Schubert, il a retrouvé l'atmosphère des soirées coloniales et a remercié sa femme.

*

Un soir, Léon a téléphoné à Lise. Il venait de croiser François en compagnie d'un ancien adhérent des Croix-de-Feu.

— Il y a trois semaines, j'ai failli me battre avec ce type parce qu'il regrettait que les partis d'extrême droite aient été dissous ! Je peux te dire que ton François avait l'air copain comme cochon avec lui. Tu devrais te méfier…

Lise l'a remercié d'une voix tremblante. *Léon exagère toujours, sa sympathie pour le parti socialiste lui fait voir des extrémistes partout*, se dit-elle en raccrochant.

Le lendemain, au pied du réverbère de la place Fürstenberg, elle pose la question directement à François.

— Qui t'a raconté ça ? Et puis ces partis n'existent plus depuis au moins deux ans !

Tout en parlant, il a passé son bras sur les épaules de la jeune fille et l'a entraînée vers la rue de l'Abbaye.

— Viens, je t'offre un chocolat chaud chez Dupont ! Tu prendras le métro à Luxembourg, j'ai du boulot, faut que je rentre.

Il lui donne un rapide baiser dans le cou et ajoute :

— Demain je te raccompagnerai, promis !

Lise ne dit rien. Pourtant, une fois de plus, elle a conscience de se plier aux ordres de François qui ne tient jamais compte de ses propres désirs.

7

Printemps 1939

Un matin pluvieux du mois de mars, une lettre arrive de Herzlia, banlieue de Tel-Aviv. C'est la deuxième fois en quatre ans qu'Alexandre reçoit des nouvelles de Simon, son frère. Le premier courrier relatait ses difficultés à s'intégrer dans un pays étranger et dans une société si différente de l'Allemagne : Grâce à mon ami Gerhard et à sa femme, nous avons bon espoir de trouver notre place en Palestine, mais cela prendra du temps, avait-t-il écrit.

Aujourd'hui, le ton est plus positif, il parle de sa vie avec légèreté, détaille son nouveau métier de maraîcher, les astuces d'irrigation, les légumes qu'il cultive, ses clients.

Jamais je n'aurais pensé trouver du plaisir à travailler la terre. Enfin, ici c'est plutôt du sable, mais c'est très bon pour les carottes ! Je les vends sur les marchés. Un âne m'aide à transporter les cageots. Nous devons avoir fière allure tous les deux sur les chemins du bord de mer ! La vie au grand air me convient tout à fait et Eva me trouve bonne mine. Il est loin le temps où je surveillais la fabrication des casquettes dans le brouhaha des machines !

Je pense que tu suis comme moi les nouvelles qui viennent d'Allemagne. Elles sont très inquiétantes. Emma m'a écrit que Paul a pris contact avec un cabinet d'avocats new-yorkais, ils envisageraient sérieusement de quitter Berlin. Cela nous rassurerait de savoir notre fille loin des nazis. Pourvu que ce projet se concrétise rapidement. J'ai peu de nouvelles de notre soeur Martha. En as-tu ? Je tremble pour elle et Ludwig. Quelle idée de rester là-bas « pour résister » ! Ce jeune fou mènera sa mère à sa perte !

Mon cher frère, je vois à ton dernier courrier que vous vous trouvez bien tous les trois dans cette France des droits de l'Homme. Eva et moi vous embrassons tendrement. Lise doit être une belle jeune fille, suit-elle toujours les cours de dessin des Beaux-Arts ? A-t-elle des projets de mariage ? Voilà toutes les préoccupations d'un oncle attentif.

Je n'ose former le voeu de revoir un jour la famille Mendel au grand complet autour d'une table de réveillon de la Saint-Sylvestre, comme ce soir de 1933*...

Ton frère Simon

Au printemps, l'Allemagne exige de la Pologne la restitution de la ville de Dantzig, située en enclave allemande au nord du pays. Les mois passent, les alliances se créent mais les accords qui pourraient mener à la paix n'aboutissent pas. La guerre est bel et bien aux portes de l'Europe. Pourtant, conscient de ce que ces évènements pourraient signifier pour sa famille, Alexandre continue à croire en l'avenir. En mai, il a acheté une voiture d'occasion, une Simca 5 en très bon état. Le collègue des éditions Bruder, officier de réserve, qui la lui a vendue un très bon prix, voulait s'en débarrasser.

— Devant ce qui se prépare entre Hitler et la Pologne, je risque d'être parmi les premiers mobilisés. Je n'en aurai plus besoin pendant un moment. Tu me la revendras quand ça ira mieux !

Quelques semaines plus tard, l'armée a ordre de se tenir prête en cas d'agression contre la Pologne. Les

* *Le Libraire de Cologne*, *op. cit.*

réservistes sont rappelés. Alexandre pensera souvent, dans les années qui suivront, à ce collègue prévoyant.

La paix en Europe est de plus en plus menacée. Alexandre suit de près les informations. Il est inquiet : *Si Hitler agresse la Pologne, le jeu des alliances fera entrer la France dans la guerre, et nous serons au milieu. Le fait que notre demande de naturalisation soit ajournée est la preuve que notre situation va empirer.* Ces pensées le taraudent sans qu'il aborde le sujet avec sa femme. Il essaie de garder une attitude la plus naturelle possible, mais il sent bien que Clara, sans en parler, pense la même chose.

Un matin, un courrier arrive de Cologne porteur d'une triste nouvelle. Lors d'une réunion, Ludwig, le cousin de Lise, a été arrêté ainsi que ses compagnons socialistes. *Ils ont été dénoncés*, écrit Martha Brodsky, sa mère. *Incarcérés à la prison EL-DE-Haus de Cologne, les jeunes qui n'étaient pas juifs ont été libérés. Ludwig et d'autres sont toujours emprisonnés. Je cours la ville pour trouver un avocat. Nous viendrons vous rejoindre dès que le procès sera terminé. Si nous pouvons encore quitter le pays !*

Cette nouvelle les accable. Clara a un léger malaise en lisant le courrier de sa belle-sœur, et Alexandre se réfugie dans son bureau, comme il le fait quand il doit apaiser une douleur ou réfléchir. Le visage de marbre, Oma s'agite dans la maison : vaisselle, ménage, repassage. En fin de journée, elle s'occupe dans le jardin jusqu'à l'obscurité pour laisser aller ses larmes et ne pas lire le chagrin sur le visage des autres. Lise pleure toute la nuit. Devant ses yeux défilent en alternance des images de son cousin, enfermé dans une prison nazie, et celles des moments heureux qu'ils passaient ensemble avec leurs amis. Elle voudrait être auprès de sa tante pour la soutenir. Martha n'a pas eu le courage de laisser son fils ; elle est seule à Cologne, tous les membres de la famille ont émigré. Lise pense à Lore, la fiancée de Ludwig, à leur projet de mariage, et ses larmes redoublent. Elle essaie d'écrire à sa tante, mais ne trouve pas les mots. C'est à Hans, son fidèle ami, qu'elle fait part de son immense chagrin et de son inquiétude. *Dis-moi si tu as quelques informations récentes. Nous nous faisons beaucoup de soucis pour eux. Ils auraient dû, comme nous, partir tout de suite.* Elle cachette la lettre en souhaitant qu'elle parvienne rapidement à son destinataire. Depuis plusieurs mois, les communications avec l'Allemagne sont très perturbées ; parfois certains courriers n'arrivent jamais à destination.

Dans l'atelier qu'Alexandre lui a aménagé dans la maison, Lise remplit des feuilles et des toiles de dessins et de peintures. Ses thèmes de prédilection sont une évocation constante de Cologne, des bords du Rhin ou des paysages de montagnes de l'Eifel.

Parfois, quelques visages qu'elle ne veut pas oublier. Celui de Hans revient souvent. Leur correspondance, pourtant irrégulière, maintient un lien entre elle et sa vie perdue. Hans parle de la Librairie, du quotidien mouvementé des Colonais sous l'emprise nazie, de leurs amis communs. Lise essaie d'étouffer la crainte, cachée au fond d'elle-même, de ne plus jamais revenir en Allemagne. C'est pour cela qu'elle ne cesse de retracer les lieux et moments qui ont forgé son enfance. La nostalgie d'hier est là, même si la volonté de s'intégrer sur la terre d'asile est forte. Parfois elle se sent complètement coupée en deux : d'un côté, Cologne, ses racines, Lore, Ludwig, Ingrid et les paysages de montagne si souvent parcourus ; de l'autre, Paris, ses places et ses cafés, Solange, Léon, François et tous les amis dont elle ne pourrait maintenant se passer et qui habitent son quotidien. Il lui arrive de penser avec crainte que ses souvenirs d'Allemagne ne sont que rêverie sans réalité. Pourtant, certains soirs, au fond de son lit, les yeux fermés, elle se dirige dans la *Budengasse* à la rencontre de Hans et de ses parents qui l'attendent dans la Librairie.

Elle a remarqué que lorsqu'arrive une lettre de Hans, jamais son père ne pose de question sur la Librairie. Elle en a parlé à Clara.

— Ton père lui fait confiance, il sait que Hans est un bon libraire. Mais tu le connais, c'est un ours en ce qui concerne les sentiments. Il a tant de chagrin d'avoir laissé sa librairie qu'il préfère ne rien en savoir. Il est passé à autre chose. Ce n'est pas un homme de regrets, il est toujours du côté de la vie.

De son côté, François a su faire pardonner son attitude lors du week-end à Louveciennes. Il est redevenu le jeune homme galant et tendre. Les soirées au cinéma et les promenades main dans la main sont de nouveau fréquentes. Cependant, Lise ne peut se défaire d'une impression trouble. Elle se pose des questions : suis-je amoureuse ? Et lui, m'aime-t-il ? Par moments le doute la pousse à se demander : qui est-il vraiment ?

Le jour de son anniversaire, il offre à Lise une gourmette en plaqué or gravée à leurs deux prénoms. Elle y voit une preuve d'amour, mais aussi un engagement pour l'avenir. Cette chaînette symbolise un lien dont elle ne veut ni avec François ni avec un autre. Mais comment refuser un geste aussi généreux ? Pour ne pas vexer François, et un peu par peur de sa réaction, elle accepte le bijou. *Ce n'est pas une bague de fiançailles, juste une gourmette. C'est moi qui fais des histoires ! François est si poli, il aurait déjà demandé ma main à Vati s'il avait ce genre de projet !* Bien qu'elle soit la cause de perpétuels questionnements, la gourmette ne quitte pas son poignet.

8

Été 1939

En août, les Mendel font un nouveau séjour en Savoie. Ils retournent au village de Bassens près de Chambéry. Cette fois, ils font le trajet en voiture. Oma, fatiguée des voyages, décide de rester à Fontenay.

— Je m'occuperai du jardin. Et j'ai de la broderie à terminer. Il faut aussi vider et nettoyer les placards de la cuisine, et puis je dois…

L'agitation ménagère d'Oma est une aide pour Clara, mais c'est aussi une cause de conflit car elle veut tout faire à sa manière et oublie que sa fille est chez elle, maîtresse de maison.

— Mutti sera mieux toute seule, ironise Clara, et moi je pourrai profiter de mes vacances !

À Bassens, Lise retrouve avec plaisir Francine Lavergne,

la fille de leurs voisins, qu'elle a connue l'année précédente. Francine habite Saintes, une ville de Charente ; elle est fiancée et doit se marier avant la fin de l'année. Elle suit les cours d'une école d'enseignement ménager pour être une épouse accomplie. Lise s'entend bien avec elle, sans pourtant comprendre son choix de vie.

— Je travaillerai avec mon mari tant que nous n'aurons pas d'enfants. Puis j'arrêterai pour les élever…

— Tu n'as pas envie d'avoir un métier à toi ? s'étonne Lise.

— Pourquoi faire ? S'il a une bonne situation, pourquoi je travaillerais ?

Lise n'ose pas lui demander si elle aime son futur époux.

Son bloc à dessins sous le bras, ses crayons dans la poche, Lise, en short, un chemisier noué sur le nombril, suit Francine, en robe cintrée, sur les chemins escarpés. Elles arrivent toujours au même endroit, une prairie surplombant la vallée. Elles y passent de longs après-midi. Francine bavarde, Lise dessine. Francine admire beaucoup son travail. Un jour, Lise lui donne crayon et papier.

— Mais je ne sais pas dessiner ! Et puis dessiner quoi ?

— N'importe quoi ! Laisse-toi aller, pose ta mine sur la feuille, tu verras bien ce qu'il va se passer.

Et ce qui se passe est étonnant. Au lieu de reproduire le décor qui l'entoure, Francine a croqué des vêtements : robes, manteaux, chapeaux, sur des mannequins stylisées par deux traits rapides. Elle qui est toujours habillée strictement, presque sans goût, s'est laissé aller à ses véritables envies ! Lise est enthousiaste.

— Voilà ce que tu devrais faire ! Tu as un vrai talent, il faut l'exploiter !

Mais convaincre Francine est impossible. Son destin est tout tracé, elle sera épouse et mère.

— Et toi ? Tu es fiancée ? demande-t-elle un jour à Lise.

— Fiancée, certainement pas ! Amoureuse peut-être... Enfin je crois.

Et après un temps de réflexion, elle ajoute comme pour elle seule :

— Finalement, je ne sais pas.

*

Bien qu'en vacances, Alexandre reste attentif aux évènements. Il écoute la radio quotidiennement et passe de longs moments à lire la presse. En ce 24 août 1939, il apprend que la France est en mobilisation partielle et que l'armée est prête à intervenir en cas d'agression de la Pologne par l'Allemagne nazie. Il coupe la radio et reste plongé dans ses pensées. Debout sur la terrasse de leur petit chalet, il contemple au loin la crête du mont Granier. L'avenir de sa famille est lié fatalement à celui de l'Europe. Avoir tout quitté pour échapper à Hitler et être pris malgré tout dans sa folie dévastatrice le renvoie aux heures sombres de 1933. Une main tendre vient se poser sur son épaule.

— Le panorama est magnifique, n'est-ce pas ? Le ciel est d'un bleu limpide, murmure Clara en lui prenant le bras.

La présence de sa femme et la douceur de ses paroles calment instantanément le tumulte de ses pensées. Fiancés très jeunes en 1913, ils devaient se marier l'été suivant, mais l'Histoire en a décidé autrement. Alexandre, comme tous les jeunes de sa génération, en Allemagne comme en France, a été mobilisé le 1er août 1914. Clara lui écrivait tous les jours, l'assurait de son amour, le soutenait, comme elle le fera toute sa vie. À chaque permission, il était plus dévasté, plus pessimiste. Lorsqu'il fut blessé, en avril 1917, sur le front de l'Aisne, Clara obtint l'autorisation de le voir à l'hôpital militaire. Il lui annonça qu'il ne voulait plus se marier. Qu'elle devait l'oublier. Qu'un monde qui pouvait produire autant de barbarie ne pouvait accueillir leurs enfants. Elle le quitta et rentra chez elle à Cologne, bien déterminée à l'épouser. Lorsqu'enfin il revint, affaibli, ce n'était plus le jeune homme sportif et entreprenant qu'elle avait connu. Elle le soigna, le réconforta, resta auprès de lui tout le temps que dura son rétablissement. Autant de preuves d'amour et de foi dans l'avenir firent revenir Alexandre sur sa décision. Ils se sont mariés en octobre 1918 et depuis, ils n'ont cessé de s'aimer.

— Lise nous a préparé une tarte aux myrtilles. Francine est là… Viens, profitons, il est encore temps.

9

Septembre 1939

Une semaine avant de rentrer à Fontenay, la famille a projeté d'aller faire une promenade dans le massif de la Chartreuse. Clara et Lise sont allées faire quelques courses pour préparer les casse-croûtes. Ils doivent partir le lendemain matin de bonne heure. Mais le lendemain, 1er septembre 1939, sans tenir compte des interventions diplomatiques, Hitler met ses menaces à exécution et envahit la Pologne. La guerre est imminente. Les Mendel sont à table quand ils entendent à la radio le communiqué de mobilisation générale.

— Ça y est, c'est la guerre, annonce Alexandre d'une voix blanche.

— C'est terrible. Mais cette guerre mettra peut-être fin aux agissements d'Hitler ? dit Clara avec hésitation.

Cette fois les paroles d'espoir de sa femme ne suffisent pas à apaiser Alexandre. Il est accablé. La guerre, il la connaît. C'est l'horreur. La mort, pour les militaires et les civils. Les deuils, les orphelins, les mutilés. Pourtant, comme tous les Français, il veut penser que les Alliés seront vainqueurs en peu de temps. Tard dans la nuit, assis sur la terrasse sous un ciel étoilé, le couple Mendel profite de ce dernier moment de paix. Au matin, ils décident d'annuler leur randonnée et de rentrer plus tôt que prévu à Fontenay-aux-Roses.

Clara prépare les valises tandis que Lise va dire au revoir à Francine.

— Tu y crois, toi, à la guerre ? demande naïvement la jeune fille.

— Alexandre en est certain.

— Moi ce qui me fait peur, ce sont tous ces étrangers qui arrivent de l'est et d'Espagne. Mon père dit qu'il faudrait les renvoyer chez eux…

— Mais chez eux, c'est déjà la guerre, tu sais. Et puis, moi aussi je suis étrangère…

Francine la coupe et rectifie avec naïveté :

— Oui, mais toi, c'est pas pareil.

Cette petite phrase absurde fait écho à une autre, entendue il y a quelques mois dans la bouche de

François Villeneuve, sur le « bon et le mauvais juif ». *Étrange cette façon de différencier des personnes de même religion ou de même nationalité !* se demande Lise.

— Je ne vois pas la différence, note-t-elle avec un peu d'agacement.

— J'espère que nous nous reverrons l'an prochain !

Lise, habituée aux départs sans retour prévu, ne répond pas. Elle embrasse son amie en lui souhaitant une bonne fin de vacances et un beau mariage.

*

La Simca 5 avale les kilomètres entre Chambéry et Paris dans un silence absolu. Les pensées des trois occupants sont les mêmes : qu'allons-nous devenir ? Leur inquiétude est légitime : porteurs de cartes provisoires d'étrangers, sans nationalité, les Mendel vont très vite être considérés comme des apatrides. Pire, durant des années, leur situation, comme celle de milliers de migrants venus des pays de l'est de l'Europe, alimentera la paranoïa nationale selon laquelle nombre d'exilés de ces pays sont infiltrés pour soutenir le régime hitlérien. Ils formeront ce qu'on appellera très vite la « cinquième colonne ». En 1932, Hitler avait clamé haut et fort : « Partout, en plein pays ennemi, nous aurons des amis qui nous aideront, et la paix sera signée avant même que les hostilités aient éclaté. »

Dans chaque village traversé c'est la cohue et le désarroi : les gens se pressent devant les affiches d'appel à la mobilisation. Devant la gare d'Antony, les crieurs de journaux semblent saluer leur retour en hurlant : « La guerre ! C'est la guerre ! » Alexandre gare la voiture le long du trottoir. Il prend quelques pièces de monnaie dans sa poche et les tend à Lise :

— Va acheter les journaux, s'il te plaît, ma fille. Tous ceux que tu peux.

Lise doit prendre son tour dans la file qui attend. Quelques minutes plus tard, elle rejoint ses parents. Alexandre lit les titres rapidement :

— Pour *L'Intransigeant* : « C'est **LA GUERRE** », en caractères gras. *Le Figaro* annonce : « La France et l'Angleterre sont en état de guerre avec l'Allemagne. » Et *Paris-Soir* titre : « La Guerre est déclarée. »

Puis il ouvre *Le Figaro* et lit l'article à haute voix :

— « Paris a suivi avec le plus grand calme et un parfait sang-froid l'évolution de la situation internationale. Partout où l'on pouvait entendre les nouvelles par radio, de petits groupes se formaient… Un certain nombre de stations de métro étant fermées, il y eut quelque désarroi parmi ceux qui, en l'absence d'autobus, voulaient user de ce moyen de transport. Mais avec bonne grâce, les Parisiens faisaient les détours nécessaires pour arriver à la station ouverte. À part cela, la vie de Paris semblait sans changement. Les terrasses des cafés ont eu beaucoup de monde. Les pêcheurs à la ligne furent nombreux. Les piscines furent très fréquentées. Le Parisien ne se dissimule rien de la gravité de la situation. Il sait à quoi il est exposé. Il sait ce qu'il risque, mais comme tout le reste de la France, il attend sans forfanterie, mais sans affolement. »

Les deux femmes l'écoutent, le visage grave. Il survole quelques lignes dans *Paris-Soir*, et commente :

— Là, les journalistes expliquent comment quitter Paris rapidement en cas de bombardements ou d'invasion.

Sans commentaire, il tend les journaux à Clara, assise à côté de lui, et remet le moteur en marche. La voiture s'éloigne en direction de Fontenay. Le reste du trajet s'effectue dans un silence lourd. Cette guerre qui débute risque de mettre leur situation en péril. Leur volonté de reconstruction sera-t-elle suffisante devant les jours sombres qui s'annoncent ?

En arrivant rue du Plessis-Piquet, ils retrouvent Oma, fidèle au poste. Le jardin n'a pas manqué d'eau, les allées sont nettes, les fleurs fanées sont coupées, les massifs nettoyés ; dans une odeur d'encaustique, la maison rayonne d'un état de propreté jamais égalé : la moindre miette de pain ou de poussière a fui les étagères, les vitres des fenêtres sont transparentes, les meubles brillent. Une nappe brodée de motifs au point de croix et trois poche-serviettes, également décorées au nom de chaque membre de la famille, sont posées sur la table.

— Tu as beaucoup travaillé ! constate Clara en embrassant sa mère. Merci pour ce linge magnifique.

Parmi le courrier relevé quotidiennement par Oma, il y a une lettre de la préfecture. Le visage d'Alexandre s'assombrit à sa lecture. Il la remet dans son enveloppe et annonce d'une voix blanche :

— Nos demandes de naturalisation sont définitivement ajournées.

Une ombre vient de s'abattre sur l'avenir des Mendel. Clara se tourne vers son mari dont le visage reste de marbre. Lise lance un regard éperdu à ses parents. Oma se réfugie dans son ouvrage, la tête penchée sur sa broderie, mais ses doigts tremblent légèrement.

La naturalisation aurait pu les sauver ; maintenant, une épée de Damoclès est suspendue au-dessus de leurs têtes. Dans ce courrier également, une lettre de François Villeneuve pour Lise. Elle l'ouvre machinalement.

Ma Brunette, je suis toujours en Dordogne. Je rentre bientôt, hâte de te retrouver et… Ses yeux parcourent la lettre, mais les mots ne l'atteignent pas. Elle ne retient ni qu'il est absent de Paris ni les mots galants. Le cours de ses pensées s'est figé, elle n'a plus conscience que d'une chose : sans la nationalité française, pourra-t-elle continuer ses études ? Reprendre sa vie normale avec ses amis, ses loisirs ? La naturalisation lui apportait l'assurance de construire son avenir en toute sécurité. Rejetée en Allemagne, car enfant juive, elle souhaitait définitivement oublier ces années et vivre dans la confiance et la reconnaissance. Elle pose la lettre et monte se réfugier dans son atelier. Elle y passe la journée à transcender son découragement dans ses dessins. Le soir venu, elle déchire son travail avec rage. Pourtant elle sait qu'elle ne doit pas perdre espoir. Rien n'est jamais définitif, c'est Alexandre qui le lui a appris. Il y a toujours une lueur dans le noir, il suffit d'y croire.

*

L'atmosphère du pays a changé. La perspective de la guerre est dans tous les esprits. Les caves et les sous-sols susceptibles d'être utilisés comme abris collectifs sont vérifiés par les services de la défense passive qui distribue des masques à gaz à toute la population, enfants et bébés compris. Un soir, Lise s'amuse à faire peur à sa grand-mère en la surprenant dans un couloir avec ce museau terrifiant. Elle constate également qu'en ôtant le masque, elle peut utiliser l'étui pour y mettre un carnet à dessin et quelques crayons. La majorité des Français pensent que la guerre ne va pas durer. En effet, sur le front, les armées se font face sans aucun mouvement décisif. Les journaux appellent cette période « la drôle de guerre ». Ray Ventura et ses collégiens chantent *Tout va très bien, Madame la Marquise*. Lise a hâte de retrouver François et surtout leur rituel de la place Fürstenberg : sa relation avec lui est à ses yeux la preuve de son intégration en France et d'un quotidien sans danger.

Le mardi 5 septembre, quelques jours après le retour de vacances de la famille Mendel, la radio et la presse diffusent une circulaire gouvernementale : « Dans le cadre du contrôle et de la surveillance des étrangers, ordre est donné à tous les ressortissants ou ex-ressortissants allemands de se rendre dans un lieu de rassemblement pour quarante-huit heures afin d'étudier leur situation. Cette obligation ne concerne pas les personnes âgées de plus de 50 ans, les mères et les enfants de moins de 17 ans. »

C'est la consternation. Si Alexandre et Clara n'ont pas à répondre à cette convocation, Lise est en âge de s'y conformer.

— Ma carte d'étranger aura bientôt expiré, argumente-t-elle. Les naturalisations sont reportées définitivement, c'est-à-dire jusqu'à… on ne sait pas quand et…

— C'est juste pour vérifier les identités, peut-être est-il préférable que tu t'y rendes, murmure Clara.

— Mais nous n'avons rien à cacher ! Nous avons fui l'Allemagne, c'est une preuve de notre opposition à Hitler et aux nazis ! insiste Lise.

Alexandre se tait, il voudrait protéger sa fille, l'empêcher d'obéir à cet ordre. Mais Lise n'est plus une enfant, elle doit décider seule de donner suite ou non à cet appel.

— Et toi, Vati, que penses-tu ? Je dois y aller ?

— Cette décision t'appartient, ma fille. Fais ce qui te semble bien. Je ne connais pas les conséquences d'un refus…

Une intuition, peut-être le pressentiment diffus de ce qui va arriver, commande à Lise de ne pas quitter ses parents. Elle ne se rendra pas à cette convocation.

*

L'année scolaire débute dans deux semaines. Léon est sursitaire pour le temps de ses études, mais l'état de guerre peut, d'un jour à l'autre, tout remettre en question. Il profite avec Solange des quelques jours de sursis encore acquis. Depuis qu'elle est rentrée de Savoie, Lise n'a aucune nouvelle de François, hormis la lettre trouvée à son retour de vacances. Elle voudrait oublier un instant ce contexte morose en compagnie de son soupirant. Un matin, elle téléphone chez lui ; un domestique lui répond que « Monsieur François n'est pas rentré de vacances. »

Quelques jours plus tard, elle est en route vers la librairie Gibert pour acheter des livres en prévision de la rentrée à l'École des Beaux-Arts. En sortant du métro Saint-Michel, elle se heurte à un rassemblement d'étudiants brandissant des pancartes xénophobes. Ils hurlent des slogans nationalistes, royalistes et racistes. Au milieu du groupe, il lui semble apercevoir François. Sa large carrure, sa tignasse noire, ses lunettes rondes. Le jeune homme se retourne au moment où un autobus passe entre lui et la jeune fille, déformant la vision. Lise n'a pas vu son visage, elle se convainc que ce ne peut pas être lui et reprend son chemin vers la rue Bonaparte. Le soir même elle tente une nouvelle fois de lui téléphoner, mais elle obtient la même réponse de la même voix neutre : « Monsieur François n'est pas rentré de Dordogne. » Elle passe la soirée partagée entre l'idée que François est rentré et que c'est bien lui qu'elle a vu devant chez Gibert, et le sentiment complexe qu'il ne veut plus la voir. Et elle, a-t-elle vraiment envie d'être avec lui ?

Le jeudi 14 septembre, un nouveau communiqué convoque tous les hommes d'origine étrangère de 50 à 65 ans à se rendre dans des lieux de rassemblement « pour étudier leur situation ». Cette fois, c'est Alexandre qui est concerné. Il doit se rendre au stade Yves-du-Manoir à Colombes.

Voir partir son mari est une épreuve pour Clara. Vingt-cinq ans plus tôt, elle l'avait accompagné à la gare de Cologne où il devait rejoindre son régiment. Elle était rentrée seule et en pleurs chez ses parents. Bien sûr, il ne s'agit là que de présenter ses papiers et de revenir à la maison dans quarante-huit heures, mais la situation actuelle et l'ombre des derniers jours à Cologne la hantent, plus encore que la mobilisation de 1914. Elle chasse ses souvenirs douloureux et tente de se montrer confiante.

— Notre volonté d'être français, ton emploi aux éditions Bruder depuis plus de quatre ans… ce sera une simple formalité, affirme-t-elle comme un défi.

— Tout ira bien, lui assure Alexandre de sa voix apaisante.

Pourtant, il a un doute. Ce qu'il vit en France depuis quelques années, les tensions politiques, la montée de l'extrême droite nationaliste, antirépublicaine et antisémite ne l'incitent pas à avoir confiance dans cette injonction de rassemblement. Il n'y a pas un jour où, se rendant à son travail, il ne passe devant un mur barbouillé d'un slogan xénophobe contre les réfugiés allemands, autrichiens ou même espagnols fuyant la guerre civile. Tous sont dénoncés comme « indésirables ». Le gouvernement Daladier semble sourd à ces démonstrations. Jusqu'où peut-il laisser faire sans trahir les demandeurs d'asile ? Alexandre ne veut faire courir aucun risque à sa famille, il ira à Colombes.

— Voilà de quoi te changer : une serviette et un savon, une brosse à dents, un gilet chaud, énumère Clara en lui tendant une petite valise.

— Ils ont dit quarante-huit heures, pourquoi voudrais-tu que je reste plus longtemps ? J'ai ma carte d'identité d'étranger, le double de ma demande de naturalisation et mon contrat chez Bruder. Ils vont vérifier et me laisseront repartir quand ils verront que je ne fais pas partie de la cinquième colonne !

— Ne ris pas avec ça. J'ai peur, Alexandre…

Alexandre prend sa femme dans ses bras.

— Tout se passera bien. Je serai rentré demain soir au plus tard. Peux-tu téléphoner pour moi aux éditions Bruder ? Tu demandes M. Bruder, tu lui expliques que je ne pourrai pas venir pendant… quelques jours.

Un dernier baiser et Alexandre quitte la maison. Clara reste sur le perron, le cœur dans un étau, tandis que Lise accompagne son père jusqu'à la grille du jardin.

— Quelles sont les nouvelles de la *Buchhandlung* ? demande Alexandre sur le ton de la confidence.

Il sait que Lise communique de temps en temps avec Hans, il a vu quelques lettres arriver de Cologne.

— Tout va bien, Hans se débrouille comme un chef.

— Il n'est pas trop inquiété par les nazis ?

— Un peu… Mais la Librairie est ouverte et continue à fonctionner assez normalement, d'après ce qu'il dit.

Ils avancent dans l'allée du jardin ; Alexandre écoute sa fille, mais c'est dans la *Budengasse* qu'il marche ; devant lui la façade de sa Librairie. Il n'a pas tiré un trait sur ce qui a été sa vie, mais ici, il s'efforce de vivre le présent, sans nostalgie ni regret. Arrivés au portail, il met une main sur l'épaule de Lise.

— Prends soin de ta mère, murmure-t-il en posant un baiser sur son front.

Ils échangent un regard chargé d'amour et d'anxiété. Après un geste de la main à Clara, Alexandre franchit le seuil et disparaît dans la rue.

PARTIE II

LA DÉBUT DE LA TRAQUE

SEPTEMBRE 1939 –
JUILLET 1940

1

Septembre 1939 - Stade Yves-du-Manoir, Colombes

En descendant de l'autobus, Alexandre est interpellé par un graffiti à l'entrée du stade. Il y est inscrit d'une main ferme : « *Camp des Indésirables* ». Une longue file d'hommes attend pour y pénétrer. Certains, comme lui, ont une valise à la main ; d'autres, un imperméable ou un gilet sur le bras ; d'autres encore, les mains dans les poches, semblent patienter à l'entrée d'un cinéma. Il ressent subitement un malaise physique. Sa première réaction est de rebrousser chemin, mais son respect des lois et la sécurité des siens l'obligent à prendre place dans la colonne de ceux qui attendent d'être homologués « indésirables ».

Après une heure d'attente sous le soleil, il se présente enfin devant le policier debout derrière un guichet et lui tend ses papiers. Le préposé y jette à peine un coup d'œil et, sans entendre ses arguments, lui fait signe de pénétrer dans le stade. Alexandre traverse le tunnel en béton qui mène à la pelouse. Des centaines, voire des milliers d'hommes et de femmes sont rassemblés là, certains assis au milieu du terrain sur des tas de paille pourrissante, d'autres installés, seuls ou par groupes, à même la pierre des gradins. Alexandre cherche des yeux un endroit disponible. Il n'a jamais assisté à un match de football ou de rugby et une pensée incongrue lui frappe l'esprit : *C'est la première fois que je pénètre dans un stade !*

Un homme s'approche de lui. Il est vêtu d'un costume clair, froissé et taché. Les cheveux en bataille et le visage grave, il parle un mauvais français teinté d'espagnol, ponctué de gestes qui se veulent explicites. Alexandre comprend qu'on lui a pris ses papiers.

— *Porqué no me dicen nada** *? Etudier situación ?*

Alexandre ne sait que répondre. Il tient la liasse de ses justificatifs dans le fond de sa poche sans oser dire qu'on les lui a rendus. D'ailleurs est-ce bon ou mauvais signe ?

— Sans doute, sans doute, murmure-t-il.

— *Yo* pas ennemi *de Francia ! Enemigo de Franco…*

* « Pourquoi on ne me dit rien ? »

Il est plus jeune qu'Alexandre : une quarantaine d'années, mais le front déjà dégarni, les mains tremblantes ; dans ses yeux, le reflet des souffrances qu'il a endurées.

— *Tengo dos hijos**... ma femme seule si moi pas rentrer.

Il parle avec les mains, en se touchant souvent la poitrine pour dire « je ».

— *Vamos a quedar aquí ?*

Son regard est accroché à celui d'Alexandre comme s'il était son sauveur.

— Rester ici ? Je ne sais pas. Vous devriez vous reposer. Vous êtes là depuis longtemps ?

— *Una semana!*

À voir tous ces gens rassemblés, certains entourés d'effets et d'objets personnels éparpillés, Alexandre avait tout de suite compris qu'ils étaient là depuis des jours, comme il pressentait, depuis le début, que cet appel à « étudier la situation des étrangers » était un leurre. Pourtant, il refusait l'évidence. Les quelques mots échangés avec cet homme le confrontent à la réalité : il est bel et bien arrêté comme tous ceux qui sont là.

---

* « J'ai deux enfants. »

La nuit tombe. Les arrivées ont cessé. C'est l'heure pour les fonctionnaires de fermer grilles et guichets, ils reviendront demain accueillir d'autres malheureux « indésirables ».

Des policiers en uniforme viennent distribuer de la nourriture. À chacun de leurs arrêts parmi la foule des détenus, l'un d'eux précise :

— Un grand pain, une boîte de pâté et du café pour cinq. Et y en aura pas davantage ! Faites des groupes de cinq !

Attentif à ce qui se déroule sous ses yeux, Alexandre s'interroge : *Ai-je eu raison de répondre à cette convocation ? Il est évident que je ne serai pas libéré demain, l'intuition de Clara était fondée. Mais avais-je le choix ?*

Il a laissé à un autre le morceau de pain et le pâté, et n'a gardé pour lui que le gobelet d'eau chaude teintée de café. Il s'enveloppe dans la veste de laine que Clara a mise dans la valise. *J'ai suivi ce que me dictait mon devoir. Il est trop tard maintenant*, conclut-il en se recroquevillant sur le gradin.

La nuit est difficile, ponctuée de toux, de murmures de conversations, de cris parfois, poussés par ceux ou celles qui ont finalement sombré dans un sommeil agité. Alexandre ne dort pas, toutes ses pensées sont tournées vers Fontenay. *Ma tendre Clara, une fois de plus tu vas devoir montrer ton courage. Je voulais que notre exil soit notre salut, pourvu qu'il ne soit pas un nouveau piège. Et toi, ma petite Lise, voici une nouvelle épreuve !*

2

Septembre 1939 - Charles Meyer

Deux jours ont passé. Comme ses compagnons, Alexandre a perdu tout espoir de voir sa « situation étudiée ». Déchu de la nationalité allemande, sans statut légal en France, il est apatride, comme sa femme et sa fille et bien d'autres immigrants de l'est de l'Europe fuyant l'antisémitisme russe ou polonais. *Si la guerre se prolonge, que deviendrons-nous ?* s'inquiète-t-il. *Ai-je encore confiance dans le gouvernement français ?*

Il a lié connaissance avec un jeune Allemand, Charles Meyer, comme lui interné pour vérification de situation. Charles est là depuis le 5 septembre, date de la première convocation. En quinze jours il n'a pu obtenir aucun renseignement. « C'est comme si nous n'existions plus », confie-t-il à Alexandre. « Indésirables et oubliés ! »

Ils ont de longues conversations, philosophiques ou politiques, qui aident à faire passer le temps. Ils se racontent : Charles vient de Bonn où il est né. Sa mère, française, a rencontré son père durant leurs études. Ils se sont mariés, elle est devenue allemande. Ils vivaient dans un appartement avec vue sur le Rhin, dans une rue adjacente à la *Bonnegasse*.

— La promenade du dimanche nous menait toujours devant la maison de Beethoven que j'aimais dessiner, car elle était tout à fait géométrique, se souvient-il.

Le couple Meyer était professeur de français au lycée de Bonn. Comme les Mendel, ils ont quitté l'Allemagne en 1934 pour Paris. Les débuts ont été très difficiles. Ils ont vécu de leçons particulières de français et parfois d'allemand.

— Mon père était déchiré d'avoir dû quitter sa vie, son pays. Bien qu'il aimât la France, il ne supportait pas l'idée d'avoir été arraché à ses racines. Il me disait qu'il se sentait comme un arbre déraciné. Je l'ai souvent surpris les larmes aux yeux, cachant son chagrin derrière ses épaisses lunettes.

Eux aussi ont très vite déposé une demande de naturalisation, rejetée dernièrement. Charles, passionné de mécanique, est inscrit dans une école d'ingénieur.

— À la fin de l'année 1935, la maladie de mon père s'est déclarée. Je le soupçonne d'avoir eu les premiers symptômes dès le début de l'été, sans vouloir en parler. Il grimaçait parfois comme si une douleur aiguë lui transperçait la poitrine. Mais il niait toujours. Il est mort en janvier 36. Nous avions peu d'argent, c'est une association d'aide aux immigrés qui nous a aidés à payer l'enterrement. Depuis, je vis avec Mutti, elle enseigne le français dans un collège privé. Elle est très courageuse.

Dans ce stade, les conditions d'hygiène sont difficiles : un seul point d'eau pour des milliers de personnes ; ils la recueillent dans des boîtes de conserve vides. Les latrines sont des tonneaux en fer-blanc, jamais vidés. Aucune ombre, le soleil de septembre tape sans merci. En 1917, Alexandre a reçu un éclat d'obus dans la tempe ; depuis, il est sujet à de terribles migraines. Pour se prémunir de l'insolation, il se couvre la tête avec sa serviette de toilette. Voyant cela, Charles lui prête sa casquette en toile.

— Elle vous va bien, constate le jeune homme en riant, elle vous donne un air canaille !

Un soir, l'orage éclate enfin. La pluie inonde le stade et les gradins non couverts. La paille devient fangeuse, la pierre glaciale et glissante, les odeurs pestilentielles. Le moral est au plus bas, l'angoisse et l'incertitude de l'avenir rythment des journées d'ennui et des nuits d'insomnie.

*

Voilà quatre jours qu'Alexandre est arrivé. Ce matin, on leur distribue des cartes à envoyer à leur famille. Il peut enfin communiquer avec Clara. C'est un grand soulagement. Il tente de ne pas ajouter à son anxiété, mais ne lui cache rien de la situation.

C'est un endroit inconfortable où j'espère ne pas rester trop longtemps. L'état va certainement trouver une solution et je rentrerai. En attendant, Liese et toi, soyez patientes et courageuses. Ne changez rien à votre quotidien. Je vous embrasse. Alexander.

De son côté, Charles a fini la rédaction de sa carte ; il reste pensif, le crayon en l'air. Alexandre s'approche de lui.

— J'ai écrit à ma mère, lui précise le jeune homme.

— Elle est à Paris ?

— Non. Elle a passé l'été dans un petit village près de Limoges, dans la famille d'une collègue ; elle y est restée. Le collège où elle enseignait n'a pas besoin d'elle cette année. Je l'ai quittée il y a un mois, il me semble que cela fait très longtemps…

— Elle vous croit donc à Paris, prêt à reprendre vos études…

— Oui. Je lui écris que je suis à Colombes quelques jours pour vérification de mes papiers, mais que je vais rentrer.

— Vous avez raison, nous ne savons rien de ce qui nous attend, il est donc inutile de l'alarmer. Soyons optimistes !

Alexandre pense-t-il sincèrement ce qu'il dit ou est-ce seulement pour réconforter Charles ? Sa confiance en l'être humain est bien entamée, mais il continue à vouloir aider et soutenir ceux qui sont autour de lui. C'est aussi un moyen pour ne pas faiblir, ne pas désespérer.

En début d'après-midi, une table est dressée au milieu du terrain. Les jeunes entre 17 et 35 ans sont appelés par haut-parleur. Charles s'y rend. Quand il rejoint Alexandre, le jour décline. En voyant son visage fermé, Alexandre comprend que la situation du jeune homme vient de basculer.

— Pas question de libération pour le moment… On nous propose de nous engager dans la Légion étrangère. J'ai dit oui.

Il rédige rapidement une nouvelle lettre à sa mère et la confie à Alexandre.

— Pourrez-vous l'envoyer avec le prochain courrier, s'il vous plaît?

Sa voix faiblit, les larmes aux yeux, il ajoute :

— Je ne veux pas qu'elle s'inquiète, vous comprenez.

Puis il ferme le cartable d'étudiant qui lui sert de bagage, et lève un visage accablé vers Alexandre.

— Je dois partir.

Alexandre lui pose une main sur l'épaule.

— C'est peut-être mieux ainsi, Charles. Vous n'êtes pas militaire, vous aurez une période d'instruction quelque part en Afrique du Nord, je suppose. La guerre, elle, se déroule en Europe...

— Mais vous, Alexandre, qu'allez-vous devenir? Vous et tous les autres, désigne-t-il d'un geste large du bras.

— Sans doute renvoyés dans nos foyers! Au pire, nous resterons ici...

— Mais c'est invivable, ici! Personne ne peut y séjourner longtemps!

— Alors, nous rentrerons chez nous.

Des camions militaires viennent de se garer sur la pelouse. Les hurlements des klaxons appellent les candidats à la Légion.

Alexandre et Charles s'étreignent.

— J'espère que nous nous reverrons, murmure Charles.

— *Chi lo sa**? Tout ira bien, mon garçon. Prenez soin de vous.

— Vous aussi, Alexandre. Je ne vous oublierai pas.

Alexandre le regarde partir. Le dos voûté, la tête basse. *Il y a vingt-cinq ans, c'est moi qui partais. Les hommes sont donc incapables de préserver la paix ! Il leur faut plus et encore plus de sang !*

Il se laisse tomber sur le gradin, le visage dans les mains.

* « Qui sait ? »

3

Octobre 1939 - Fontenay-aux-Roses

Clara compte les jours depuis le départ de son mari. Bientôt trois semaines et aucune nouvelle. La colère et l'inquiétude se mêlent à l'indignation. Elle sent vaciller sa confiance en l'État français.

— Ils avaient dit quarante-huit heures ! Étudier sa situation... Pourquoi est-ce que ça prend autant de temps ? se plaint-elle à haute voix seule dans sa chambre.

Elle décide d'aller se renseigner auprès du commissariat de Fontenay-aux-Roses. Le policier la reçoit poliment, entend sa demande, mais ne peut lui donner de précisions.

— Vous savez, ils sont nombreux dans ces centres de regroupement. C'est normal que ça prenne du temps.

Faut vérifier toutes les identités... Vous inquiétez pas, ma p'tite dame, vous allez bientôt le voir revenir, vot'mari.

Clara n'est qu'à demi rassurée par ces paroles pourtant sensées. De retour à la maison, la carte expédiée du stade de Colombes l'attend dans la boîte aux lettres. Un flot de larmes l'envahit. Elle court annoncer la nouvelle à Oma.

— Alors, il va vite revenir, affirme sa mère les yeux sur sa broderie.

Elle partage le soulagement de sa fille, mais ne le montre pas. Tout épanchement est pour elle preuve de sensiblerie. Elle se limite à lui donner un rapport de situation, sans lever le regard de son ouvrage :

— Lise est partie au cinéma avec ses camarades. Son ami François la raccompagnera. J'ai mis des pommes de terre à cuire.

Clara est toujours étonnée de la froideur de sa mère. Elle aurait voulu échanger sur l'absence d'Alexandre, sur les probabilités qu'il revienne rapidement, se laisser aller à son inquiétude avec une personne aimante, mais l'image d'Oma concentrée sur son point de croix ne l'encourage pas à entamer une conversation. Comme souvent quand elle se heurte à ce mur, elle se met au piano. Elle joue Schubert avec mélancolie en attendant le retour de sa fille.

Oma a préparé le repas. Lise n'arrive pas. Depuis qu'il est rentré de Dordogne, elle revoit François régulièrement mais sans vrai plaisir, obéissant malgré elle à une sorte de routine plus ou moins imposée par le jeune homme. Ce soir, elle serait volontiers restée auprès de sa mère dont elle sent l'inquiétude, mais Solange et Léon ont insisté et François a fini par la convaincre. Quand enfin, elle pousse la porte de la maison, Clara comprend tout de suite que quelque chose ne va pas.

— Tu as passé une bonne soirée ? demande-t-elle à sa fille. Le film était bien ?

Lise répond d'un hochement de tête et s'assied devant son assiette.

— Nous avons reçu une carte de Vati, il est toujours au stade de Colombes. On ne sait pas pour combien de temps…

Lise affiche un visage blanc, aux yeux cernés.

— Il va bien au moins ?

— Le mieux possible, je pense.

Cette nouvelle apporte un sourire sur ses lèvres.

— J'espère qu'il n'y restera pas trop longtemps…

Sans avoir touché à son repas, elle repose sa fourchette et ajoute :

— Ce film était vraiment mauvais. Une histoire à

l'eau de rose, triste et sans intérêt. Je suis épuisée, je monte me coucher.

Seule dans sa chambre, elle se jette sur son lit. Ce n'est pas le film qui l'a contrariée, c'est l'attitude de François. Durant toute la projection, il a cherché à passer sa main sous sa jupe, à caresser sa poitrine. C'est la première fois qu'il faisait ça avec autant d'insistance. Lise s'est défendue, jusqu'à le taper. Finalement il a cessé, mais en sortant du cinéma, il lui en voulait, c'était évident. En commentant le film, il a parlé de « saintes nitouches qui minaudent mais n'attendent que ça ! » Il faisait allusion à elle.

Le lendemain, Solange la prend à part.

— Hier soir, au ciné, j'ai vu ce qu'il s'est passé ! Tu as bien fait de le repousser.

Lise soupire, désemparée :

— Tous les jours je me dis que je ne l'aime plus, et puis, il m'appelle, il m'attend, et…

— … et tu y retournes ! Il te fait marcher. Tu sais quoi ? Je me demande si tu l'aimes vraiment. Je crois que tu confonds être amoureuse et avoir un copain qui t'emmène au cinéma.

Lise ne répond pas. Elle sait que son amie a raison. Plus encore, elle prend conscience qu'elle a voulu s'attacher à François pour retrouver la complicité qu'elle avait avec Hans et qui lui manque tant.

— Laisse-le tomber, reprend Solange. Il n'est pas aussi sympathique que ça le beau François Villeneuve, tu sais !

4

Octobre 1939 - Camp de la Viscose, près d'Albi

Deux jours de plus ont passé au stade de Colombes. Un matin, 150 détenus sont appelés à se rassembler au milieu du terrain. Alexandre est parmi eux. Sous la surveillance de militaires, arme au poing, ils sont poussés vers quatre autobus de la STCRP*. Au moment de grimper sur la plateforme, Alexandre s'adresse au soldat en faction, un tout jeune homme : « Où allons-nous ? » demande-t-il. La seule réponse qu'il obtient est un sévère : « Montez ! » accompagné d'un geste de la mitraillette. Alexandre suit les autres hommes qui

* STCRP : Société des Transports en Commun de la Région Parisienne, ancêtre de la RATP (Régie Autonome des Transports Parisiens).

s'entassent comme ils peuvent sur les banquettes, ou debout dans la travée. Quand le bus démarre, chacun s'accroche. Malgré les vitres teintées, on devine le trajet : pont d'Asnières, boulevard Berthier. Au rythme de coups de sifflet stridents et de grands gestes des bras, les agents de police, armés de leur bâton blanc, arrêtent la circulation pour laisser passer le convoi.

— Saint-Augustin ! crie un homme appuyé au carreau. On nous mène à l'église !

Ce trait d'humour ne fait rire personne, pas plus que le suivant quelques minutes plus tard :

— Y se sont gourés d'église, c'est la Madeleine maintenant !

— Peut-être qu'on nous emmène à la prison de la Santé ? suggère une voix angoissée.

L'autobus traverse la place du Châtelet et prend le quai de la Mégisserie. Lorsqu'il passe la Seine, une voix au fort accent allemand annonce :

— On va vers la gare d'Orléans-Austerlitz. Voilà où on va.

Le ton péremptoire glace les autres passagers. Personne ne réagit.

Quelques instants plus tard, c'est l'arrêt dans la cour de la gare. Les hommes descendent, toujours sous bonne garde. Un train de marchandises les attend.

Encadrés par l'armée, sans aucune information sur leur sort et leur destination, ils sont poussés dans des wagons destinés habituellement au transport de matériel ou de bétail. Alexandre suit machinalement. Il pense à Clara, à Lise, à la maison de Fontenay. Une image de paix et de douceur vient le visiter : Clara est dans le jardin, elle cueille des tomates. Le rouge des tomates contraste avec le gris du décor dans lequel il se trouve. Est-ce qu'il délire ? Il vacille. Obligés de se serrer les uns contre les autres, ses compagnons le pressent contre la paroi. Il se laisse faire, le corps inerte, la tête en feu. Avant que les portes coulissantes ne se ferment, certains, dans un dernier élan désespéré, tentent de sortir. Ils sont repoussés sans ménagement vers l'intérieur. Ordre est donné de clore les ouvertures. L'odeur d'urine et de déjections, sans doute animales, devient insupportable. Certains sont à bout et se jettent sur les parois, tapent, hurlent, en allemand, en polonais, en hongrois. Un silence lourd succède à cet accès de révolte. Finalement, dans un fracas assourdissant, le train s'ébranle. N'ayant rien à quoi se cramponner, les hommes doivent se retenir les uns aux autres. Peu à peu, chacun trouve une position tolérable.

Alexandre est assailli par une migraine, comme il en a parfois. Il craint de s'évanouir et s'agrippe au bras du compagnon le plus proche. L'homme lui sourit pour signifier qu'il comprend son malaise et lui offre son soutien. Le convoi roule lentement, franchit plusieurs aiguillages qui les déstabilisent. Les bruits extérieurs se dissipent peu à peu, le train prend de la vitesse. Les passagers sont aux aguets, attentifs au moindre son qui pourrait les renseigner sur leur itinéraire. Seul résonne le roulement régulier des boggies. Debout, coincé entre la paroi du wagon et les autres prisonniers, Alexandre somnole. De temps en temps, il se masse les tempes dans l'espoir de faire disparaître sa migraine. La nausée est passée et avec elle, la peur de s'évanouir.

— On traverse une forêt ! annonce quelqu'un, l'œil rivé à une ouverture d'aération.

Cette exclamation libère la parole. Les uns et les autres émettent des hypothèses, tant pour se rassurer que pour entendre des voix humaines.

— On nous renvoie dans nos pays ?

— Si on change de camp, c'est qu'on reste ici.

— Peut-être qu'on part en Allemagne ?

— C'est pas possible, on va vers le sud-ouest.

— Mais ils ne peuvent pas nous garder ! Il y a des lois ! s'offusque un naïf.

Petit à petit, des conciliabules prennent naissance entre les prisonniers. Par petits groupes, ils échangent leurs questionnements, souvent dans leur langue maternelle. Un vieillard chancelle et s'évanouit. Il est retenu par deux jeunes qui l'allongent par terre au milieu des autres.

— Écartez-vous ! Écartez-vous ! Il faut qu'il respire !

— Comment tu veux qu'on s'écarte ! On est collés les uns aux autres…

On crée un espace d'air autour de l'ancien qui se réveille en s'excusant.

Le trajet est interminable. Seul contact avec l'extérieur : une campagne sans relief aperçue par l'interstice des parois du wagon à bestiaux. La nuit est tombée. Certains groupes ont trouvé le moyen de s'asseoir. Les plus jeunes ont fait de la place aux plus âgés. Plus le temps passe, plus l'atmosphère s'alourdit. Les voix se sont tues, laissant place à l'angoisse. Il n'y a ni à manger ni à boire. Il y a des malaises, des crises de nerfs. La nuit passe ainsi. Alexandre sombre par instants dans un sommeil agité d'images de bombes et de tranchées desquelles surgissent les visages de Clara appelant au secours ou de Lise allongée sous une couverture de boue. Ces instants sont très courts et peu réparateurs.

Le train s'arrête parfois en rase campagne ou dans une gare dont il est impossible de deviner le nom.

— On est où ? interrogent alors des voix épuisées auxquelles personne ne peut répondre.

Un coup de sifflet, et on repart dans un cahot bruyant.

Il est 6 heures du matin quand le convoi s'arrête enfin. Le guetteur, toujours près de la fenêtre d'aération, déchiffre l'écriteau et annonce avec étonnement :

— Albi !?

Il est très tôt, mais le soleil est déjà haut quand on fait sortir les hommes des wagons. Éblouis par la lumière, ils avancent en titubant entre deux rangées de militaires armés de mitraillettes. On les oriente le long du quai vers l'intérieur de la gare. Les visages sont crispés, les poings serrés. On s'interroge : « où nous emmènent-ils ? Pourquoi Albi ? » Certains sortent de la colonne et tentent d'obtenir une réponse auprès d'un des soldats. Sans aucune explication, on leur fait signe de regagner le rang. Comme les autres, Alexandre, dont la migraine a enfin disparu, suit les ordres, mais plus que la destination, c'est le sort qui les attend qui le préoccupe.

Des camions militaires, alignés devant la gare, les attendent. On les y fait monter sans tenir compte de leurs capacités physiques : une fois encore, les plus vaillants aident les plus fragiles. Ils sont de nouveau entassés comme de la marchandise.

— Allez, allez, dépêchez-vous ! hurle une sentinelle.

Quand le convoi démarre, ils sont ballottés dans tous les sens au hasard des virages et des cahots de la route. Ceux qui sont debout s'accrochent comme ils peuvent aux épaules de ceux qui ont pu s'asseoir. Alexandre s'agrippe des deux mains à l'armature de la bâche, les jambes plantées dans le sol mouvant. Après une demi-heure dans ces conditions, ils arrivent au camp de la Viscose, dans la banlieue d'Albi. Ce sont de longues baraques en bois alignées comme des tombes dans un cimetière. Beaucoup sont déjà occupées. Les nouveaux arrivants apprennent très vite que 700 personnes d'origines différentes – juifs des pays de l'est et Espagnols – sont logées là, des hommes et des femmes.

Chaque nouvel arrivant est affecté à une baraque où il doit trouver place sur un châlit aux odeurs fétides recouvert d'une litière de paille. Alexandre s'apprête à s'installer au-dessus d'un homme d'une quarantaine d'années. Il pose sa valise, mais l'homme arrête son geste.

— Prenez ma couche, dit-il dans un allemand impeccable, je suis plus jeune que vous, je peux monter…

Il lui tend la main et se présente :

— Gustav Hermann. Journaliste munichois, expatrié pour pouvoir user de ma liberté d'expression !

— Alexander Mendel, libraire colonais, juif, expatrié pour sauver sa vie.

Un échange de sourires conclut cette présentation rapide mais précise : ils se sont compris.

Gustav est là depuis deux jours, il explique rapidement à Alexandre ce qu'il sait du fonctionnement du camp. Depuis le départ de Charles Meyer, Alexandre se sent très seul et a le sentiment d'être trimballé comme un animal docile ; en discutant avec Gustav, il redevient un être humain pensant.

Le lendemain, on leur distribue des cartes de correspondance et on leur annonce qu'ils auront l'autorisation d'écrire une fois par semaine.

— Ce qui signifie que nous sommes là pour un moment ! constate Gustav.

On est le lundi 25 septembre 1939.

5

1940

L'hiver 1939-1940 est particulièrement froid. Sans la présence d'Alexandre, les jours s'égrènent tristement dans la maison de Fontenay-aux-Roses. Pourtant, il écrit régulièrement à sa femme de courtes lettres. Mi-janvier, il apprend que, selon le décret-loi du 12 avril 1939 : « Les étrangers et apatrides bénéficiant du droit d'asile sont autorisés, en temps de guerre, à s'engager, comme travailleurs étrangers, au service de l'armée française. » Malgré son âge, il espère profiter de ce décret. Gustav et lui en font la demande auprès des autorités du camp.

Si Gustav est considéré comme réserviste et doit rester au camp en attente d'un ordre de mission, pour Alexandre, la situation est plus délicate. Il a 50 ans et de nombreuses blessures de la première guerre, il devra attendre encore avant d'être, peut-être, affecté à l'armée ou dans le civil.

Dès le mois de février, Gustav est engagé. Son départ est douloureux. Pour la seconde fois, Alexandre voit partir un compagnon d'infortune. Il se retrouve face à sa solitude. Bien sûr, il communique avec les autres détenus, mais sans retrouver la complicité qu'il avait avec Gustav. Son affectation prend du temps. Sera-t-il libéré ? Envoyé quelque part en France ? La réponse se fait attendre. Son seul lien avec sa famille est sa correspondance avec Clara qui lui détaille, dans chaque lettre, leur quotidien.

À Paris, le rationnement des denrées alimentaires a commencé dès janvier, et des cartes d'alimentation ont été distribuées. Lise se charge régulièrement de les récupérer à la mairie de Fontenay. Les cours aux Beaux-Arts continuent vaille que vaille dans une ambiance délétère : beaucoup de professeurs ont été appelés ; on parle de la guerre dans les couloirs, dans les cafés du Quartier latin. Même si les journaux et les actualités Pathé clament que « la France est sûre de sa victoire », la peur de l'imminence d'un conflit armé a envahi les esprits.

Un matin, M. Bruder téléphone pour avoir des nouvelles d'Alexandre.

— Il a été interné à Albi. Je n'en sais pas plus…

— Si je peux quelque chose pour vous, madame Mendel, n'hésitez pas...

Au son de cette voix douce et rassurante, Clara ose ce qu'elle n'aurait jamais pensé faire.

— Croyez-vous, monsieur Bruder, que vous pourriez... comment dire ? Essayer de faire libérer Alexandre. Dire que vous avez besoin de lui...

Un long silence dans le récepteur, puis :

— Je comprends votre impatience et votre inquiétude, madame Mendel. Je vais voir ce que je peux faire, mais je ne veux pas vous donner trop d'espoir.

En raccrochant, Clara sait que Bruder ne pourra rien, mais le seul fait d'avoir demandé, d'avoir été écoutée, la rapproche d'Alexandre.

*

Depuis la séance de cinéma de septembre, Lise n'a plus de nouvelles de François. Elle sait qu'il ne vient plus en cours, et aucun de ses camarades de Sciences Po n'a d'informations. Cette absence ne la perturbe pas ; c'est presque un soulagement, elle est davantage préoccupée par le sort de son père. Comme Clara s'y attendait, Bruder n'a rien pu faire. Il a juste réitéré sa proposition de l'aider.

— Appelez-moi si vous avez besoin de quoi que ce soit, et donnez-moi fréquemment de vos nouvelles. Votre mari nous manque, à tous. J'espère qu'il sera très vite de retour.

Lise a plaisir à retrouver Solange et Léon dans les rares cours qui continuent. Bien qu'il soit sursitaire, la menace d'être mobilisé a enlevé à Léon toute gaieté, et les soirées sont moroses. Même la projection d'*Ignace*, ce film avec Fernandel qu'ils n'avaient pas vu à sa sortie et que le Champo* a reprogrammé, ne les a pas amusés. Lise ne cesse de penser à son père ; Solange est inquiète pour Léon qui affiche un visage fermé. Les affiches placardées sur les murs de Paris – « Silence, l'ennemi guette vos confidences » – n'encouragent pas à s'attarder à la terrasse des cafés. Alors, le soir, au cours de longues conversations téléphoniques, elles échangent des idées et des commentaires politiques qu'elles n'osent pas avoir à l'école ou dans la rue.

— J'espère que cette « drôle de guerre », comme disent les journalistes, ne va pas se transformer en « guerre sérieuse », commente Lise, que Léon ne sera pas mobilisé et que mon père reviendra vite. Vous êtes mes

* Abréviation de Champollion, cinéma du Quartier latin.

meilleurs amis, et en ce moment j'ai tellement besoin de vous ! J'aurais aimé vous présenter Hans, je suis certaine qu'il se serait très bien entendu avec Léon.

Lise n'a pas fait le deuil de sa vie d'avant, et dans ses rêves les plus fous, elle réunit Cologne et Paris : ses amis, ses habitudes. Les richesses apportées par la France se mêlent aux souvenirs allemands les plus beaux.

— C'est plus à lui que tu penses qu'à François, on dirait, remarque Solange. Je suis contente, ça veut dire que tu te désintoxiques de Villeneuve !

— Je ne sais pas. Je pense encore à lui. J'ai un sentiment bizarre : envie de le voir et… pas.

— Alors reste sur ta « non-envie » de le voir, je te le conseille. Ce type est trop louche, et par les temps qui courent, il faut être prudente, surtout dans ton cas… si tu vois ce que je veux dire !

*

Clara a pris la relève de son mari devant le poste de TSF. Tous les soirs, tandis qu'Oma brode, muette, la tête penchée sur son ouvrage, Clara écoute les émissions de *Radio Paris*. Fin mars, elle entend que la France et le Royaume-Uni s'unissent pour ne faire qu'une seule armée face à l'ennemi allemand, et s'engagent réciproquement à ne pas signer de paix séparée avec lui.

Le 30 avril, elle reçoit une carte du camp de la Viscose.

Albi, le 22 mars 1940

Ma chère femme,

Je viens d'apprendre que je ne serai sans doute pas classé apte aux prestations comme travailleur étranger à cause de mon âge et de mes blessures de 14. Je suis une sorte de « réserviste » m'a-t-on dit. Cela signifie que je ne quitterai pas le camp comme je l'avais imaginé. Je m'inquiète pour vous. J'espère que le quotidien n'est pas trop difficile. Avez-vous suffisamment à manger ? Ici, on a peu de nouvelles de l'extérieur en dehors des lettres que nous recevons et dont, parfois, nous échangeons les informations générales. Je suis content que Liese ait obtenu cette bonne note ; heureusement, elle peut poursuivre ses cours. Je vous embrasse toutes les trois tendrement. Votre Alexander.

6

1940 - Camp de Gurs

Le soir du 11 mai, en revenant de la boulangerie où elle a échangé ses derniers tickets de pain, Lise croise un crieur de journaux qui hurle en brandissant *Paris-Soir*.

— Offensive allemande en Belgique ! Fin de la drôle de guerre !

Lise achète le journal et lit : « Les Allemands ont envahi la Hollande, la Belgique et le Luxembourg. Appelée au secours, l'armée franco-britannique a franchi la frontière belge. » Très vite, les populations belges et luxembourgeoises se ruent sur les routes en direction de la France. Il faut absolument que les Alliés arrêtent l'armée allemande ; si la Wehrmacht entre en France, c'est une catastrophe. Et que deviendraient les Mendel et tous les réfugiés venant du nord et des pays conquis par le Reich ?

Le 14 mai, les murs sont recouverts d'affiches appelant, sous peine d'arrestation, les « ressortissants allemands et étrangers de nationalité indéterminée, mais d'origine allemande – c'est-à-dire les juifs allemands déchus de leur nationalité – à se présenter le jour même au stade de Buffalo à Montrouge pour les hommes de 18 à 55 ans, et le lendemain, le 15 mai, au Vélodrome d'Hiver pour les femmes célibataires ou mariées sans enfants de 18 à 55 ans ».

Cette fois, Lise est obligée de se conformer à cette injonction. Elle sait ce qui l'attend et l'idée de ne pas s'y rendre et de se cacher l'effleure un instant, mais le risque de mettre sa mère et sa grand-mère en danger l'oblige à obéir. Courageusement, Clara lui prépare un bagage. Le départ d'Alexandre, suivi de son internement, lui a servi de leçon. Bien qu'on soit en mai, elle ajoute des vêtements de laine. Elle agit mécaniquement, la gorge serrée, refusant de penser. Ce n'est que lorsque Lise a passé le portail du jardin qu'elle se met au piano et assène la sonate *La Pathétique* de Beethoven avec rage, les larmes, enfin, inondant son visage.

Lise partie, Clara et Oma se retrouvent dans une maison vide plongée dans l'angoisse. Pendant plusieurs jours, de peur de réveiller leur chagrin et de perdre tout courage, elles n'échangent que sur des problèmes du quotidien. Clara passe la majeure partie du temps au piano. Oma brode, mais parfois ses mains agiles s'arrêtent et restent en suspens tandis que son regard se perd dans un lointain incertain.

*

Lise est bel et bien internée comme l'a été son père huit mois plus tôt. Le Vélodrome d'Hiver est un immense espace couvert où femmes et hommes couchent sur des paillasses à même le sol des gradins. Les conditions sanitaires ne sont pas différentes de celles du stade de Colombes et de tous les lieux de rassemblement « d'indésirables ». Un matin, cette population d'internés est transférée : les hommes sont dirigés vers Rivesaltes, les femmes, dites « femmes de mai », sont embarquées sans aucune explication dans un train en direction du Sud-Ouest.

Entassées sur les banquettes de bois d'une voiture de troisième classe, Lise et ses compagnes ne savent pas où elles vont ; elles sont des numéros sans identité, trimballées à travers le pays en vertu d'un danger qu'elles ne représentent pas. Après des heures interminables, sans manger ni boire, le train s'arrête. On les fait monter dans des camions bâchés, direction inconnue. On est le 21 mai 1940.

Une demi-heure plus tard, le convoi pénètre dans un camp clôturé de barbelés, traversé par une longue route longée de chaque côté par des baraques alignées. Aucune végétation, pas un arbre, juste cet alignement de rectangles sinistres. Compté par des gardiennes à la descente des camions, chaque groupe de 60 filles est dirigé vers un baraquement. Elles apprennent qu'elles sont au camp de Gurs, près d'Oloron-Sainte-Marie, dans les Basses-Pyrénées*.

Lise avance tête baissée, imperméable à ce qui l'entoure. Elle pense à son père qui a dû subir la même humiliation. Il n'en dit rien dans ses lettres, mais elle le connaît trop pour ne pas savoir qu'il est capable de cacher ce qui l'atteint. Il a plu la veille et la terre est détrempée. Lise est en sandalettes et louvoie entre les flaques de boue. Elle imagine Alexandre dans la même situation. Durant la semaine qu'elle a passée au Vélodrome d'Hiver, elle a pu prévenir sa mère. Elle espère lui écrire très vite qu'elle est maintenant détenue dans ce camp. Elle imagine son angoisse et

* Aujourd'hui, Pyrénées-Atlantiques.

sa solitude, abandonnée avec Oma dans la grande maison de Fontenay. Clara est une femme forte qui a déjà affronté beaucoup d'épreuves. Résistera-t-elle à celle-ci ?

Une voix douce la sort de ses pensées.

— Je m'appelle Hélène Acker. J'étudiais la physique à Paris. Et toi ?

Une toute jeune fille marche à ses côtés. Elle est aussi blonde que Lise est brune, et ses yeux sont étonnamment bleus. Toutes les deux sont vêtues de robes légères, on pourrait les imaginer dans une rue ensoleillée, papotant en regardant des vitrines.

— Je suis Lise Mendel. Étudiante aux Beaux-Arts, à Paris aussi.

— Tout le trajet depuis le Vélodrome, je t'ai regardée. Tu n'as adressé la parole à personne, tu semblais enfermée dans un chagrin…

— Je n'arrête pas de penser à mon père. Il est au camp de la Viscose, près d'Albi. Ce doit être comme ici, et je me demande comment son corps, épuisé par la dernière guerre, peut supporter ces conditions.

— Papa et moi, nous nous sommes présentés au Vélodrome ensemble ; il a été envoyé à Rivesaltes…

— Avancez ! Avancez ! Plus vite ! leur ordonne une voix autoritaire.

Autour d'elles, des prisonnières, arrivées sans doute depuis longtemps, pataugent dans la boue. Certaines sont enveloppées dans des couvertures crasseuses, d'autres, les mains sur les barbelés, le regard fixant la campagne, semblent attendre un libérateur improbable. Une très jeune femme, assise sur un rondin, allaite un nouveau-né. Elle a le teint cireux, les cheveux gras et les vêtements en loques. Aucune lueur ne passe dans ses yeux. A-t-elle conscience qu'elle est en train de nourrir son enfant ? Des femmes vont et viennent à pas lents entre les baraquements ; elles parlent entre elles, parfois se font houspiller sans raison par une gardienne.

La baraque dans laquelle Lise et Hélène pénètrent est construite comme toutes les autres sur pilotis, trois marches de bois y donnent accès. Les parois sont faites de planches disjointes qui laissent passer un peu de lumière et surtout, les prisonnières s'en rendront vite compte, un froid glacial la nuit. Hélène ne quitte pas Lise. Des ballots de paille humide les attendent, ils serviront de litières à même le sol de terre. La première nuit, les deux jeunes filles refusent de s'envelopper dans les couvertures trouées et moisies qu'on leur a distribuées. Elles dorment serrées l'une contre l'autre, enveloppées dans leurs gilets de laine. Plusieurs fois elles sont réveillées par des rats qui courent sur leur dos. Ou ce sont les souris qui viennent les visiter à petits pas. On entend des cris, des hurlements chaque fois qu'un rongeur touche une des prisonnières. Certaines se lèvent en gesticulant et criant, d'autres injurient l'animal ou battent l'air avec un vêtement, une chaussure ou tout objet qui leur tombe sous la main. Parfois le spectacle est comique et les deux amies en rient sans malice. L'une et l'autre ont pris le parti de ne pas bouger, d'ignorer ces visiteurs nocturnes.

— Après tout, ces bestioles sont chez elles, murmure Hélène. C'est nous les intruses.

Mais comment dormir dans ces conditions ? Leurs journées sont faites d'inertie. Leur seul sport : des marches sous un soleil de plus en plus haut et chaud à mesure que les jours s'allongent. Entre le sabbat des rongeurs et la vacuité des heures, elles ne trouvent pas le sommeil. Alors elles parlent, jusqu'à l'épuisement.

L'amitié d'Hélène est un grand soutien. Elle rit, chante et éloigne Lise de ses pensées moroses. Comme Lise, Hélène est juive allemande. Elle est arrivée en France avec ses parents dès 1933. Les Acker ont peu de revenus. Les travaux de couture de sa mère suffisent à peine à payer le loyer mensuel des deux chambres, sans aucune commodité, qu'ils louent au huitième étage d'un immeuble de la rue d'Orsel dans le XVIIIe arrondissement de Paris. Peintre de décors au théâtre de Dresde, son père a très vite trouvé une place de machiniste au théâtre de l'Atelier, à quelques centaines de mètres de chez eux.

— Nous étions tellement heureux d'être enfin en sécurité dans un pays en paix, je crois que Papa aurait accepté n'importe quel travail. Il a même postulé pour faire la plonge dans un restaurant ! Lui qui ne sait pas laver une assiette ! Enfin, entre son maigre salaire et ce que maman parvenait à gagner, nous arrivions à vivre. Je payais mes études en donnant des leçons et en gardant des enfants. Mais en septembre, le jour de la déclaration de guerre, la propriétaire nous a ordonné de partir. Elle ne voulait pas de locataires étrangers. Maman est allée à Niort, chez une cousine. Papa et moi avons trouvé une chambre dans un immeuble voisin grâce à un employé du théâtre. Et puis, nous avons été appelés à nous rassembler et… tu connais la suite.

Chaque jour arrivent de nouveaux convois de femmes. Elles sont, pour la plupart, jeunes et sans enfants. La moitié d'entre elles sont juives, souvent natives d'Allemagne ou de Pologne. Bientôt le camp compte plus de 9 000 femmes et quelques enfants. La nourriture est une soupe claire dans laquelle nagent quelques pois chiches.

Devant ce plat répugnant, Hélène trouve le moyen de s'amuser. Chaque fois qu'elle attrape un pois chiche avec sa cuillère, elle crie : « J'en ai un, j'en ai un ! » Tout le monde se retourne pour savoir de quoi il s'agit, et elle part d'un éclat de rire communicatif qui fait du bien à son entourage. Ce n'est qu'au bout de quelques jours qu'on leur distribue des gobelets de l'armée, cabossés et parfois piqués de rouille. La toilette se fait devant des réservoirs en zinc, sortes d'auges alimentées en eau deux fois par jour. Une auge entre chaque baraque permet aux prisonnières de faire quelques ablutions, sans aucune intimité. Voyant cela, Lise décide de ne pas se laver. Elle tient trois jours. Le quatrième jour, poux et autres bestioles étant venus faire sa connaissance, elle fait fi de sa pudeur et munie du savon laissé par Clara, se frotte énergiquement. Pour les besoins quotidiens, des latrines en bois tout près des logements ; on s'essuie avec ce qu'on trouve, chiffon qu'on doit laver, papiers, feuillets arrachés à des livres ou des journaux.

Un matin, peu de temps avant l'heure de la soupe, des cris et des pleurs attirent les prisonnières. Lise et Hélène, assises sur les marches de leur baraque, reconnaissent la jeune femme au visage livide qui allaitait son bébé quelques jours plus tôt. Une gardienne essaie de le lui enlever :

— Mais il est mort ! Vous voyez bien, mon petit ! Il est mort !

La jeune maman s'accroche aux langes, au bras de la femme. Elle hurle dans une langue que les jeunes filles ne comprennent pas. Mais pas besoin de comprendre que sa douleur l'empêche d'accepter l'inacceptable. Un attroupement s'est fait. Dans un dernier cri, la jeune mère tente d'arracher le petit corps inerte qui s'éloigne d'elle. À bout de forces et de souffrances, elle se laisse tomber au sol. Une prisonnière s'approche, lui prend la main et l'aide à se relever. Elle lui parle d'une voix douce. Ces quelques mots de polonais semblent la calmer. L'une soutenant l'autre, elles s'éloignent vers l'intérieur du baraquement. Un silence lourd suit cette scène insoutenable.

Hélène prend Lise par le bras.

— C'est terrible, murmure Lise.

— Viens ! Marchons !

Quotidiennement, les deux filles arpentent les allées brûlantes de soleil entre les baraques grises. La veille de leur arrivée, des pluies torrentielles s'étaient abattues, transformant le camp en champs de boue. Depuis, il n'y a pas eu un jour de pluie, et la terre, craquelée par la sécheresse, résonne sous leurs pas. Elles ont découvert un endroit du camp d'où la vue sur les Pyrénées est magnifique, elles y passent de longs après-midi. Lise rêve de montagne, évoque ses souvenirs, décrit l'Eifel et le *Bergisches Land* où elle a fait tant de randonnées. Ses récits, qu'elle étaye de nombreux détails sur la flore et les odeurs, les font voyager sur les hauteurs du pic du Midi d'Ossau qu'elles aperçoivent par beau temps. Avec Hélène, Lise a retrouvé quelqu'un en qui elle a confiance. Elle peut enfin raconter sa propre épopée : sa vie en Allemagne, l'arrivée des nazis, la Librairie, ses amis, et surtout Hans qui lui manque tant. Les deux jeunes filles se confient l'une à l'autre comme des amies de longue date, ou des désespérées isolées sur un îlot désert. Elles ont lié connaissance avec une des gardiennes ; Armandine a une quarantaine d'années, elle est sensible à la situation de toutes ces femmes et compatit particulièrement à la détention des plus jeunes. C'est par elle que Lise et son amie apprennent le nom du chef de camp, le commandant Davergne, « un homme bon » qui, quelques mois plus tard, fera preuve de résistance en brûlant les papiers d'identité des détenues ainsi que les archives, pour éviter de livrer des juifs aux Allemands.

Par l'intermédiaire d'Armandine, elles ont des informations de l'extérieur : le 4 juin, après quinze jours de résistance, les Anglais et l'armée française ont dû évacuer la ville de Dunkerque. La défaite de la France est évidente. Les alliés n'ont pu arrêter la Wehrmacht qui avance vers Paris, créant la panique dans la population : les commerces ferment, la ville se vide peu à peu de ses habitants qui rejoignent le flot de Belges, de Luxembourgeois et de Hollandais cherchant la sécurité sur le territoire français.

Lise imagine sa mère et sa grand-mère, seules dans la maison de Fontenay. Si la Wehrmacht entre dans Paris, Fontenay n'est pas loin : seront-elles arrêtées ? Internées ? Tuées ? Lise ne dort plus. Elle imagine tous les cas possibles, les pires et les plus positifs. L'absence de contact régulier avec sa mère est insupportable. Les lettres arrivent avec lenteur. Tous les jours elle attend une carte, un mot qui ne vient pas. Les internées craignent de voir les nazis entrer dans le camp. Elles ont peu de nouvelles des leurs et vivent dans l'angoisse. La mère d'Hélène, réfugiée près de Niort, lui a écrit : *Les réfugiés arrivent du nord par centaines tous les jours. Je ne sais pas où ils vont loger. Certains continuent vers le sud.* Lise sait que son père est au camp d'Albi, la dernière lettre de Clara donnait de bonnes nouvelles d'Alexandre ; elle, s'accommodait de la vie recluse avec sa mère. *Oma fait tout, je peux jouer du piano tranquillement*, ironisait-elle. Depuis ce courrier, daté du 30 mai, Lise n'a plus aucune nouvelle. Ont-elles rejoint la cohorte des fugitifs ? La Wehrmacht est-elle dans Paris ?

Au fur et à mesure que les semaines passent, le moral des deux amies oscille entre inquiétude, fous rires et pleurs. Enfermée dans ce camp, sa famille dispersée, ignorante du sort réservé à son père et à elle, Lise a de grands moments de désespoir. En d'autres circonstances, le seul moyen de tromper son angoisse serait le dessin ou la peinture. N'ayant ni toile ni fusain, elle grave la terre séchée par le soleil avec un clou de charpentier ramassé derrière sa baraque. Elle a trouvé un endroit isolé le long des barbelés, où la terre a exactement la consistance requise. Elle y passe des heures, accroupie sur le sol. Un soir, Hélène la trouve ramassée sur elle-même, pleurant à gros sanglots. Elle pose une main sur son épaule et va pour dire quelque chose, mais que dire ? Quels mots pourraient apaiser ce flot de larmes ? Hélène ressent la même détresse, il suffirait de peu pour qu'elle aussi fonde en larmes. Alors, elle prend son amie dans ses bras et la berce, longtemps.

— Mon chagrin est le tien, tu pleures pour nous deux, murmure-t-elle.

Lise enfin se détache de l'étreinte.

— Excuse-moi. Je ne devrais pas…

— Au contraire. Aujourd'hui c'est toi ; demain ce sera peut-être moi. Il vaut mieux que nous ne pleurions pas ensemble, la terre serait trop mouillée, tu ne pourrais plus dessiner !

Lise se frotte le visage du bout des doigts. Quand elle a fini, Hélène éclate de rire.

— Pas mal le maquillage ! Un peu trop de noir, peut-être !

En voulant essuyer ses larmes, Lise a dessiné des traces sombres sous ses yeux.

Elles restent longtemps face à la campagne. Comme une drogue bienfaisante, l'air frais et parfumé du crépuscule les fait voyager dans un passé heureux.

— En Allemagne j'allais souvent me promener dans un immense parc où il y avait des biches, des écureuils… une pièce d'eau. L'hiver elle gelait ; on y faisait du patin à glace…

— Mon père m'emmenait parfois, en dehors des représentations, dans le théâtre où il travaillait à Dresde. J'aimais me promener dans les décors, je m'inventais une histoire, j'imaginais qu'un personnage d'un autre siècle allait passer une porte, me parler…

L'évocation de leurs vies passées, loin de les accabler, leur permet d'échapper au présent. Elles regagnent leur baraquement tard dans la soirée.

— La prochaine fois que tu vas dessiner dans ton atelier, j'irai avec toi. J'adore cet endroit ! annonce Hélène.

7

Juin 1940 - La France coupée en deux

Entre fin mai et mi-juin 1940, les événements se précipitent. Clara suit les informations à la radio. L'oreille collée au gros poste en chêne, elle apprend la défaite de l'armée française. Le 3 juin, alors qu'elles sont dans le jardin, Oma et Clara entendent les avions allemands passer au-dessus de leurs têtes. Le lendemain, la radio annonce le pilonnage des usines Citroën et d'une partie du XVIe arrondissement. *La guerre est vraiment là*, pense Clara avec effroi. *Lise, Alexandre, qu'est-ce qu'ils vont devenir?* Cette vie en France lui convenait, elle avait pris son parti de devenir française, sans pour autant perdre sa culture. Elle avait retrouvé équilibre et sérénité et voilà que tout a volé en éclats, comme des pétales dispersés par le vent. Une peur sourde, qu'elle tente de chasser, la harcèle : *La France aux mains des nazis... Et s'ils étaient envoyés dans un camp en Allemagne ?*

Au bulletin d'informations du 10 juin, la radio annonce que l'Italie est entrée en guerre aux côtés de l'Allemagne et que, devant l'avancée de l'armée allemande, le gouvernement français a pris la décision de quitter Paris pour se réfugier à Tours. Quatre jours plus tard, le 14 juin, la Wehrmacht est dans Paris, déclarée ville ouverte.

Un soir, alors qu'elle est en train de préparer un repas de galettes de pommes de terre, elle reçoit un coup de téléphone de Rose Walter.

— C'est la panique ici. Il n'y a plus personne aux terrasses, beaucoup de magasins sont fermés. Les gens partent vers le sud, d'autres envoient leurs enfants à la campagne par peur des bombardements. C'est la débandade générale. Comment ça se passe à Fontenay ?

— Certains voisins ont fermé leur maison et sont partis. Notre pavillon est loin de la route nationale, mais on dit qu'elle est très encombrée : voitures, piétons, il paraît qu'il y a même des charrettes à bras.

— Si tu voyais, ici, Paris ne ressemble plus à Paris ! Depuis le 14 et la Wehrmacht sur les Champs-Élysées, certains monuments ont déjà remplacé le drapeau français par la croix gammée. C'est une vision terrible ! Ça me rappelle Cologne et l'arrivée des nazis. Nous avons décidé de partir. Bruno a des relations professionnelles en Amérique, nous allons tenter de les rejoindre en traversant la Suisse*.

— J'espère que vous pourrez passer la frontière. Y a-t-il des journaux à Paris? demande Clara, dont la voix tremble aux détails donnés par son amie. Ici, les présentoirs sont vides, heureusement j'écoute la radio...

— Hier matin, Bruno est allé jusqu'à la place de l'Opéra, au grand kiosque à la sortie du métro. Il n'y avait aucun quotidien. Mais le plus déprimant, ce sont les appels par haut-parleurs diffusés par des voitures qui sillonnent les rues et nous répètent inlassablement : « Les troupes allemandes occupent Paris. »

— Qu'allons-nous devenir? Pourquoi avoir quitté l'Allemagne pour retrouver ici les mêmes dangers?

— As-tu des nouvelles d'Alexandre et de ta fille?

— Très peu. Ils sont toujours prisonniers dans le Sud-Ouest... C'est très dur d'être séparés. Je suis tellement... Quand partez-vous?

— Nous voulions prendre la route en fin de journée et rouler toute la nuit, mais à cause du couvre-feu, de

* Le chef d'orchestre Bruno Walter est naturalisé français depuis 1938.

21 heures jusqu'à 5 heures du matin, nous quitterons Paris très tôt demain.

— Bonne chance, Rose. J'espère que nous nous reverrons bientôt. Prenez soin de vous deux, et donnez-moi des nouvelles quand vous serez arrivés en Suisse !

Clara raccroche, les larmes aux yeux. Elle revient dans la cuisine. Oma est en train de mettre la table pour le dîner.

— De mauvaises nouvelles de tes amis ? demande-t-elle, voyant l'accablement de sa fille.

Clara opine, c'est tout ce qu'elle peut faire. Parler libérerait trop de chagrin et d'angoisse. D'un geste déterminé, elle plonge une galette dans la friteuse.

— Mangeons ! décrète-t-elle comme un défi.

Le 17 juin, en allumant la radio comme tous les jours vers l'heure du déjeuner, elle entend le maréchal Pétain, devenu président du Conseil, déclarer : « C'est le cœur serré que je vous dis aujourd'hui qu'il faut cesser le combat. » Pour Clara, cette capitulation est plus que la défaite du pays refuge, c'est l'anéantissement de tout espoir de revoir rapidement Lise et Alexandre. Il lui faut beaucoup de courage pour empêcher le désespoir de s'emparer d'elle, d'autant que le lendemain, le speaker annonce que les villes de Laval, Rennes, Le Mans et Belfort sont prises. L'avancée allemande semble ne trouver aucun obstacle.

Clara s'oblige à reprendre le rythme de sa vie quotidienne, toute son attention tendue vers l'arrivée d'une lettre d'un des camps où sont retenus son mari et sa fille. Dans sa tête germe une idée qu'elle hésite, elle ne sait pourquoi, à mettre tout de suite à exécution. La sonnerie du téléphone interrompt ses réflexions.

— Madame Mendel ? Monsieur Bruder à l'appareil. Comment allez-vous ? Avez-vous des nouvelles de votre mari ?

Clara raconte rapidement l'internement de Lise.

— Qu'allez-vous faire, vous et votre mère ? Resterez-vous à Fontenay ?

— Je ne sais pas encore.

— Paris et la banlieue vont devenir très dangereux, la Wehrmacht avance et les bombardements vont s'intensifier.

Un silence.

— Si vous décidez de partir, continue l'éditeur, gardons le contact. Vous savez toujours où me joindre, une carte, un numéro de téléphone… J'ai énormément d'admiration pour votre mari, pour votre famille. Je souhaite qu'Alexandre revienne très vite et reprenne sa place au sein des éditions Bruder. Dites-lui bien que je l'attends.

*

Le 22 juin, l'Armistice est signé. La France sera coupée en deux : au nord, une zone sous administration militaire allemande ; au sud, une zone sous l'autorité du gouvernement français. Le speaker de Radio-Paris lit sur un ton neutre l'article 2 de la convention d'armistice. Clara est dans sa cuisine, elle entend : « En vue de sauvegarder les intérêts du Reich allemand, le territoire français situé au nord et à l'ouest de la ligne tracée sur la carte ci-annexée sera occupé par les troupes allemandes. Cette ligne, précise-t-il, commence à la frontière franco-suisse, elle passe par Dole, Paray-le-Monial, Bourges jusqu'à l'est de Tours. » Clara a pris le calendrier des postes affiché à l'intérieur de la porte du placard. Parmi les différents feuillets informatifs se trouve une carte de France sur laquelle elle suit, de la pointe d'un crayon, le trajet de cette ligne, tandis que le speaker continue sa lecture : « De là, elle descend, à 20 kilomètres à l'est de la ligne de chemin de fer Tours-Angoulême-Bordeaux, vers Mont-de-Marsan et Orthez jusqu'à la frontière espagnole. Dans les régions occupées de la France, le Reich allemand exerce tous les droits de la puissance occupante. Le gouvernement français s'engage à faciliter par tous les moyens les réglementations relatives à l'exercice de ces droits et à leur mise en exécution avec le concours de l'administration française. Le gouvernement français invitera immédiatement toutes les autorités et tous les services administratifs français du territoire occupé à se conformer aux réglementations des autorités allemandes et à collaborer avec ces dernières d'une manière correcte. »

Tout en écoutant la suite, Clara s'affaire dans la cuisine ; elle finit la vaisselle, passe un coup d'éponge sur la table et termine en même temps que le bulletin d'information. Elle pose son torchon, éteint la radio et annonce à sa mère :

— Mutti, nous partons !

Elle est soulagée : le projet qui la taraude depuis quelque temps de partir vers le Sud-Ouest, où sont Alexandre et Lise, peut enfin être mis à exécution ! Elle a vu sur la carte qu'Albi et Oloron-Sainte-Marie, donc le camp de Gurs, sont en zone libre. Elle n'a aucune idée de l'endroit où elle pourrait aller, son seul désir est de se rapprocher des siens et de quitter Paris occupé. *Après, on verra bien !* se dit-elle. La Simca 5 est dans le garage, ce serait formidable de pouvoir la prendre, mais Clara n'a pas de permis et ne sait pas conduire. *Il faudra que Lise apprenne ! C'est indispensable !*

C'est ainsi que le matin du mardi 25 juin, contre une somme d'argent, Clara obtient du fils de ses voisins qu'il les conduise jusqu'à la gare d'Étampes ; là, elles tenteront de prendre un train ou un autocar vers Orléans et le sud. Au moment du départ, le jeune homme précise :

— À Orléans, les ponts sont coupés depuis le bombardement. La nationale 20, pas la peine d'essayer. La 10, c'est pareil… trop de circulation… Même que la guerre est finie, y en a encore qui quittent les villes du nord, d'autres qui rentrent à Paris. Je vais passer par la vallée de Chevreuse et la forêt de Rambouillet, mais ça fait plus de kilomètres. Je suis obligé de vous demander une petite rallonge… pour l'essence et le retour.

Sans discuter, Clara glisse dans la main tendue quelques billets supplémentaires.

Durant tout le trajet, le conducteur reste muet ; d'ailleurs, aucune des deux femmes n'a la tête à bavarder. Clara se demande si elle a bien fermé la maison, notamment la grille du jardin dont la rouille empêche parfois la clé de tourner dans la serrure. *Il faudra que je la fasse changer en rentrant*, pense-t-elle. A-t-elle bien emporté le minimum dont elle pourrait avoir besoin ? Elle fait mentalement l'inventaire de ce qui est indispensable :

l'argent ; sa carte d'identité d'étrangère et celle de sa mère ; la carte de France arrachée au calendrier des postes, avec la ligne de démarcation crayonnée ; quelques vêtements de rechange. À côté d'elle, Oma est droite comme un « I ». Le chapeau bien fixé sur la tête, elle semble s'accrocher à son sac à main posé sur ses genoux.

La forêt est particulièrement verte en cette fin juin. Par la vitre ouverte, Clara écoute le chant des oiseaux et respire avec délice l'air frais qui sent la mousse et le sous-bois. C'est une route étroite et rectiligne. *Sans doute une ancienne allée cavalière*, se dit-elle. *En tout cas, on croise peu de véhicules.* Clara se sent revivre ; elle a quitté Fontenay et la maison vide, elle se dirige vers son mari et vers sa fille. Elle n'imagine pas un instant que ce voyage pourrait ne pas aboutir.

Après une heure, le chauffeur arrête le véhicule, coupe le moteur et descend. Il se présente à la portière arrière, l'ouvre et demande aux deux femmes de sortir. Il ajoute :

— C'est tout droit !

Clara comprend qu'il les laisse là, au milieu du chemin, en pleine forêt, à plusieurs kilomètres de leur destination. Elle va pour se rebeller, mais constate vite qu'elle ne fera pas le poids devant ce grand gaillard déterminé, dans une forêt déserte.

— Prends ta valise et partons ! dit-elle à sa mère.

En s'éloignant, Oma lance avec mépris :

— Je ne vous salue pas, jeune homme !

Mais il a déjà mis le moteur en marche et fait demi-tour. Les deux femmes continuent donc à pied, se demandant à combien de kilomètres exactement elles se trouvent de la gare de Rambouillet.

8

Nuit du 24 au 25 juin 1940 - Camp de la Viscose

Au camp d'Albi, Alexandre apprend la nouvelle de l'Armistice et la fuite des Parisiens vers le sud. *Quelle décision aura prise Clara?* se demande-t-il. Tantôt il lui semble qu'il vaudrait mieux qu'elle reste à Fontenay ; tantôt il pense que Paris et la banlieue risquent d'être bombardés et qu'il est plus prudent qu'elle parte. Mais où ? Il a sympathisé avec le commandant responsable du camp. Bien que militaire de carrière, c'est un homme tolérant et pacifiste. Parfois, en fin de journée, il invite Alexandre à fumer une cigarette en commentant les évènements. L'un comme l'autre a conscience d'être victime d'une situation qu'il hait, mais qui lui est imposée. Alexandre parle couramment anglais, allemand et français. Il s'est mis au service du chef de camp au titre d'interprète. Beaucoup des internés sont allemands ; le fait de pouvoir communiquer avec les gardiens par son intermédiaire leur est un grand soulagement.

Les jours passent. Alexandre n'a aucune nouvelle de sa femme. Il continue à lui écrire régulièrement. Cela lui donne du courage, lui permet de garder un lien avec sa vie. Sa dernière lettre n'a reçu aucune réponse. Il a compté les jours : leur échange est régulier et Clara répond toujours immédiatement. Sans doute l'acheminement du courrier est-il perturbé par les évènements ; de Paris à Albi, il faut passer la ligne de démarcation et les sentinelles allemandes doivent filtrer les courriers. Alexandre est inquiet, il imagine toutes les explications possibles, des plus banales aux plus dramatiques. La radio, qu'il écoute dans le bureau du commandant, parle des routes encombrées par ceux qui fuient Paris pour rejoindre la zone sud, non occupée. La description de longues files de fuyards avançant péniblement, leurs bagages arrimés sur des véhicules de fortune, a beaucoup impressionné Alexandre. Clara et Oma ont-elles eu l'imprudence de se lancer sur ces routes ? Un soir, où il a encore plus de mal que d'habitude à trouver le sommeil, il finit par sombrer dans un cauchemar qui met en scène Clara et Oma marchant sur une route au milieu d'une foule de gens. Clara est épuisée, elle tient la main de sa mère. Alexandre les perçoit comme deux enfants au milieu d'un cortège de miséreux. Un sifflement épouvantable déchire le ciel : les Stukas de la Luftwaffe descendent en piqué toute sirène hurlante. Comme dans un film d'actualité dont il serait le cameraman, Alexandre voit Clara et Oma se coucher dans le fossé tandis que les avions canardent dans un bruit d'apocalypse. Il veut courir vers elles, mais ne peut les atteindre. Il entend les cris, les hurlements, les appels désespérés, les pleurs d'enfants ; il sent l'odeur âcre des armes. Clara est couchée à plat ventre dans l'herbe, elle pleure en silence. À côté d'elle, Oma ne bouge pas, long corps mince étendu entre les hautes herbes. « Elle est morte », commente une voix inconnue, et Alexandre comprend qu'il s'agit de sa femme. Il veut la toucher, la réveiller : « Clara ! Clara ! Réponds-moi ! *Antworte ! Clara ! Bitte antworte** *!* » Il secoue ce corps inerte : « *Ich bitte dich, Clara, sag irgendwas*** *!* » Les avions continuent leurs frappes, s'éloignent et reviennent en un ballet macabre et incessant. Enfin ils disparaissent et avec eux tout ce qui vivait sur cette route. Il ne reste

* « Réponds ! Clara ! S'il te plaît, réponds ! »
** « Je t'en supplie, Clara, dis quelque chose ! »

qu'un champ à perte de vue. Alexandre se réveille, il est en sueur, il tremble de tous ses membres ; il a beau passer la main sur son visage, l'image de Clara couchée dans l'herbe ne disparaît pas. Il ne veut pas croire que c'est un rêve prémonitoire comme il en a parfois. Il se lève et sort. La nuit est noire et silencieuse. Il essaie de chasser les scènes dont il vient d'être témoin en rêve.

— Demain. Demain je recevrai des nouvelles de Clara. Demain ! affirme-t-il pour conjurer sa vision.

9

Mardi 25 juin - Camp de Gurs

Depuis la signature de l'Armistice, le bruit court dans le camp de Gurs que « les personnes en mesure de prouver qu'elles peuvent subvenir à leurs propres besoins pourraient être libérées. » Armandine leur a lu la circulaire et depuis, Lise et Hélène attendent le moment de sortir. Elles ont expliqué qu'elles avaient de la famille à Niort. Pour preuve, Hélène montre les lettres reçues de sa mère. Mais la justification n'est pas nécessaire, le commandant Davergne donne sans discuter les autorisations de quitter le camp.

Le matin du mardi 25 juin, avec une centaine de détenues, Lise et Hélène se retrouvent à l'extérieur des barbelés, en pleine campagne, ne sachant dans quelle direction se diriger. Si certaines de leurs compagnes sont parties droit devant elles sans demander leur reste, elles sont incapables d'avancer. Au lieu de courir loin du cauchemar que représente l'internement, elles se sont assises sur l'herbe du talus, saisies par cette liberté soudaine et vertigineuse. Hors du décor qui est le leur depuis des semaines, elles se sentent perdues, abandonnées. Il leur faut un temps d'adaptation pour se rentre compte qu'elles sont libres, et surtout qu'elles ont faim !

Tout à coup, Lise se lève d'un bond, attrape la main de son amie et l'oblige à se mettre sur ses jambes :

— Viens ! On va chercher à manger !

Et les voilà parties d'un bon pas en direction des fermes qu'elles aperçoivent au loin. Les quelques centaines de mètres qu'elles parcourent sont un plaisir immense : les odeurs de la campagne, l'herbe folle qui fouette les jambes, les papillons multicolores et les essaims de sauterelles sont un émerveillement. Enfin elles prennent conscience qu'elles sont hors du camp ! Elles se mettent alors à chanter, à danser, à s'embrasser pour fêter cette libération.

Lorsqu'elles arrivent à la première ferme et pénètrent dans la cour, le chien attaché à son piquet se met à aboyer. Il tire sur sa chaîne alors que les deux filles passent devant lui en tremblant.

— J'espère que le fermier ne ressemble pas à son chien, remarque Lise avec inquiétude.

— On verra bien. Il sera toujours temps de partir en courant. Viens !

Hélène prend la main de Lise et la force à avancer jusqu'à la porte de la maison qui s'ouvre sur une femme en tablier de cuisine, le torchon à la main. Elle doit avoir une quarantaine d'années, le teint buriné des paysannes, un regard bleu et vif dans un visage rond, quelques mèches brunes s'échappent d'un chignon serré sur la nuque. Elle marque un temps devant l'état de saleté et l'accoutrement des deux filles.

— On a faim ! balbutie Lise.

Sans un mot, la femme ouvre grand la porte et les fait entrer. C'est la pièce à vivre : une grande table en chêne foncé, un évier en pierre, une cheminée, un buffet vitré et une cuisinière à charbon. Il y fait frais. Le soleil entrant par l'étroite fenêtre dessine un trait de lumière sur le sol de tomettes, décolorées et usées par endroits. Un vieil homme, vareuse bleue et béret sur la calvitie, assis au bout de l'immense table, trempe une cuillère dans une assiette de soupe. Il lève la tête à leur entrée et leur offre un sourire édenté. Sans leur demander leurs noms, ni d'où elles viennent, la fermière déclare :

— Il y a de la tourte chaude. Asseyez-vous !

Les jeunes filles posent leurs maigres bagages. Lise semble fascinée par l'évier en pierre.

— Vous pouvez vous laver les mains, si vous voulez. Il y a un morceau de savon sur la paillasse.

Tandis qu'elles se frottent les mains énergiquement, comme elles n'ont pu le faire depuis des semaines, la fermière sort le plat du four et le pose sur la table. Après avoir rempli les assiettes, elle vient s'asseoir en face de ses convives et les observe silencieusement. Penchées sur leurs plats, elles mangent à un rythme régulier. Entre deux fourchetées, Lise relève la tête et tente un « C'est très bon ! » la bouche pleine. La fermière sourit, émue. Puis elle se lève pour prendre une panière de cerises qu'elle pose sur la table. Lise et Hélène ouvrent de grands yeux comme si elles n'en avaient jamais vu. Elles n'osent pas y toucher.

— Servez-vous ! encourage la femme.

La faim apaisée, elles peuvent savourer tout le plaisir des fruits : la chair ferme, le jus sucré, le goût de soleil et de joie.

— Elles sont drôlement bonnes ! articule Hélène.

— C'est le cerisier qu'est dans la cour. Vous l'avez vu en arrivant ?

— Non.

— Vous étiez au camp ? Vous vous êtes sauvées ?

— On nous a libérées, répond Lise.

— On va essayer de rejoindre ma mère, à Niort.

— Et moi, je continuerai jusqu'à Paris pour retrouver la mienne, ajoute Lise.

— Niort ! Mais c'est très loin. Au moins à 350 kilomètres ! Et vous êtes à pied !

La fermière marque un temps, fixe les jeunes filles d'un air à la fois incrédule et admiratif.

— Vous voulez pas rester un peu ici ? Mon fils et mon mari sont partis, j'ai personne pour m'aider avec les bêtes.

Sitôt dit, elle montre un visage désolé et se reprend, sur un ton d'excuse :

— Je vois bien que vous êtes de la ville, ma proposition doit vous choquer…

— Pas du tout, pas du tout, mais nos familles nous attendent, nous devons les rejoindre.

— Bien sûr ! Vous pouvez au moins dormir ici. Vous partirez demain à l'aube. Après une bonne nuit vous serez plus en forme.

— Marinette est revenue ? demande subitement le vieillard d'une voix tremblotante.

— Mais non, pépé, tu sais bien que c'est pas possible. C'est l'heure de ta sieste, je te fais chauffer le café.

Le vieil homme se lève avec difficulté. La fermière

l'accompagne à l'extérieur et l'aide à s'asseoir sur une chaise au soleil.

— Il perd un peu la tête ! dit-elle en rentrant dans la maison. Il attend toujours sa femme. Elle est morte en 18 de la grippe espagnole, il était au front, il l'a jamais revue. Pour vous débarbouiller, y a l'eau du puits. Je m'appelle Mado.

Lise lui tend machinalement la main :

— Moi, c'est Lise.

— Et moi, Hélène.

Elles se serrent la main comme si elles venaient de se rencontrer alors qu'une bonne heure s'est déjà écoulée, ponctuée de regards chargés d'émotion.

10

Mardi 25 juin 1940 - Gare de Rambouillet

Après deux heures de marche, Clara et Oma atteignent enfin l'orée de la forêt de Rambouillet. La route qui la longe n'est pas très fréquentée.

— Reposons-nous un peu, propose Clara, épuisée d'avoir porté sa valise et celle de sa mère pendant tous ces kilomètres.

Assises sur le remblai, elles regardent défiler les rares véhicules qui se dirigent vers la ville dont on aperçoit au loin les premiers bâtiments. Clara a quitté ses souliers et étendu les jambes. Oma est à côté d'elle, droite, les yeux dans le vague, son sac à main posé sur ses genoux. Sa fille la regarde du coin de l'œil. *Je l'ai toujours connue aussi maigre, aussi droite,* se dit-elle. *Je n'arrive pas à savoir si elle est fragile, ou forte et capable d'endurance. Elle vit les drames sans avoir l'air d'être touchée.* Subitement, Clara est envahie d'un sentiment de culpabilité. Comment a-t-elle pu entraîner sa mère dans ce voyage hasardeux ? *C'est ma faute si elle est assise là, à même la terre. Je n'ai pensé qu'à Alexandre, à Lise, à moi.* Elle pose sa main sur celle d'Oma, qui aussitôt enlève la sienne comme si une abeille l'avait piquée. Clara sourit. *Tu ne changeras donc jamais !* a-t-elle envie de lui crier.

C'est à ce moment qu'une camionnette bâchée s'arrête à leur hauteur. Le conducteur baisse sa vitre :

— Un problème, mes p'tites dames ?

Oma, déjà debout, s'approche pour répondre, mais Clara se lève vivement et crie :

— Vous allez où ?

— Rambouillet.

Sans hésiter, elle répond :

— Nous aussi ! À la gare de Rambouillet !

— Je vous emmène ! Montez à l'arrière…

Clara remet ses chaussures à toute vitesse, en sautillant d'un pied sur l'autre, attrape les deux valises et les jette au milieu des cageots de légumes. Elle aide Oma à monter. La vieille dame se hisse et tombe à genoux entre deux caisses de carottes ; elle se relève comme s'il ne s'était rien passé, tire sur sa jupe et remet son chapeau d'aplomb. Le chauffeur s'impatiente :

— Y vous faut un coup de main ? hurle-t-il par la portière.

— C'est bon, c'est bon ! entend-il.

Il démarre. Les deux femmes sont installées, bien calées entre les piles de cageots aux senteurs de terre. Quelques minutes plus tard, devant la gare, elles remercient le chauffeur.

— Pas de quoi ! J'aurais pas aimé qu'on laisse ma mère et ma grand-mère sur l'bord d'la route !

Il porte un doigt à sa casquette et ajoute :

— Bon voyage !

Après le silence et la solitude de la forêt, un brouhaha les assaille. Une foule de voyageurs a envahi la gare, certains assis sur leur valise, d'autres allongés le long d'un mur ; sans doute y ont-ils passé la nuit. Des enfants pleurent, d'autres courent dans tous les sens. Suivie par Oma, Clara se fraie un chemin au milieu de cette population manifestement aussi perdue qu'elles. Elle essaie de se renseigner sur les départs en direction du Sud-Ouest. Une seule information circule : aucun train prévu avant le lendemain matin. Elle décide d'aller tout de même demander des précisions au guichet. L'attente risque d'être longue, elle cherche un endroit où poser ses valises et faire asseoir Oma. Dans le hall, pas un espace libre. Sur le quai, des civils sont installés sur les bancs, ainsi que quelques militaires : un petit groupe, dont certains portent des bandages, fume en discutant ; deux sont couchés sur des civières à la garde d'une infirmière. Clara trouve enfin une place sur un chariot à bagages. Elle y installe sa mère avec ordre de n'adresser la parole à personne.

— Mais pourquoi, voyons ? Je parle français aussi bien que toi ! s'insurge la vieille dame.

— Oui, mais ton accent allemand est une catastrophe, on se ferait repérer tout de suite comme appartenant à la cinquième colonne.

— Et si on me parle, il faut bien que je réponde. Ce n'est pas mon genre de…

— Tu es muette ! D'accord ? Muette ! insiste Clara en faisant un geste du doigt devant sa bouche pour dire « chut », et elle retourne vers l'intérieur de la gare.

Les guichets sont pris d'assaut, les gens se bousculent, s'invectivent. Devant cette affluence, Clara décide d'abandonner. *Avec ou sans billet*, se dit-elle, *il faut absolument monter dans un train. Pas question d'attendre toute la nuit dans ce lieu bondé.*

En revenant sur le quai, elle surprend une conversation entre des soldats. Ils parlent d'un train sanitaire qui devrait arriver pour les mener jusqu'à Bordeaux. Elle rejoint sa mère et la prévient :

— Tiens-toi prête ! Nous allons essayer de monter dans le premier train qui arrive !

11

Mercredi 26 juin 1940 - Mont-de-Marsan

Lorsque Lise et Hélène se réveillent, un grand soleil filtre par la fenêtre. Mado les a logées dans la chambre de son fils. Loin des paillasses sordides de la baraque du camp de Gurs, elles ont dormi sur un matelas de laine, couvertes d'un édredon de duvet dont elles ont bien du mal à s'extraire. Lise est la première levée ; elle sort Hélène du lit en la tirant par un pied qui dépasse des draps.

— Allez ! Allez ! Paresseuse, finies les vacances !!

La jeune fille rouspète pour la forme, mais très vite elle est debout. Elles se penchent toutes les deux à la fenêtre. Dans la lumière du matin, la campagne est lumineuse. Au loin, derrière un bosquet d'arbres, on devine les baraques du camp comme de petits traits sombres bien alignés. Hélène passe un bras autour du cou de son amie.

— Il est déjà loin, tu vois ! dit-elle en pointant un doigt dans la direction.

En bas dans la salle, un petit-déjeuner est servi. Mado est là, ainsi que l'aïeul, assis à sa place : il trempe du pain dans un bol de café.

— C'est Marinette ? demande-t-il en voyant entrer les deux jeunes filles.

— C'est Lise et Hélène, pépé. Elles ont dormi dans la chambre de Théo.

D'un geste, elle montre la table et invite les filles à s'asseoir :

— Les œufs sont tout frais de ce matin et le pain, c'est moi qui le fais. Les confitures aussi, précise-t-elle avec fierté.

Sous le regard insistant du pépé, Lise et Hélène dévorent tartines de confiture et mouillettes de beurre.

— Et Marinette ? Elle est où ? répète-t-il.

Mais Mado ne lui répond plus.

En savourant ce repas, entre ce vieillard et cette femme généreuse, Lise et Hélène ont conscience de vivre un moment entre parenthèses. Elles savent qu'une fois la porte franchie, elles retrouveront la guerre, la peur, l'insécurité. La mort, peut-être.

Le déjeuner terminé, elles prennent leurs valises et s'apprêtent à partir. Mado leur tend une musette.

— Je vous ai préparé un casse-croûte pour la route. J'ai mis des cerises !

Après l'avoir remerciée, elles font un signe d'adieu au grand-père et sortent sur le seuil, accompagnées de Mado qui disparaît derrière la maison. Elle revient, poussant devant elle une bicyclette.

— C'est celle de Théo. Vous la laisserez à Mont-de-Marsan. 39, rue des Sablons, Garage Lambec. Vous demanderez Robert, c'est mon beau-frère. Il est au courant.

— Alors vous avez le téléphone ! sursaute Lise, comprenant qu'elle aurait pu appeler Fontenay.

La fermière sourit :

— Non, pas de téléphone, mais le cuisinier de l'hôtel du commerce de Navarrenx m'envoie son commis tous les matins prendre les œufs frais pour ses clients. Je lui ai demandé de prévenir Robert. De Mont-de-Marsan, vous trouverez certainement un train ou un autocar jusqu'à Niort ; enfin, peut-être…

*

Il est 18 heures lorsqu'elles passent devant la pancarte « Mont-de-Marsan ». Elles sont épuisées, elles ont pédalé à tour de rôle sur des kilomètres, sous un soleil cuisant. Elles n'ont qu'une hâte : boire un verre d'eau fraîche et se reposer. Robert est certainement à l'image de sa belle-sœur et l'accueil sera bienveillant. Les commerces commencent à baisser leurs rideaux de fer. Pourvu que le garage soit encore ouvert ! Lise saute du guidon où elle est assise et arrête une femme qui pousse un landau :

— Excusez-moi, madame. Nous cherchons le garage… Lambert.

La jeune femme détaille les deux filles de la tête aux pieds. Elles doivent avoir une drôle d'allure : l'une sur la selle, l'autre juchée sur le guidon, les vêtements sales, les cheveux en désordre, les valises sanglées sur le porte-bagages. Le regard de la femme s'attache surtout aux sandales qui laissent apparaître des pieds poussiéreux.

— Lambec ! Le garage Lambec, vous voulez dire.

— Oui, oui, c'est ça. M. Robert…

— Vous avez de la chance, c'est tout près d'ici. Au carrefour, vous prenez à droite, puis la première à gauche et vous y êtes.

— Merci, madame ! lance Lise en remontant s'asseoir sur le cadre entre les bras d'Hélène.

— Vous êtes de sa famille ? lance la femme, avec un soupçon de remords.

— Oui ! répond Lise.

Un gros homme en bleu de travail couvert de cambouis est en train de fermer les portes de son atelier. Hélène freine.

— Monsieur Robert ?

— Ah ! Enfin ! Je vous attendais plus. Entrez !

La voix est éraillée, à peine aimable. Les deux jeunes filles échangent un regard complice qui signifie : il a pas l'air commode, le Robert !

— Posez le vélo, là, le long de l'escalier.

Elles dessanglent les valises. Dans leurs dos, Robert s'impatiente.

— Faut que je ferme…

— Ben, merci monsieur Robert.

Déjà, il les conduit à la porte, pressé de se débarrasser d'elles. L'idée d'un verre d'eau fraîche et d'un instant de repos s'évanouit.

— On est loin de la gare ? demande Lise.

Il hausse les épaules et grommelle :

— De toute façon y a pas de train !

Hélène affiche son plus beau sourire, se plante devant lui, les yeux dans les yeux :

— On vous a pas demandé s'il y a des trains, on vous demande juste où est la gare.

Le ton est ferme, déterminé.

— Au coin de la rue, à gauche dans la grande avenue, c'est au bout, explique-t-il succinctement en les poussant vers la sortie.

— Merci de votre gentillesse ! ironisent les deux filles en s'éloignant dans la direction indiquée.

L'employé de la gare leur confirme qu'un train à destination de Périgueux devrait partir dans la soirée, mais il ne peut préciser l'heure exacte.

— Il est arrêté en gare de Bayonne. Problème technique, il paraît, ajoute-t-il d'un ton blasé.

— Pas grave ! On attendra !

12

Nuit du mardi 25 au mercredi 26 juin 1940 - Gare de Rambouillet

Grâce à une infirmière, Clara et Oma sont montées clandestinement dans le train sanitaire qui partait pour Bordeaux. Les voitures sont bondées : des soldats, pour la plupart rapatriés du nord de la France après la défaite. Les deux femmes sont assises sur leurs valises, dans le couloir. Oma somnole. Clara se demande comment elle a pu avoir le toupet d'adresser la parole à cette infirmière. *Jamais je ne me serais crue capable d'aborder une inconnue, comme ça…* La jeune femme était accroupie auprès des civières, elle lisait à haute voix un roman que Clara a cru reconnaître pour l'avoir lu en allemand. Les jeunes soldats l'écoutaient attentivement. Clara s'est approchée, très poliment elle a félicité la jeune femme sur sa façon de lire, sur son choix de *La fille aux yeux d'or.*

— Une très belle description de Paris au début du roman, si je me souviens bien…, a-t-elle précisé.

Elles en sont venues à parler de Balzac. Clara avait l'habitude, du temps de la Librairie, de parler de livres qu'elle n'avait pas toujours lus, ou pas lus intégralement, mais dont elle connaissait le contenu. Le jeune homme s'est mêlé à la conversation. Il était étudiant à Normale Sup'* et leur a commenté l'œuvre de Balzac et sa *Comédie humaine*. Clara surveillait Oma du coin de l'œil. Toujours assise sur son chariot à bagages, elle avait sorti de son sac à main un ouvrage de broderie auquel elle donnait toute son attention. Quand le train est arrivé, l'infirmière a demandé :

— Vous allez vers Bordeaux, vous aussi ?

Sans hésiter, Clara a répondu :

— Oui, avec ma mère, la dame âgée qui est là-bas.

Elles ne sont pas les seules installées dans cette partie du couloir : il y a d'autres civils, assis à même le sol ou appuyés à la fenêtre, le regard perdu vers le paysage en mouvement. Clara n'en aperçoit qu'une partie, coincée entre le soufflet et la porte donnant sur l'extérieur. Elle ne cesse de penser à son mari et à sa fille ; elle

* École Normale Supérieure, aujourd'hui ENS.

se demande si elle n'a pas pris une décision un peu folle, si elle se dirige bien dans la bonne direction. *Et que ferons-nous, arrivées… je ne sais où ?* s'interroge-t-elle. Elle passe une partie de la nuit dans une sorte de léthargie, bercée par le roulement du train, attentive à sa mère qui pourtant semble s'accommoder de la situation et dort profondément. De temps à autre, un agent des chemins de fer passe devant elles et doit les bousculer un peu pour accéder à la voiture suivante. Chaque fois, Clara craint qu'il ne lui demande leurs billets. Que répondrait-elle ?

Vers 4 heures du matin, le train s'arrête. Une voix engourdie demande :

— On est arrivés ?

— Pas encore. On est à Angoulême.

Le train reste longtemps à l'arrêt sans aucun mouvement. Clara s'est endormie. Le soleil se lève lorsqu'elle est brusquement réveillée par une énorme secousse. Elle tente de se lever pour regarder par la fenêtre mais déjà, le train est reparti. Dérangée dans son sommeil, Oma grommelle quelques mots en allemand. Clara lui répond en français, suffisamment fort pour être entendue, mais ses compagnons de voyage dorment ou somnolent, assommés par la fatigue et l'inconfort.

Le train poursuit sa route.

13

Jeudi 27 juin 1940 - Gare de Bordeaux Saint-Jean

Lise et Hélène ont passé une partie de la nuit sur une banquette de la gare de Mont-de-Marsan. Au petit jour, elles montent enfin dans un train à destination de Bordeaux. N'ayant pas les moyens d'acheter des billets, elles se faufilent parmi les voyageurs dans une voiture de deuxième classe déjà très occupée.

— On passera plus inaperçues dans la foule, affirme Hélène.

Pendant les deux heures que dure le trajet, aucun contrôleur ne passe. Lise et Hélène ont pu accéder aux toilettes ; ce n'est pas idéal, mais il y a un filet d'eau pour se laver un peu le visage et les mains. Hélène discute avec une jeune maman dans un compartiment. Lise est appuyée à la fenêtre du couloir. Hypnotisée par le défilement régulier des vignes, elle se voit au *Stadtwald** : elle a 5 ou 6 ans, et chevauche la biche du parc devenue licorne pour s'envoler vers un monde merveilleux où elle devient la princesse des contes que lui lit Oma. *Comme ce temps est loin, aussi improbable que le château de la princesse de mes rêves ! Il y a deux mois, j'étais en cours, aux Beaux-Arts. Il y a si longtemps ! Je me demandais si j'étais amoureuse de François Villeneuve, Vati était à la maison…* Des larmes de fatigue et de détresse coulent sur ses joues. Une tornade s'est de nouveau abattue sur sa vie. Mais cette fois, elle est seule. Elle aperçoit Hélène qui rit avec la maman et son enfant. *C'est dommage qu'on soit obligées de se quitter. J'aime notre complicité, notre confiance…* Hélène a levé la tête : devant le visage défait de son amie, elle sort du compartiment.

— Ça va ?

Lise essuie son visage d'un revers de main.

— Bien sûr, ça va !

Une femme corpulente, chargée d'une énorme valise, les bouscule sans un mot d'excuse. Les jeunes filles s'aplatissent contre la paroi pour lui laisser le passage ; dans leurs yeux, on peut lire la même espièglerie.

---

* Parc municipal de Cologne.

— C'est Marinette ? demande Hélène en pouffant.

Elles éclatent de rire. Tout le monde se retourne vers elles. Chaque regard fait repartir leur fou rire de plus belle. Quand le train entre en gare de Bordeaux, elles hésitent encore à se regarder, de peur que l'hilarité ne les reprenne.

Une semaine plus tôt, les quartiers nord ont été bombardés. On dit que l'armée allemande est aux portes de la ville. L'atmosphère est étouffante, et ce n'est pas uniquement à cause de la chaleur, il y a une angoisse latente dans tous les regards.

— Pour Niort, pas de train avant ce soir, leur annonce le préposé du guichet. Mais y a un car…

L'homme jette un œil aux horaires et ajoute :

— Par contre, faut vous dépêcher, il part dans dix minutes.

— Où ?

— Sur le parvis, en sortant de la gare, juste à gauche, mais vous…

Les filles ont déjà ramassé leurs bagages et courent vers l'endroit indiqué, sans écouter la suite de la phrase.

Un autocar dont le moteur tourne est garé le long du trottoir. Là, pas question de ne pas payer, c'est le chauffeur qui distribue les billets à la montée. Elles fouillent poches et porte-monnaies et dénichent quelques pièces qu'elles lui tendent avec le sourire. L'homme leur délivre deux tickets numérotés, sans indication de destination. Mais ni l'une ni l'autre n'y prend garde, trop contentes d'être enfin proches du but. Elles trouvent une place tout à fait dans le fond du véhicule, coincent leurs valises entre leurs jambes et se collent l'une contre l'autre pour laisser de la place à un vieil homme. Le car démarre. En sortant de la ville, il prend la route nationale. La circulation est dense en direction du sud : beaucoup de véhicules, quelques personnes à pied, poussant ou tirant des charrettes de meubles, de bagages et d'autres objets hétéroclites. La voie de gauche, qui monte vers le nord, est plus dégagée mais la circulation n'en est pas plus fluide. Pendant trois longues heures, elles sont ballottées dans ce car qui fait des détours pour prendre ou déposer des passagers dans les bourgades éloignées de la route principale. Tête contre tête, elles finissent par s'assoupir, bercées par les cahots de la route, les arrêts fréquents et le bourdonnement des conversations. Le soleil est très haut lorsque l'autocar parvient à destination. Elles dorment profondément et le brouhaha des voyageurs qui descendent ne les réveille pas. Le chauffeur vient poser une main sur l'épaule de Lise et la secoue :

— Terminus, mesdemoiselles, on est arrivés !

Elles émergent difficilement, s'étirent et regardent autour d'elles : le car est vide. Il est stationné sur une place, devant un bâtiment. Sur le fronton on lit : « Gare de Saintes ».

— Gare de Saintes ! crie Hélène. Mais on va à Niort !

Elles ramassent leurs affaires et descendent précipitamment.

— Saintes ! Saintes… Pourquoi je connais ce nom ? s'interroge Lise, encore embrumée de sommeil.

— T'es déjà venue ?

— Non, jamais…

Le hall de la gare est plein d'une foule de voyageurs à la recherche de leur destination. Des enfants pleurent, d'autres courent entre les groupes ; des vieillards, le regard éteint, sont assis sur des valises, des sacs ; des femmes allaitent leurs bébés. Lise et Hélène pénètrent dans cette cour des miracles, l'angoisse au corps. Que font-elles à Saintes ? Hélène, qui connaît mieux la géographie de la France que Lise, lui explique que Saintes est au sud de Niort :

— À une centaine de kilomètres, je pense.

— Et Paris ? Je pourrais peut-être trouver un train pour Paris…, envisage Lise.

Joignant le geste à la parole, elle se dirige vers les guichets mais ils sont pris d'assaut et elle n'a pas la patience d'attendre. Un panneau indique que le prochain train en direction de Paris partira le lendemain à 14 heures 32. Elle rejoint Hélène qui lui fait une proposition :

— Écoute, il n'y a aucun moyen d'aller jusqu'à Niort ce soir, je me suis renseignée. On va passer la nuit ici et demain matin, si on ne trouve pas un car ou un train, on partira à pied, par la campagne. On rencontrera peut-être une autre Mado ! Cent kilomètres, ce n'est pas tant que ça ! Qu'est-ce que tu en penses ?

Au lieu de répondre à son amie, Lise s'exclame :

— Francine ! C'est Francine qui habite Saintes !

Sous le regard étonné d'Hélène, elle se précipite vers une cabine téléphonique. Étrangement le téléphone est disponible.

— Ça ne marche pas, lui dit un monsieur. Je viens d'essayer, c'est pour ça qu'il n'y a personne.

Mais Lise ne cherche pas à téléphoner, elle tourne nerveusement les pages du bottin jusqu'à la lettre L, puis suit d'un doigt impatient la colonne des noms. Elle s'arrête enfin, triomphante :

— Lavergne ! Voilà, j'ai trouvé : 35, avenue de la Marne.

Elle referme l'annuaire dans un claquement sec et ajoute :

— Viens ! Je vais te présenter mon amie Francine Lavergne.

— Celle des chaussures ? demande Hélène en désignant le mur en face d'elles.

Plusieurs affiches, vantant les commerces locaux, sont placardées. Une réclame annonce :

CHAUSSURES LAVERGNE.
35, AVENUE DE LA MARNE. SAINTES.
VOUS EN REPARTIREZ DU BON PIED.

— Oui, celle-là !

— Chouette, on pourra peut-être changer de souliers !

— En tout cas, on dormira dans un vrai lit.

Elles ramassent leurs valises et s'apprêtent à sortir de la gare.

— Liese ! Liese !

À son prénom hurlé en allemand, Lise se retourne. Clara court vers elle.

— *Meine Kleine L…*

Dans l'émotion de retrouver sa fille, Clara a failli crier en allemand. Elle se reprend aussitôt :

— Ma fille !

Elle la prend dans ses bras et l'enlace jusqu'à l'étouffer. Toute la tension accumulée depuis des semaines est noyée d'un coup dans des flots de larmes. L'incroyable vient de s'accomplir : Lise a retrouvé sa mère, sa chaleur, son odeur. Comme un tout petit enfant, elle répète :

— Mutti ! Mutti ! Mutti !

Mais c'est pour se convaincre de la réalité. Clara, qui s'accrochait à cet espoir, à ce moment tant attendu de serrer sa fille contre elle, sanglote doucement. Hélène s'est approchée ; devant elle, Clara et Lise ne font qu'un seul corps bercé par les pleurs. L'émotion est si intense que la jeune fille, la gorge serrée, essuie ses yeux discrètement.

Enfin, la mère et la fille desserrent leur étreinte. Hélène sourit à Clara et lui tend la main :

— Bonjour, madame.

— Maman, je te présente Hélène Acker. Sans elle, je ne serais pas arrivée jusqu'ici.

Hélène passe un bras sur les épaules de son amie et l'attire contre elle :

— Et moi sans toi…

— Vous permettez ? demande Clara en embrassant Hélène.

Puis elle passe un doigt délicat sur la joue de sa fille et lui sourit :

— J'ai eu tellement peur pour toi !

Elles s'enlacent de nouveau, mais Lise s'écarte vivement, elle vient de réaliser que sa grand-mère n'est pas là :

— Et Oma ? Elle est où ? À Fontenay ?

Trop bouleversée par ces retrouvailles inespérées, Clara n'a plus pensé à sa mère.

— Elle est là, elle est avec moi. Allons la rejoindre.

— Mais qu'est-ce que vous faites à Saintes ? demande Lise.

— On va avoir tout le temps de parler. Venez, je n'ai aucune envie de dormir dans cette gare. Il faut trouver un hôtel en ville. Tous ceux-là sont complets, ajoute-t-elle en désignant du doigt les quatre hôtels qui font face à la gare.

— Ce ne sera peut-être pas nécessaire, annonce Lise. Il faut juste trouver l'avenue de la Marne.

Ce disant, elle se dirige vers un employé de la gare.

— Excusez-moi, monsieur, l'avenue de la Marne, s'il vous plaît, c'est loin d'ici ?

— Un bon quart d'heure à pied. Alors, en sortant vous prenez à gauche…

Lise retient l'itinéraire et rejoint sa mère et Hélène auprès d'Oma qui, comme toujours, cache son émotion sous une phrase inappropriée :

— Qu'est-ce que c'est que ces vêtements tout souillés ! Et tes cheveux !

Mais Lise est habituée à décrypter les remarques de sa grand-mère. Elle est tellement heureuse de les avoir retrouvées que, malgré la réflexion d'Oma, elle lui saute au cou.

14

Jeudi 27 juin 1940 - Gare de Saintes

C'est un drôle d'équipage qui avance dans des quartiers de plus en plus déserts. Clara et Oma marchent devant. Lise et Hélène se sont chargées des valises, heureusement assez légères. Elles suivent plus lentement en surveillant les plaques indicatrices des noms de rues. Après la chaleur de la journée, la fraîcheur de la nuit est appréciable. Les estomacs sont vides, les pieds douloureux. Saintes est en zone occupée ; soudain, une patrouille allemande avance vers les quatre femmes. Clara prépare ses arguments. Lise et Hélène échangent un regard d'angoisse. Surtout, ne pas retourner d'où elles viennent ! Ce n'est pas encore le couvre-feu et les militaires les laissent passer. Elles poursuivent leur chemin sans échanger un mot, pourtant, chacune pense la même chose : pourvu que la prochaine ronde ne les arrête pas, qu'elles arrivent avant. Les réverbères s'éteignent les uns après les autres, bientôt la ville sera plongée dans le noir, et pas d'avenue de la Marne.

Ne trouvant pas leur chemin, Clara voit le moment où elles vont devoir dormir dans la rue, dans un coin sombre, avec le risque de se faire arrêter. Subitement, Lise s'écrie :

— Regardez ! Lavergne ! Chaussures Lavergne !

Tout excitée, elle pointe du doigt la vitrine d'un marchand de chaussures. Elle se précipite sur la sonnette de la porte de l'immeuble correspondant.

— Qu'est-ce que c'est ? demande une voix féminine.

— C'est Lise ! Lise Mendel ! Ouvrez…

*

Deux heures plus tard, les estomacs remplis, les corps lavés et les vêtements changés, Clara, Oma, Lise et Hélène sont installées dans le salon de la famille Lavergne. Mme Lavergne et sa fille leur ont offert de passer la nuit et pourquoi pas quelques jours.

— Vous devez reprendre des forces avant de partir vers le Sud-Ouest.

— Nous sommes quatre, tout de même…, insiste Clara, gênée.

— L'appartement est assez grand, n'ayez crainte. Et cela me fait plaisir de vous accueillir. Francine m'a tellement parlé de vous !

— Excusez-moi, madame, l'interrompt Hélène, pourrais-je passer un coup de téléphone à ma mère ? Elle est à Niort…

— Mais bien sûr, suivez-moi. On n'obtient pas toujours du premier coup le numéro demandé, c'est souvent très long, mais je vais vous installer dans le bureau, prenez votre temps.

En revenant dans le salon, Mme Lavergne demande à Clara :

— Et votre mari, avez-vous des nouvelles ?

Clara raconte ce qu'elle sait de la situation d'Alexandre.

— Le mien a été fait prisonnier. Il est en Allemagne. Depuis sa dernière lettre m'annonçant son arrestation avec tout son régiment, je ne sais rien de lui.

Elle sourit à sa fille qui pose une main tendre sur la sienne.

— Quand je pense que c'est parce qu'on s'est trompé de car à Bordeaux qu'on est là ! remarque Lise. Finalement, c'est formidable le hasard…

— Votre train était donc en deux parties, constate Mme Lavergne, en s'adressant à Clara.

— Oui, nous étions, sans le savoir, dans une voiture qui allait à Saintes et non à Bordeaux !

Hélène vient de rentrer dans la pièce, elle est très émue : on voit à ses yeux rougis qu'elle a dû pleurer.

— J'ai eu Maman. Elle va bien. Elle m'attend. J'ai tellement hâte de la retrouver…

Mme Lavergne se lève et se tourne vers Clara :

— Vous devez être fatiguées. Je vois votre maman qui pique du nez. Il est déjà 10 heures et vous avez de rudes journées derrière vous. Demain, nous ferons plus ample connaissance.

Après avoir dit bonsoir, Lise, Hélène et Francine restent à discuter dans le salon.

— Alors, ton mariage ? demande Lise. Raconte !

— Mon mariage ? Bof, on verra après la guerre. De toute façon, Raymond est mobilisé…

En parlant, Francine attrape le paquet de cigarettes abandonné sur la table basse par sa mère, en allume une et va ouvrir la fenêtre.

— Tu fumes ? s'étonne Lise.

— Quand Maman a le dos tourné. T'en veux une ?

— Non, merci.

— Moi je veux bien essayer, demande Hélène timidement.

Elle tire une première bouffée.

— C'est assez agréable, arrive-t-elle à articuler en toussant.

Puis elle s'amuse à tenir sa cigarette en prenant des poses.

— J'ai l'air d'une star américaine, non ? s'amuse-t-elle.

— Presque ! répondent Lise et Francine en riant.

— On dirait que tu n'as plus tellement envie de te marier, demande Lise. Tu aimais Raymond, puisque tu voulais l'épouser il y a encore quelques mois... Qu'est-ce qui s'est passé ?

Francine se lève, ouvre la porte et tend l'oreille pour vérifier qu'il n'y a plus de mouvement à l'étage. Lise et Hélène échangent un coup d'œil interrogateur. Puis Francine referme la porte du salon et revient s'asseoir. Elle approche son siège du canapé où sont assises les deux jeunes filles et se penche vers elles en chuchotant :

— Ma mère n'est pas au courant, je me suis inscrite à l'École Universelle pour apprendre le dessin...

— Ah oui ! J'ai vu la réclame : « Si vous savez écrire, vous savez dessiner », récite Hélène, mais c'est par correspondance...

— Comment tu fais, si ta mère ne le sait pas ?

— J'ai donné une adresse poste restante. Je suis tellement contente ! J'ai de bonnes notes et les profs m'encouragent...

— Moi aussi, je t'encourage. J'ai été la première, souviens-toi, lui rappelle Lise.

— Je te montrerai ce que je fais, si tu veux. Je voudrais vraiment devenir dessinatrice de mode, j'ai beaucoup d'idées, tu verras… Mais avant d'y arriver, j'ai peur que le chemin soit long. Et puis avec la guerre, les cours vont sans doute être arrêtés…

Lise passe un bras autour de ses épaules.

— Mais tu y arriveras, j'en suis certaine. Tu as un vrai talent, tes professeurs ont raison.

Francine la remercie d'un sourire et ajoute :

— Notre conversation à Bassens m'a ouvert les yeux. Tu avais raison, être épouse et mère de famille, ce n'est pas un but suffisant.

— Alors tu as lâché les cours d'enseignement ménager ?

Hélène éclate de rire :

— Tu faisais ça !

— Oui, et je continue, sinon ma mère aurait des doutes. Et toi, Lise, ton… comment s'appelait-il déjà ? Francis ?

— François. François Villeneuve.

— Tu étais très amoureuse. Je me souviens que t'en parlais tout le temps !

— Mouais… J'en parlais parce que je pensais en être amoureuse.

— Et tu ne l'es plus ?

Lise se tortille un peu, croise les bras et lance :

— J'avais envie d'être amoureuse, c'est tout. Il s'est trouvé sur mon chemin, et c'est lui qui…

— … qui a gagné ! termine Hélène en riant. D'après ce que tu m'as raconté, ce n'était pas un garçon « bien sous tous rapports », notamment politiques ; si j'ai bien compris, il venait d'une famille de grands bourgeois d'extrême droite.

— En fait, tu aimais l'idée que tu te faisais de l'amour, et ce garçon n'y correspondait pas, reprend Francine. J'ai lu quelque chose comme ça dans un roman : après son mariage, un vrai fiasco, l'héroïne prend conscience que son sentiment pour son mari n'est pas à la hauteur de ce qu'elle avait imaginé dans ses rêves. Imaginer l'amour et le vivre, c'est tout à fait différent.

— Et ? interroge Lise.

— Eh bien, elle fait comme toi, elle le quitte.

Lise baisse la tête. Ce que Francine ne sait pas, c'est qu'elle s'est sentie trahie par François Villeneuve. Non parce que l'amour n'y était pas, mais parce que sa confiance en lui avait été bafouée. Le souvenir de François Villeneuve est douloureux, Hélène le sait. Les semaines passées au camp de Gurs ont créé des liens plus forts qu'une amitié de vacances. Elle se lève :

— Bon, moi, je propose qu'on aille se coucher.

Francine semble déçue, elle a rarement l'occasion de parler avec des filles de son âge, mais Lise rejoint Hélène.

— Merci pour la cigarette! Je penserai à toi la prochaine fois que j'en fumerai une... Bonne nuit.

Après un rapide échange de bises, elles se séparent devant la porte de leurs chambres.

15

Vendredi 28 juin - Départ de Saintes

Au matin, elles sont réveillées par un fracas terrible qui fait trembler les murs de la maison : les chars allemands traversent la ville. La veille, elles sont arrivées à la nuit tombante ; avec le jour, la réalité de l'Occupation est plus présente.

Elles ont couché dans la même chambre. Quand Lise se réveille, Hélène est en train de fermer sa valise.

— Je pars à Niort. En allant de bonne heure à la gare, j'ai plus de chance d'avoir un train ou un car, quitte à attendre toute la journée.

Lise comprend qu'Hélène doit rejoindre sa mère. Cependant, elle n'a pas envie de la voir partir ; elle voudrait tellement la retenir. Elle se lève et la prend dans ses bras.

— Tu vas me manquer. J'espère qu'on pourra se revoir.

— Toi aussi tu vas me manquer, mais je dois être auprès de maman.

— Je sais, je sais. Je viens de retrouver la mienne, ce serait injuste que tu ne sois pas avec la tienne.

Elles s'étreignent longuement, s'embrassent, échangent des regards pleins de larmes. Qui sait si cette guerre leur permettra de se revoir ? Chacune pense la même chose mais n'ose pas l'exprimer par des mots, une façon de conjurer le sort.

— On se retrouvera, hein, Marinette ! plaisante Hélène en glissant un papier griffonné avec son adresse à Niort dans la poche de Lise.

— Je t'accompagne ! lance Lise. Attends-moi une minute, je passe une robe.

Hélène l'arrête d'un geste.

— J'aime mieux que tu restes là. Notre rencontre a été une chance, j'ai aimé tous les moments qu'on a passés ensemble, je ne voudrais pas les gâcher dans une scène d'adieu un peu ridicule et trop émouvante.

— Je comprends. Tu m'autorises au moins à venir jusqu'à la porte ? demande Lise en souriant.

Devant l'immeuble de l'avenue de la Marne, la vision troublée par les larmes, Lise regarde s'éloigner Hélène. Combien de fois encore devra-t-elle voir ceux qu'elle aime disparaître dans ce flou ?

*

Le lendemain matin, Lise et Francine vont s'informer sur les horaires de trains vers le Sud-Ouest. Il y en a un qui part le soir même à 20 heures 15, direction Bordeaux. En retournant vers le boulevard de la Marne et la maison des Lavergne, elles sont arrêtées par deux jeunes soldats allemands. Ils plaisantent, les complimentent sur leur physique. Si Francine ne comprend rien à leur baratin galant, Lise aimerait bien leur répondre, mais pas question de montrer qu'elle parle allemand ! Elle s'efforce de garder un visage de marbre, sans pouvoir réagir à leurs plaisanteries parfois grivoises, car les deux garçons ne se gênent pas, convaincus que leurs paroles n'ont aucun sens pour les filles. Enfin, ils abandonnent et Lise peut traduire à Francine une partie de leurs discours.

— Eh bien, si c'est ça la galanterie allemande ! lance Francine avec dégoût.

— Ils ne sont pas tous comme ça…

En attendant le départ du train, Clara décide d'acheter de nouvelles chaussures à sa fille. Lise porte les mêmes sandales depuis son départ de Fontenay, elles sont complètement éculées. Quant aux socquettes qu'elle avait en quittant la maison, il y a bien longtemps qu'elles ont été jetées aux orties ! Dans le magasin de Mme Lavergne, la jeune fille profite de ce moment de futilité et passe beaucoup de temps, conseillée par Francine, à choisir la paire qui lui plaît. Quand il s'agit de payer, Mme Lavergne refuse.

— C'est un cadeau, ça me fait plaisir. Et puis, cet argent, vous en aurez besoin.

Une belle soirée d'été s'annonce quand elles quittent l'avenue de la Marne. Les adieux sont rapides : ni les unes ni les autres n'ont envie de prolonger ce moment.

— Travaille bien ! recommande Lise avec un clin d'œil à son amie.

— On se reverra après tout ça ! Tu viendras, je te ferai visiter la côte…

Après remerciements et embrassades, les trois femmes prennent le chemin de la gare. Oma porte un petit sac à dos rempli de biscuits et de quelques fruits donnés par Mme Lavergne. Clara et Lise ont réparti leurs affaires dans deux valises et dans le sac à dos de Lise. Arrivées à la gare de Saintes, elles apprennent que le train prévu est retardé ; sans doute arrivera-t-il dans le courant de la nuit. Il faut prendre son mal en patience.

— On va trouver un endroit où s'asseoir, décide Clara, qui revit cette situation pour la troisième fois.

— Si c'est pour moi, prévient Oma, ce n'est pas nécessaire.

— Ne dis pas de bêtises, Maman ! On ne sait pas combien de temps on doit attendre, alors on va s'asseoir, à même le sol s'il le faut !

La salle d'attente est comble, et les bancs sur le quai sont tous occupés ; cette fois, pas un chariot à bagages à l'horizon. Clara et Lise trouvent un espace libre le long d'un mur, elles y appuient les deux valises.

— Il faut peut-être s'attendre à passer la nuit ici. Je vais m'installer par terre, propose Lise. Toi et Oma, asseyez-vous sur les valises.

Un brouhaha de voix aux timbres différents tapisse ce lieu de trêve pour tous ces voyageurs en déroute. *Qui sont-ils ? Où vont-ils et d'où viennent-ils ?* se demande Lise. À Saintes, elle a acheté un carnet à dessin et des crayons dans une papeterie proche de chez Francine ; elle sort ce matériel de son sac et commence à esquisser des visages. Clara et Oma parlent à voix basse. Des enfants courent entre les groupes, d'autres pleurent. Près des guichets, un bébé hurle. Sa mère est en larmes, elle ne sait plus que faire, d'autant que plusieurs personnes montrent leur impatience. Clara se lève et vient vers la jeune maman. Un sourire. Elle prend le petit dans ses bras, le berce. Elle ne peut lui chanter la berceuse allemande qu'aimait sa fille, alors elle fredonne. Autour d'elle, on écoute avec plaisir cette voix douce et mélodieuse. Peu à peu, le petit s'endort. Son public d'un instant sourit à Clara pour la remercier de ces quelques minutes d'harmonie. Elle repose l'enfant endormi sur les genoux de sa mère et revient s'asseoir près d'Oma qui somnole.

Vers minuit, des bénévoles de la Croix-Rouge apportent du café et du pain. La nuit est là, une nuit d'été aux couleurs bleutées, au souffle d'air léger. Clara, Lise et Oma sont assoupies, comme les autres voyageurs, dans un silence relatif ponctué de toux, de frottements, de chuchotements. Un bruit de moteur réveille tout le monde : un camion militaire s'est arrêté devant la gare. Une dizaine de jeunes soldats français traverse le hall pour gagner le quai. Le temps qu'ils s'installent, allongés à même l'asphalte, la tête sur leur baluchon, les enfants se réveillent, commencent à s'agiter, à pleurnicher. Lise lève la tête vers la grosse horloge, elle indique 3 heures du matin. *Seulement !* pense-t-elle. On croit que le temps passe vite lorsqu'on dort mais ce n'est qu'une illusion. Clara a posé sa tête sur l'épaule de sa mère. *C'est étrange*, pense Lise, *Oma est la plus âgée et semble pourtant la plus solide.*

Enfin, le haut-parleur annonce l'arrivée prochaine d'un train. Il est 5 heures. La masse de voyageurs, jusque-là inerte, se met en action d'un seul mouvement. Lise et Clara, chacune chargée d'une valise, sont parmi les premières debout. Oma, qui dormait d'un profond sommeil, est plus longue à réagir. Quand le train arrive à quai, c'est la bousculade : on se précipite pour être le premier à monter dans une voiture. Les bonnes manières sont oubliées, on se heurte, on s'injurie, on se pousse. Enfin, grâce à l'intervention d'un jeune soldat auquel Lise a souri, elles sont assises. Alors que le convoi s'ébranle, il reste encore quelques places disponibles. C'est la peur de ne pas partir qui a créé ce mouvement de panique ; maintenant que tout le monde est installé, la tension retombe. Les conversations s'engagent, les sourires reviennent. Oma a ouvert son sac à dos et distribue biscuits et fruits à tout le compartiment. Lise admire la campagne rougie par les premiers rayons du soleil. Elle se tourne vers sa mère.

— C'est beau, tu ne trouves pas ?

Clara lui sourit :

— Très beau.

— Si j'avais des pastels…

— Si ton père était là…

La voix de Clara est étouffée par les sanglots retenus. Lise lui prend la main.

— Tout cela finira, j'en suis certaine. Vati reviendra, nous serons de nouveau ensemble, lui chuchote-t-elle à l'oreille.

Plus les semaines passent, plus Clara souffre d'être séparée de son mari. Elle ne peut plus recevoir de nouvelles d'Alexandre puisqu'elle a quitté Fontenay-aux-Roses. Elle a profité de l'escale chez Mme Lavergne pour lui écrire qu'elle descendait vers le Sud-Ouest, accompagnée de Lise libérée du camp de Gurs. Mais le courrier fonctionne de plus en plus mal, et puis, vers le Sud-Ouest, c'est bien vague ! Dès que nous aurons trouvé un endroit où séjourner en zone libre, je t'enverrai l'adresse, nous pourrons reprendre nos échanges, écrivait-elle. Une sorte d'impatience la surprend à vouloir être tout près de lui, lui parler, entendre sa voix, pouvoir le toucher. *Que ce moment vienne vite ! Et ce train qui n'avance pas !* Il est vrai qu'il progresse avec lenteur, s'arrêtant dans toutes les gares, parfois en rase campagne sans raison apparente. Il y reste à l'arrêt quelquefois si longtemps que certains voyageurs descendent pour respirer ou se dégourdir les jambes. Lise en ferait bien autant, mais si le convoi redémarre sans prévenir, le risque de se retrouver sur le ballast et de voir partir Clara et Oma est trop grand. Le train est de nouveau stationné en rase campagne. Lise attend, sagement assise à sa place. Son regard accroche les trois photos en noir et blanc qui lui font face. Elles illustrent les lieux touristiques de cette région du sud-ouest : « Le port de Bordeaux, capitale de la Gaule aquitaine » ; « Le village de Saint-Émilion et ses collines viticoles » ; « Le pays de Bergerac, au cœur de la Dordogne ». Ce dernier cliché retient son attention, non par ce qu'il représente mais par son titre qui lui rappelle une phrase dans la dernière lettre de François Villeneuve reçue en septembre 39 : *Ma Brunette, je suis toujours en Dordogne.* Depuis, il s'est passé tant de choses ; elle a traversé tant de jours de peur et d'angoisse que sa relation avec François Villeneuve s'est trouvée reléguée loin dans ses souvenirs. Elle est certaine de l'avoir entraperçu à Paris depuis ce courrier, mais à chacun de ses appels chez lui, la réponse était la même : « Monsieur François est toujours chez ses grands-parents en Dordogne. » Et aujourd'hui, où est-il ? Mobilisé ? En Allemagne, comme Théo, le fils de Mado ? Lise n'a aucune envie de le rencontrer, elle se rassure en se disant que le territoire est grand, la pagaille générale, et que, même s'il était ici, elle n'aurait que peu de chance de le croiser. Le train a redémarré, elle se concentre sur le paysage et oublie François Villeneuve. Clara s'est endormie, Oma semble rêver les yeux ouverts.

Enfin, vers midi, l'omnibus entre en gare.

— Libourne ! Libourne ! Terminus, tous les voyageurs descendent !

Il est 11 heures 30. Le trajet, d'une centaine de kilomètres, a duré plus de cinq heures. Les gens sortent des compartiments et se précipitent dans le couloir vers les sorties, comme si l'arrêt ne devait durer que quelques minutes.

— Attendons un peu, propose Clara. De toute façon il ne va pas plus loin. Aucune raison de se faire bousculer.

Lorsqu'elles quittent enfin leur voiture, elles se retrouvent sur le quai au milieu des baluchons et d'une foule aux regards perdus, à la recherche d'une direction à prendre. Depuis la signature de l'Armistice, ceux qui fuyaient sur les routes vers le sud commencent à regagner le nord. On annonce qu'à partir du mois de novembre, il ne sera plus possible de repasser la ligne de démarcation. Cette directive engendre un beau désordre : certains veulent rentrer chez eux, d'autres continuer leur périple incertain vers la zone libre. C'est le cas de Clara et de sa famille.

— Restez là, je vais aux nouvelles ! lance Lise en partant vers l'intérieur de la gare.

L'employé qu'elle finit par rencontrer lui confirme que la ligne de démarcation est à une trentaine de kilomètres, qu'il n'y a pas de train et que le prochain car est prévu en fin de journée.

— Le mieux, c'est d'aller à pied. Vous êtes jeune… et jolie… Trente kilomètres, c'est rien !

Le regard de cet homme met Lise très mal à l'aise, elle a le sentiment qu'il la déshabille mentalement. Elle prend un ton sec et autoritaire :

— Mais je ne suis pas toute seule. Indiquez-moi la direction…

— En sortant de la gare, à vot'droite, vers les Barottes ; puis direction Saint-Émilion, c'est indiqué ; après, D 936 vers Bergerac…

Il la détaille des pieds à la tête et conclut avec mépris :

— Z'avez qu'à suivre les pancartes !

Lise n'a qu'une envie, s'éloigner de cet homme. Elle le remercie et part retrouver sa mère et sa grand-mère.

— La zone libre est à 30 kilomètres. On n'a pas d'autre solution que de marcher. Ça ira, Oma ?

La vieille dame se redresse et toise sa petite-fille :

— Tu me prends pour qui ?

16

Juin-juillet 1940 - Vers la zone libre

Lise, Clara et Oma ont mis près de deux heures pour parcourir les cinq kilomètres qui séparent la gare de Libourne de la route départementale 936 où elles rejoignent la foule des civils. C'est un long ruban de misère et de peur qui traverse la France dans les deux sens, dans une pagaille indescriptible. Tous sont épuisés : ils n'ont ni mangé ni dormi depuis des jours. On traîne par la main les enfants qui n'en peuvent plus, qui pignent, tentent de résister, mais la poigne les oblige à avancer. Tous poussent ou tirent toutes sortes de véhicules, attelages de fortune chargés de matelas, de meubles, de tant d'objets qu'on ne veut pas laisser derrière soi. C'est un cortège de charrettes à bras, de landaus, de brouettes, de quelques automobiles chargées jusqu'au toit, et tant de gens à pied courbés sous le poids de leur charge : des biens, peut-être dérisoires, mais qui font une vie. Sur les bas-côtés, des carcasses de voitures calcinées, des objets abandonnés, des vêtements… tous les vestiges des jours passés. Jusqu'au 22 juin, les bombardements de Stukas arrivant en piqué sur cette route de misère ont fait des milliers de morts. À la fatigue s'ajoute la douleur d'avoir perdu un conjoint, un enfant, un parent ; de l'avoir laissé sur le bord du chemin, ou au creux d'un fossé, sans sépulture ou enterré à la va-vite, le sol creusé parfois avec les mains. Pourra-t-on un jour retrouver l'endroit où ils sont restés ? Les têtes sont vides, les yeux rougis par les larmes. Pris dans ce flot humain, on avance à l'aveugle, sans réfléchir, immergé dans son malheur.

Les passages successifs de chars et de camions chargés de matériel militaire ont défoncé la route, laissant de profondes ornières qu'il faut parfois contourner, semant la pagaille dans l'avancée de ce long cordon. Aux civils se mêlent les soldats qui ont capitulé et tentent de regagner leur caserne ; certains sont blessés et soutenus par leurs copains. C'est la débâcle générale. Oma ne desserre pas les dents. Elle marche, raide et digne, le regard au loin. Clara tourne parfois les yeux vers sa fille et lui sourit. Est-ce pour l'encourager ou juste pour s'assurer de sa présence ?

Une Panhard & Levasseur d'un gris flambant tente de dépasser le cortège avec impatience, mais les coups de klaxon énervés ne font pas accélérer le pas des piétons. Enfin, elle se fraie un passage et arrive à la hauteur de Lise qui croise le regard du chauffeur. François Villeneuve ? C'est un coup d'œil fugace ; mais elle sait que lui aussi l'a reconnue. Assises à l'arrière de la voiture, elle a cru apercevoir deux femmes. La photo dans le compartiment était-elle un signe, une annonce prémonitoire ? Lise est loin de ce genre de croyance ; pourtant, elle est troublée. La réponse entendue au téléphone, en septembre 39, lui revient en écho : « Monsieur François est chez ses grands-parents, en Dordogne. » Que ferait-il sur cette route au milieu des fugitifs ? La voiture a accéléré et, à coups d'avertisseur, a pu poursuivre sa route. Elle est loin alors que Lise essaie encore de comprendre ce qui vient de se passer. A-t-elle rêvé ? Était-ce réellement François Villeneuve ? Si ce n'était pas lui, pourquoi a-t-elle les jambes qui tremblent ? Pourquoi cet échange de regards la met-elle dans un tel état ? Elle n'a plus de nouvelles de lui depuis des mois, elle vient de traverser des épreuves qui l'ont éloignée de sa vie d'étudiante, de ses amis d'alors et de sa relation avec ce garçon.

Elle le sait, elle n'est plus amoureuse de lui. Alors, pourquoi ce sentiment d'insécurité, de peur ?

— Tu as vu le toupet de cette voiture ? s'indigne Clara. Les gens qui ont de l'argent n'ont aucun égard pour les autres. Voilà un constat que ton père ne supporte pas !

Lise se remet peu à peu de son émoi. La présence de sa mère à ses côtés est rassurante. Clara avance sans se plaindre, malgré une douleur aiguë dans les bras : la valise qu'elle porte est trop lourde. Lise s'en aperçoit, elle s'arrête sur le bas-côté, ôte son sac à dos et le tend à sa mère.

— Prends-le et donne-moi la valise.

Sa fille a raison, Clara obéit. Elle ajoute simplement :

— Je la reprendrai tout à l'heure…

— Nous allons quitter la route, décide Lise. Par les champs et les chemins, nous marcherons à notre rythme et avancerons plus vite.

Elle sait que cet argument est fallacieux, mais le regard de François Villeneuve lui a donné une subite envie de fuir, de se cacher. Clara la regarde un peu étonnée, mais obtempère.

— C'est une bonne idée. Nous trouverons peut-être un endroit pour nous restaurer dans un village…

Elles s'engagent dans le champ. La marche est rendue difficile sur les premiers mètres à cause des trous et de la terre qui a été retournée à la suite des raids aériens des jours passés, mais très vite elles atteignent un sentier. Lise s'est chargée des valises, Clara et Oma marchent devant. Après quelques centaines de mètres, le sentier débouche sur un chemin carrossable qui mène à une ferme. Lise a le souvenir de leur arrivée chez Mado avec Hélène ; elle propose d'aller frapper à la première porte pour demander un peu d'eau et peut-être un temps de repos. Cette fois, la porte ne s'ouvre pas.

— Qu'est-ce que vous voulez encore ? hurle une voix masculine.

Lise tourne la tête pour voir un vieil homme sortir d'une étable, la fourche à la main.

— Nous voudrions boire un peu d'eau fraîche, s'il vous plaît. Ma mère et ma grand…

— Y a rien pour vous !

L'homme s'approche.

— C'est pas une auberge ici ! De l'eau, à manger, à dormir… On est pas là pour ça !

— Mais, ma grand-mère… On a beaucoup marché…

— L'eau de mon puits, elle est pas gratuite. Faudra payer si vous la voulez !

Lise se tourne vers Clara qui lui fait signe de ne pas insister. Comprenant que cette fois, il ne vendra pas l'eau de son puits, l'homme hurle en brandissant sa fourche menaçante :

— Partez, je vous dis ! Y a rien pour vous ! Partez !!!

Lise fait demi-tour.

— Il a peur, dit Clara. On n'est pas les premières à lui demander quelque chose... Tous ces gens qui arrivent tout à coup dans sa campagne, ça l'affole, il ne comprend pas.

— Il en est quand même à vendre un verre d'eau ! constate Lise.

— Il est tard, il faut aller de l'avant ! ordonne Oma.

— Tu as raison, acquiesce Clara, il va faire nuit, et ce n'est pas lui qui nous donnera un coin dans sa grange !

Elles repartent, mais le cheminement se fait plus lent, plus difficile : les estomacs sont vides, les charges de plus en plus lourdes. La nuit d'été assombrit lentement la campagne. Les trois femmes marchent en silence. Seul le chant d'un rossignol fait vibrer l'air. De temps à autre, un vent léger apporte la rumeur de ceux qui sont restés sur la route départementale. Que vont devenir tous ces fugitifs ? Et elles, où vont-elles ? Une angoisse teintée de panique s'empare de Lise. Comme souvent dans de telles situations, elle fait appel à des souvenirs heureux de sa vie à Cologne. Ce soir, c'est le refuge protecteur de sa chambre d'enfant qui l'accueille. La douceur de l'appartement de Braunsfeld vient s'opposer aux scènes de foule et de panique de ces derniers jours. L'image de François Villeneuve a totalement disparu ; elle se retrouve, enfant, entre son père et sa mère, quand elle croyait que le monde était bon et que rien ne pourrait jamais lui arriver. Elle marche ainsi, se réconfortant avec cette image.

Au bout d'un chemin, il y a une ferme un peu à l'écart. Lise pose les valises et décrète :

— J'y vais !

— Tu vas encore te faire fermer la porte au nez, prédit sa mère.

Lise est à peine entrée dans la cour qu'un homme l'interpelle :

— Vous avez besoin de quelque chose ? demande-t-il en s'avançant.

Ça va, il n'a pas de fourche à la main, se rassure Lise.

— Bonjour, monsieur. Je suis avec ma grand-mère et ma mère, nous…

— Lucien, qu'est-ce que c'est ?

Une femme vient d'apparaître sur le seuil de la maison : silhouette massive éclairée par le halo de lumière venant de l'intérieur.

— Bonjour, madame, lance Lise. Nous venons de Libourne…

— Elles sont où vot'maman et vot'grand-mère ? demande Lucien.

Dans l'obscurité, on aperçoit les deux ombres debout près du pilier qui marque l'accès à la ferme. Lise les désigne du doigt.

— Ben, faut pas les laisser là ! Dis-leur de venir, Lucien !

Quelques minutes plus tard, Lise, Clara et Oma sont attablées avec le couple de fermiers devant un verre de vin et un plat chaud.

— Un p'tit coup de rouge, ça fait du bien, pas vrai ? C'est un vin de chez nous, y se laisse boire…

Oma allait dire que « ce n'était pas nécessaire », mais elle tend son verre.

Avec l'aide du « p'tit coup de rouge », Clara explique pourquoi elle veut s'arrêter le plus près possible d'Albi. Elle se sent totalement en confiance auprès de ces braves gens et parle d'Alexandre, de Lise qui sort du camp de Gurs, de leur périple depuis Fontenay. Le couple pose des questions, cherche à comprendre au-delà de ce qu'il lit dans le journal, notamment comment et pourquoi Alexandre et Lise se sont retrouvés internés. Clara explique. Ils écoutent. Finalement, Lucien conclut :

— Tout ça, nous autres, on savait pas, et c'est pas joli, joli… Maintenant, ce Pétain qui veut qu'on fasse copain avec les boches… Moi, ça me plaît pas du tout !

Il est tard. Germaine se lève ; elle frappe des deux mains sur son tablier, comme pour donner un départ :

— Pas tout ça, mais nous, on travaille tôt. On n'a pas de place ici, vous dormirez dans la grange, s'excuse-t-elle en débarrassant la table. Jusqu'à pas longtemps, elle a accueilli beaucoup de monde qui venait du nord. Parfois, jusqu'à 30 personnes ! Maintenant qu'on dit que la guerre est finie, ma grange est libre... Enfin, pour le moment !

Elle pose les verres dans l'évier et ajoute, comme pour elle-même :

— Elle pourrait bien servir à aut'chose ma grange !

— Demain vous serez vite en zone libre, reprend Lucien. Vous irez à Duras, c'est à pas plus d'une cinquantaine de kilomètres... À la mairie, vous demanderez à voir Monsieur le Maire. On se connaît, on jouait au rugby quand on était jeunes, chacun dans une équipe... On en a fait des matchs...

Germaine a pris le calendrier des postes accroché derrière la porte d'entrée. Elle le pose sur la table devant son mari et l'ouvre sur une carte du canton.

— Montre-leur le chemin au lieu de causer...

Lucien hausse les épaules ; pour une fois qu'il pouvait parler du bon vieux temps.

— Y a le car à Pellegrue. Si y passe encore ! Y va jusqu'à Duras, précise-t-il en désignant les lieux du doigt.

— Y a 15 bons kilomètres d'ici à Pellegrue, mais faut tenter, encourage sa femme sans se retourner, les mains dans la cuvette de vaisselle.

— Et s'il n'y a plus de car ? demande Lise.

— Ben, faut aller à pied ! lance Germaine comme une évidence.

— Avec de la chance, vous croiserez peut-être une camionnette ou une voiture…, ajoute Lucien.

Clara a sorti de son sac la carte déchirée du calendrier des postes où elle a tracé grossièrement la ligne de démarcation. Elle la pose sur la table :

— Vous pouvez nous montrer le chemin…

Lucien prend un crayon dans le tiroir de la table ; il le porte à sa bouche pour en humecter la mine de plomb, puis souligne l'itinéraire à suivre, tout en commentant :

— On est là, au sud de la route de Lamothe-Montravel. Faut longer la Dordogne vers l'ouest et la traverser à Pessac. Puis vous descendez tout droit : Saint-Quentin, Landerrouat, Duras…

Le crayon fait le chemin. Ça semble en effet assez direct.

— C'est long tout de même, tente Clara, le regard sur le trait crayonné.

— Pas plus de 40, 45 kilomètres…

Elle échange un coup d'œil avec sa fille :

— On prendra le temps, affirme celle-ci.

— Comme je vous ai dit, vous demanderez à parler à Monsieur le Maire, de la part de Lucien Margel. Y vous aidera.

À la lueur d'une lanterne, Germaine les conduit vers la grange.

— Vous serez tranquilles. Maintenant, y a plus que des souris et des mulots !

— Les souris, je connais ! s'amuse Lise en pensant à sa première nuit à Gurs avec Hélène.

*

Il est plus de midi lorsque les trois femmes reprennent leur périple. La nuit a été agitée. Quelques rongeurs sont venus les visiter, et beaucoup de cauchemars. Des rais de soleil, dans lesquels danse la poussière de paille, éclairent la grange d'une lumière dorée. Clara s'est levée la première. Devant le sommeil profond de sa fille et de sa mère, elle a hésité à les réveiller ; de nouvelles heures de fuite et d'incertitude les attendent. Elle est sortie de la grange pour s'asseoir face au soleil. Quelle journée apportera-t-il ? Oma pourra-t-elle marcher si longtemps ? A-t-elle eu raison de l'entraîner sur cette route ? Alexandre lui manque douloureusement. Le reverra-t-elle un jour ? Toutes ces questions sans réponse font naître une réelle angoisse.

— C'est beau ! murmure Lise à son oreille. Viens, Oma est prête à partir. Comme tu sais, « il faut aller de l'avant », ajoute-t-elle en riant.

Dans un geste de tendresse réconfortant, Clara prend sa fille dans ses bras. Lise sent la détresse de sa mère, elle chuchote :

— Nous y arriverons, tu verras !

Après un bol de café chaud, les trois femmes entreprennent le voyage qui doit les conduire en lieu sûr. Germaine fait ses dernières recommandations et les regarde s'éloigner en maudissant cette guerre qui brise des vies et fait de ces femmes des nomades. L'histoire de la famille Mendel l'a émue ; elle en condamne d'autant plus cette capitulation de la France devant les nazis. Par son fils, elle a appris qu'il y a quelques jours, un général français, depuis Londres, appelait à résister. Elle est bien disposée à faire front avec les moyens à sa disposition. Encore une fois, la grange trouvera certainement une utilité.

Le début du parcours passe à travers les vignes. « Un raccourci pour rejoindre la route », a conseillé

Lucien. Ce sont trois citadines en chaussures de ville qui avancent péniblement en file indienne sur un sol meuble et inégal. Lise va devant, toujours chargée des valises, le regard fixé droit devant elle, la tête vide. Oma la suit, d'une démarche mécanique, puis vient Clara, obsédée par une seule pensée : *Plus j'avance, plus je me rapproche d'Alexandre.*

La Dordogne n'est plus très loin, on aperçoit la ligne des arbres qui bordent la rive. Le murmure et la fraîcheur de l'eau les accueillent.

— On s'arrête, déclare Clara en s'asseyant au pied d'un frêne dont les branches descendent vers la rivière.

Elle quitte ses chaussures et commence à se masser les pieds. En jetant un coup d'œil à sa montre, elle constate :

— À peine deux heures que nous sommes parties et il me semble que j'ai déjà fait les 50 kilomètres ! Je n'aurai jamais autant marché que depuis qu'on est parties de Fontenay ! ajoute-t-elle dans un soupir.

Clara n'est pas une grande sportive. Elle se joignait rarement à Alexandre et Lise lorsqu'ils partaient en randonnée. À Cologne, pour se rendre de chez eux, dans le quartier de Braunsfeld, jusqu'à la *Buchhandlung*, ou en revenir, elle prenait le tramway ou bien, au bras d'Alexandre, ils marchaient tranquillement en devisant. Ils s'arrêtaient souvent pour saluer un client, un ami. Ces trajets se faisaient en général les soirs d'été, après une journée de travail. Aujourd'hui, elle avance chargée d'angoisse et préoccupée de sauver les siens.

— Et toi, Oma ? Tu n'es pas trop fatiguée ? demande Lise.

— Pourquoi le serais-je ? Il faut aller de l'avant, n'est-ce pas !

Clara et Lise échangent un sourire : Oma a raison, ont-elles le choix ?

Deux cygnes blancs se laissent dériver au fil de l'eau. Des oiseaux invisibles échangent leurs chants dans les frondaisons. La sérénité du lieu incite à la torpeur : Clara ferme les yeux et appelle Alexandre auprès d'elle ; Lise a sorti son carnet et prend quelques croquis ; Oma ne quitte pas des yeux un héron en train de pêcher à quelques mètres devant elle. De même que la soirée passée chez Francine Lavergne et sa mère, ce répit au bord de la Dordogne est une parenthèse volée à la guerre et à l'Occupation. Mais il faut reprendre le cours du temps…

— Il nous reste encore un long trajet à faire, annonce Lise avec regret. On doit repartir.

Le son de sa voix a ramené Clara et Oma à la réalité.

— Il faudra qu'on trouve un lieu pour dormir,

ajoute-t-elle tout en rangeant son matériel de dessin, nous ne serons jamais arrivées d'ici ce soir.

— Nous trouverons, ne t'inquiète pas, rassure Clara. Les gens sont tout de même accueillants…

— … à part un ou deux ! ironise Lise.

Après avoir longé la Dordogne, elles peuvent enfin la traverser à Pessac. Rejoindre Pellegrue et un car hypothétique leur paraît trop risqué. Elles interrogent un vieil homme qui leur confirme que le car ne circule que le matin. Il leur indique la route vers Landerrouat.

— Vous avez une dizaine de kilomètres jusque-là, vous pourrez y être à la nuit…

— On peut y dormir ? Il y a une auberge ? demande Clara.

— Une auberge ? Ça non ! Mais les gens sont serviables, vous trouverez bien une maison ou une grange…

En parlant, il regarde l'accoutrement des trois femmes.

— Vous venez de loin ? Vous aussi, vous fuyez les Allemands ?

Un hochement de têtes lui répond. Lise ose une question :

— On est toujours en zone occupée ?

Le vieil homme se renverse en arrière en riant :

— Ben, manquerait plus qu'ça ! Vous avez dû passer la ligne sans le savoir. Elle est à quatre ou cinq kilomètres d'ici, vers Lamothe-Montravel. Landerrouat, Duras, c'est libre, pas de boches !

Il soulève sa casquette en un geste d'adieu et s'éloigne.

— Donc, on est en zone libre depuis hier ! s'exclame Lise.

— Sans doute. Allez, on a encore du chemin !

Clara reprend sa marche, suivie par sa mère et sa fille. Ces nouvelles lui ont redonné espoir, elle est pressée de se rapprocher de son mari.

Vers 17 heures, elles traversent un village écrasé de soleil. Les persiennes sont fermées, les rues désertes. Elles hésitent à frapper à une porte pour demander l'hospitalité.

— Marchons encore un peu ! Il y aura bien un hameau ou une ferme plus loin…, décide Clara.

Mais les heures passent sans qu'elles croisent une habitation. Pas question de s'écarter de leur itinéraire, au risque de se perdre. Clara suit le chemin, balisé au crayon, sur la carte du calendrier des postes. Comme souvent dans ces régions, la journée, qui a été très chaude, se termine par un orage. Clara, Oma et Lise sont surprises par la pluie alors que la nuit commence à tomber. Depuis qu'elles sont parties, le paysage a changé, moins de cultures, davantage de bois et de vignes. Lorsque l'averse se fait plus drue, elles s'abritent sous un chêne. Appuyées au tronc, protégées par les branches tombantes, elles ne tardent pas à sombrer dans un sommeil lourd de fatigue. Lise a choisi de rester éveillée pour faire le guet, au cas où… elle ne sait pas trop quoi, mais elle se sent responsable du repos de sa mère et de sa grand-mère. Épuisée, elle finit par s'endormir aussi. Bientôt, la pluie s'arrête et l'orage s'éloigne. Les trois femmes passent enfin une nuit calme à l'abri du grand chêne.

Au matin, lorsqu'elles ouvrent les yeux, le soleil éclaire les vignobles du Lot-et-Garonne.

On est le 5 juillet 1940. Trois semaines plus tard, Adrien Marquet, le ministre de l'Intérieur du gouvernement de Vichy, après avoir offert ses services à Hitler, annoncera dans les médias : « Malgré les fautes accumulées, un ordre nouveau va naître en Europe. La France doit s'y intégrer. Français, ayez confiance. Nous vous construisons un régime plus juste et plus fraternel que celui disparu dans la tourmente ; il appartient désormais à l'Histoire. »

PARTIE III

UN ESPOIR DE SÉCURITÉ

JUILLET 1940 -
AOÛT 1942

1

Août-septembre 1940 - Le Couvent

Cette nuit passée à la belle étoile a remis la petite troupe sur pieds. Leur équipée prend des allures de promenade à travers les vignes. Si elles n'avaient pas aussi faim, la marche dans la fraîcheur du matin serait presque agréable. Lise chantonne. Clara et Oma parlent du paysage. Après les jours d'incertitude qu'elles viennent de vivre, on pourrait s'étonner de ces plaisirs simples, mais l'expérience du déracinement leur a appris à profiter des bons moments pour faire de nouveau confiance à la vie.

Ne pouvant plus résister, Lise finit par poser les bagages devant un cep chargé de grains.

— Tu ne peux pas faire ça ! l'arrête Clara. C'est du vol !

— Y a personne ! Personne ne le verra, et puis j'ai trop faim ! affirme-t-elle en coupant une grappe.

Sous le regard désapprobateur de sa mère, elle penche la tête en arrière et gobe les grains les uns après les autres comme elle boirait à la régalade. Clara la regarde un instant, puis s'approche. Avec un sourire complice à sa fille, elle détache délicatement une énorme grappe qu'elle mange avec délice. Seule Oma reste impassible : *Ce n'est pas nécessaire*, doit-elle penser tandis que son regard trahit une envie gourmande.

Les ventres rassasiés, la marche est plus aisée. Après les vignes, c'est d'abord un sentier, puis la route départementale les mène à l'entrée de la petite ville de Duras. Un soleil de fin d'après-midi éclaire le paysage d'une lumière douce et dorée.

— Une lumière de Toscane, murmure Clara. Je me souviens de notre voyage à Florence avec Alexandre. J'appréciais autant de découvrir la campagne que de visiter les églises…

Les images de ce souvenir lui paraissent aujourd'hui celles d'un rêve. Pour éviter le découragement, elle revient à la réalité :

— J'espère que le maire sera là…

Les quelques personnes qu'elles croisent les dévisagent, mi-apeurées, mi-compatissantes.

— Ils nous observent comme si on allait leur dérober la vie ! reproche Oma.

— Ils ne doivent pas être très habitués à voir arriver des fugitifs, constate Lise.

Devant la pancarte indiquant : « Mairie 50 mètres », Clara s'arrête, pose son bagage et décrète :

— J'y vais toute seule !

Sous le regard étonné de sa mère et souriant de sa fille, elle sort une brosse à cheveux de son sac, un poudrier et un tube de rouge à lèvres. Elle rajuste son chapeau et après un dernier regard au miroir qui retourne dans le sac avec un claquement sec, elle annonce :

— Attendez-moi là, près de cette fontaine.

D'un geste énergique, elle frotte sa robe poussiéreuse et part dans la direction indiquée d'un pas décidé.

*

Une demi-heure plus tard, une Traction de la mairie les dépose devant une maison cachée dans la végétation. Le chauffeur, secrétaire de la mairie de Duras, les fait entrer. Il ouvre les volets et explique :

— On appelle cette maison *Le Couvent*, je ne sais pas pourquoi. Elle est à vendre. Fermée depuis deux ans. La propriétaire, une Parisienne, est décédée sans héritier. Le notaire nous a laissé les clés pour faire visiter, mais personne ne se présente. En ce moment, vous pensez bien…

L'odeur de renfermé et la saleté font grimacer Oma.

— Il y a du travail de nettoyage !

— Mais c'est parfait ! la coupe Clara. Nous serons très bien ici. Vous remercierez Monsieur le Maire.

— L'étage reste fermé, mais tout le rez-de-chaussée est disponible, précise le secrétaire.

Il ouvre et aère deux grandes pièces et la cuisine. Clara, Oma et Lise découvrent avec lui leur nouvel univers.

— Il n'y a pas d'eau courante, juste une pompe dans le jardin. Pas d'électricité, mais…

Il ouvre un placard :

— Ah, voilà ! Il y a encore quelques bougies. Pour la cuisinière, vous avez du bois dans la remise ; y a peut-être même encore un peu de charbon pour la chaudière… Cependant, j'espère que vous serez de retour chez vous avant les premiers froids.

Clara et Lise échangent un coup d'œil dubitatif, mais ne font aucun commentaire. Avant de partir, l'homme tend les clés à Clara :

— Le bourg d'Auriac est à un kilomètre. Madeleine fait la poste, vend du pain, des œufs et un peu de légumes… C'est aussi l'arrêt du car pour Duras et

Marmande, il passe deux fois par jour. Il y a peut-être bien un vélo ou deux dans l'appentis. Duras, c'est seulement à six kilomètres…

Il serre les mains et ajoute :

— Vous serez en sûreté ici.

À l'idée de pouvoir manger de nouveau des œufs ou des légumes, Lise sauterait bien sur le vieux vélo qu'elle vient de découvrir. Mais il faut encore regonfler les pneus et nettoyer la selle qui a dû servir de perchoir aux pigeons ! S'il y a de l'espace dans ce rez-de-chaussée, il y a peu de confort. Les chambres sont des débarras d'objets hétéroclites et de meubles déglingués. Clara et Lise commencent par entasser au fond du jardin tout ce qui est irrécupérable.

— Si on manque de bois cet hiver, on pourra toujours brûler ces vieux meubles, prévoit Clara.

Puis elles confectionnent des matelas avec des sacs de jute trouvés dans la remise, qu'elles bourrent de feuilles de maïs. Très vite, elles font la connaissance de leur voisine, Mme Lyons, qui leur donne des graines de légumes et des plants de salade. Clara s'attaque au potager laissé en friche depuis des années. Oma se met au ménage, et en quelques jours, ces trois pièces brillent d'un éclat qu'elles n'ont pas connu depuis bien longtemps. Lise est arrivée à équilibrer la table bancale de la cuisine-pièce à vivre et a allumé la cuisinière à bois. Habituée au confort de la ville, ces gestes ruraux l'ont amusée. Un après-midi, défiant toutes les lois de l'hospitalité, elle décide de forcer la serrure d'une porte du premier étage. Après de nombreux essais, le verrou cède enfin. Elle se retrouve dans une grande bibliothèque aux murs tapissés de livres et en déduit que l'ancienne habitante et propriétaire du *Couvent* devait être enseignante, ou peut-être libraire. *Comme Vati serait heureux de pénétrer dans cette pièce!* pense-t-elle les larmes aux yeux. *Les livres doivent tellement lui manquer!* Souvent, tard dans la soirée, elle reste dans le jardin à dessiner les évènements de la journée. Quand la nuit tombe, elle retourne dans la pièce commune : à la lumière des chandelles, elle lit jusque tard dans la nuit, les livres empruntés à la bibliothèque de la propriétaire.

Dès son arrivée, Clara a écrit à Alexandre une lettre dans laquelle elle lui annonce leur installation à Auriac-sur-Dropt.

C'est à 200 kilomètres d'Albi. Oma et Lise resteront ici en sécurité, je viendrai seule. Ce sera plus facile pour trouver un logement près du camp de la Viscose et ça coûtera moins cher. À Auriac, nous sommes logées gratuitement pour le temps que nous voulons.

C'est un petit bourg près de Duras. Tu peux m'écrire. L'épicerie fait office de poste, et j'y viendrai chaque jour jusqu'à trouver ta lettre. À très vite mon aimé.

Le potager tarde à donner des légumes. Lise, qui a retapé le vieux vélo, parcourt la campagne à la recherche de quelques pommes de terre ou d'un peu de lard. Comprenant que les trois femmes sont des réfugiées, l'épicière du village leur fait payer les denrées plus cher qu'aux autres habitants. Clara s'en aperçoit en échangeant avec sa voisine sur le prix du beurre. Adroitement, elle explique à la commerçante qu'elle a dû se tromper.

— Madeleine est devenue rouge comme une tomate et m'a remboursé la différence, raconte Clara le soir au dîner. Je pense que nous n'aurons plus ce genre d'augmentation !

*

Un matin, alors que Lise bat la campagne pour chercher de la nourriture, une fermière lui propose de garder ses vaches au champ contre du fromage et du lait. Cette expérience dure deux jours car les animaux, sentant l'inexpérience de Lise et sa crainte devant ces énormes bêtes, s'échappent sur la route où elles divaguent un moment avant que la jeune fille finisse par les faire rentrer dans l'étable à l'heure de la traite. Elle se souviendra longtemps de ces heures à courir sous le soleil pour essayer de se faire obéir de ces têtes de mules. Clara et Oma ont beaucoup ri au récit de cette aventure. Lise a décidé qu'elle se porterait plutôt volontaire pour rentrer les foins, il y a moins de risque que les ballots s'échappent!

L'été 1940 passe ainsi. Peu à peu les trois femmes se construisent une vie de paysannes. Sur les conseils de Monsieur le Maire de Duras, elles ont transformé le nom de Mendel en Lement.

— C'est plus prudent. Vous devriez être en sécurité ici, mais les mauvais esprits sont partout. Votre nom ressemble trop à celui de notre ancien ministre. Son opposition au régime actuel a entraîné son arrestation. Cela pourrait vous attirer des ennuis.

Dans le même ordre d'idées, Clara a demandé à sa mère de ne pas s'adresser aux gens du pays à cause de son accent allemand trop prononcé. Oma, qui n'est pas particulièrement sociable, a accepté :

— De toute façon, ce n'est pas nécessaire et puis, j'ai trop de travail dans la maison pour perdre du temps à bavarder.

*

Les trois pièces du *Couvent* sont presque devenues confortables. Le rythme quotidien est régulier : Oma fait le ménage, Clara le potager et Lise court la campagne pour essayer d'échanger quelques menus travaux contre un peu de nourriture. Le soir, elle fait la lecture à sa mère et à sa grand-mère, qui s'endort en général dès les premiers paragraphes. Ces veillées rappellent celles de Fontenay et, bien avant, celles de Cologne, quand Alexandre lisait des contes, faisait fonctionner une lanterne magique et plus tard animait, pour Lise seule, un débat sur les religions ou les philosophies humanistes.

Quelques cartes arrivent du camp de la Viscose ; Alexandre semble se porter le mieux possible. Son travail de traducteur l'occupe suffisamment, et ce rôle social lui convient tout à fait. Clara est rassurée, mais souffre de son absence. Pas de piano pour apaiser sa tristesse, elle se réfugie dans les travaux de jardinage et attend les courriers de son mari en se préparant à partir vers Albi.

Le maire de Duras vient parfois leur rendre visite. Il s'inquiète de leur installation, de leurs besoins. Dans ses paroles perce sa haine de l'occupant. Avec l'accord du directeur de l'école, il a proposé à Lise de venir seconder l'institutrice, Mlle Ragueneau ; elle fera faire du dessin aux enfants tous les samedis matin et commencera dès la rentrée, le 1er octobre.

Un soir du mois de septembre, alors que Clara lui annonce qu'elle a décidé de rejoindre son mari au camp de la Viscose, le maire lui déconseille de repartir vers Albi.

— Restez ici. Votre époux sait où vous trouver. S'il est libéré, il vous contactera et viendra vous retrouver. Dans le cas contraire, n'ayez aucun regret, vous n'auriez pu le voir. Le camp est entouré de barbelés et il est peu probable que les visites soient possibles !

Les sages conseils de cet homme, ajoutés à ceux de sa fille qui ne voit pas d'un bon œil sa mère partir seule sur les routes, ont raison de la décision de Clara ; elle restera au *Couvent* et attendra. Pour cette femme, active et entreprenante, l'attente est un supplice, mais il s'agit de sa sécurité, et donc de celle de sa famille. Que deviendraient Oma et Lise s'il lui arrivait quelque chose ?

Mlle Ragueneau, que Lise appelle très vite Maryse, admire son talent. Par l'intermédiaire d'un ami, directeur du collège de jeunes filles de Marmande, elle a obtenu que Lise donne quelques cours de dessins. C'est un soulagement, plus besoin de courir la campagne à la recherche de travaux agricoles pour lesquels elle n'est manifestement pas douée !

— Marmande est à 20 kilomètres. Il y a bien un car, mais il est souvent en retard et met plus d'une heure. À vélo vous en avez pour une demi-heure. Cela vous fera un peu d'argent, et puis Marmande est une ville très agréable.

À partir de la rentrée d'octobre 1940, Lise fait le trajet trois fois par semaine. Elle a peu d'élèves et cette nouvelle expérience lui plaît beaucoup. Elle est très bien accueillie par ses collègues professeurs et par le directeur, M. Morel. Elle part le matin à bicyclette et rentre souvent à la nuit tombante. Les autres jours, grâce à Monsieur le Maire, elle a trouvé un emploi de domestique dans une maison de Duras : elle y fait le ménage pour deux vieilles personnes acariâtres et autoritaires. Le salaire qu'elles lui donnent, ajouté à ce qu'elle touche au collège, permet d'acheter régulièrement du lait et du pain chez Madeleine. Le samedi matin, elle fait faire du dessin aux enfants de l'école ; c'est souvent l'occasion de bavarder avec Maryse à la fin du cours. Les deux jeunes femmes parlent de peintures, des musées qu'elles ont visités ; parfois elles se prêtent un article ou un livre sur un artiste ou une exposition. Cette passion partagée est un lien qui rappelle à Lise ses années aux Beaux-Arts et ses amis parisiens. Ses semaines sont ainsi bien remplies et lui laissent peu de temps pour aider sa mère ; mais Oma est là, toujours efficace. Les nouvelles d'Alexandre se font rares ; Clara est inquiète, mais ne veut rien montrer. Elle songe de nouveau à partir vers Albi.

L'automne est lumineux. L'hiver semble ne jamais devoir venir. Les jours s'écoulent dans une tiédeur bienveillante, laissant vide la place d'Alexandre.

2

Novembre 1940 - Charles Meyer

Un soir du début novembre, à la tombée de la nuit, on frappe à la porte. Les visites sont rares : Mme Lyons, la voisine, vient parfois apporter quelques œufs ou un lapin fraîchement tué, ou c'est Monsieur le Maire, muni d'une bouteille de vin à partager. La vie citadine n'est plus qu'un souvenir, les trois femmes ont dû s'adapter à la ruralité. Une fois encore, les habitudes, les gestes et les esprits doivent s'intégrer à un nouvel environnement. Dans la cuisine-pièce à vivre, Clara est en train d'essorer du linge qu'Oma et Lise mettent à sécher sur un fil tendu au-dessus de la cuisinière. Elles échangent un regard inquiet : ce n'est pas l'heure habituelle de Mme Lyons ni celle de l'apéritif de Monsieur le Maire. Qui cela peut-il être ? Clara se dirige vers la porte.

— Qui est là ? demande-t-elle.

En reconnaissant la voix d'Alexandre, elle pousse un cri, ouvre et se précipite dans les bras de son mari. Un an qu'elle ne l'a pas vu ! Un an d'inquiétude, de solitude et de peur. Elle ne peut retenir le flot de larmes qui l'envahit. Ses jambes tremblent, son cerveau est vide, seuls son corps et tous ses sens sont en émoi. Alexandre a laissé tomber la valise qu'il tenait et reçoit sa femme contre lui ; il prend son visage entre ses deux mains et le couvre de baisers, humides, désordonnés, semés passionnément. Ses pleurs ne peuvent assouvir les battements de son cœur. Tous les mois passés dans les camps à croire au pire, à imaginer qu'il ne la reverrait plus, disparaissent en un instant. Lise, debout devant le couple enlacé, prend conscience que son père et sa mère, enfin réunis, sont devant elle ; elle se jette vers eux et se blottit entre les deux corps qui l'accueillent en riant. Alexandre ne traduit jamais ses émotions par des mots ; quand elles sont trop fortes, il s'éloigne, mais là, il ne peut retenir ce murmure de soulagement :

— *Meine Liebsten ! Mein Lieblinge** !

---

* « Mes chéries ! Mes amours ! »

Le trouble des retrouvailles les a isolés, ils sont seuls, tous les trois. Discrètement, Oma reste en retrait. Quand la famille revient à la réalité, elle salue son gendre. Le sourire qu'elle affiche ne traduit pas l'émotion profonde qu'elle ressent.

Tandis que la famille Mendel se retrouve, un jeune homme, que personne n'a remarqué, passe timidement le seuil et entre dans la maison. Il referme la porte et se tient devant, attendant que quelqu'un le remarque. C'est Lise, la première qui le voit. Elle quitte les bras de ses parents et se tourne vers l'arrivant.

— Je vous présente Charles Meyer, annonce Alexandre. Nous nous sommes rencontrés au stade de Colombes en septembre 39. Charles s'est enrôlé dans la Légion étrangère, il a fait ses classes en Afrique du Nord…

Clara a sorti un mouchoir de sa poche et s'essuie les yeux. D'une voix encore tremblotante, elle demande, ahurie :

— Mais comment êtes-vous là ? Tous les deux ? Ensemble ?

— Charles vient de Limoges et descend vers les Pyrénées pour passer en Espagne. Nous avions convenu de nous retrouver à Agen.

— Mais… mais par quel moyen ? interroge Clara de plus en plus étonnée.

— Nous sommes restés en contact par l'intermédiaire de ma mère, répond Charles. J'avais laissé à Alexandre une lettre à lui poster en quittant Colombes et…

— … et j'ai continué à écrire à cette adresse pour avertir Charles de ce que je devenais.

— Et vous êtes venus comment depuis Agen ? En car ? demande Lise.

— Oh, non ! À pied, répondent les deux hommes presque en même temps.

— Oui, nous étions tellement contents de nous retrouver et de pouvoir discuter de nouveau… Tu vois, c'est assez simple, conclut Alexandre en passant un bras sur les épaules de sa femme.

*

Après ce moment d'effusions et la présentation du *Couvent*, le petit groupe s'est installé autour de la table. Lise est allée chercher une bouteille de vin apportée la veille par Monsieur le Maire. Oma s'affaire au-dessus du fourneau pour essayer de cuisiner pour deux personnes de plus avec le peu de denrées en sa possession. Clara est enfin auprès de son mari ; elle a envie de se pincer pour en être certaine. Elle le regarde : les traits sont toujours les mêmes bien qu'un peu amaigris, les cheveux coupés au hasard, et cette barbe naissante qui le vieillit. *J'avais pourtant mis le nécessaire dans sa valise quand il est parti de Fontenay!* Ce détail incongru dans un moment comme celui-ci la fait sourire, elle passe la main sur la joue de son mari.

— Je suis heureuse, murmure-t-elle pour lui seul.

Tandis qu'Alexandre relate sa rencontre avec Charles au camp de rassemblement du stade de Colombes, Lise détaille discrètement le jeune homme : yeux bleus, cheveux noirs coupés très court, sourire doux et un peu triste.

Puis Charles prend la parole et raconte comment, libéré de la Légion étrangère, il a été rapatrié à Marseille.

— J'ai eu dix mois d'instruction entre Sidi Bel Abbès et Ouargla, en Algérie. Début octobre, on nous a démobilisés. On pouvait rentrer chez nous. En descendant du bateau à Marseille, j'ai sauté dans un train gare Saint-Charles ; ça faisait si longtemps que je n'avais pas vu ma mère! Après vingt-quatre heures de voyage, je l'ai rejointe à Limoges. Je ne voulais pas passer par Paris ou traverser la zone occupée. J'ai fait beaucoup de détours, ajoute-t-il en riant. Je n'avais que mon livret militaire de légionnaire pour tout papier d'identité, je dois dire que je n'étais pas fier de traverser le pays dans ces conditions. Je craignais toujours que ce viatique ne soit pas suffisant.

Ma naturalisation comme la vôtre a été ajournée *sine die* et je me retrouve « apatride », moi aussi.

— Mais pour passer la frontière espagnole, il vous faut des papiers en règle, trouver un passeur… comment allez-vous faire ? demande Clara.

— J'ai contacté un ami de Paris dont la famille habite Narbonne, à une centaine de kilomètres de l'Espagne. De là, je traverserai les Pyrénées. À pied, s'il le faut…

— Charles veut rejoindre le général de Gaulle en Angleterre, précise Alexandre, il veut participer à la Résistance…

— La France nous a accueillis, et aujourd'hui je crains que, pour être en accord avec les nazis, elle ne nous trahisse, précise le jeune homme. Les camps « d'indésirables », les arrestations arbitraires de juifs à Paris… Même vous ici, combien de temps serez-vous en sécurité si la Wehrmacht passe la ligne de démarcation ? L'État français veut plaire à l'occupant en lui montrant qu'il peut faire régner l'ordre.

— Hitler a le projet d'exterminer tous les juifs d'Europe, ne l'oublions pas, ajoute Alexandre.

— Ma mère m'a parlé d'une ordonnance du gouvernement de Pétain qui cherche à exclure les juifs des professions libérales et des universités, reprend Charles. J'ai lu dans le journal qu'une loi a été votée pour que les étrangers juifs puissent être internés dans des camps.

Un long silence ponctue ses paroles.

— À Auriac on se sent protégé, loin de ça…, tente Lise.

— Pour combien de temps ! conclut son père.

Le dîner se termine par les récits des uns et des autres : le camp de la Viscose, celui de Gurs, les journées sur les routes de l'exode, la rencontre avec Monsieur le Maire de Duras, les mois d'instruction en Algérie.

Clara et Alexandre sont assis côte à côte, main dans la main. Ils échangent parfois de discrets sourires. C'est la première fois que Lise remarque un geste intime en public entre ses parents. Elle comprend qu'ils ont dû beaucoup souffrir de leur séparation, beaucoup plus qu'elle n'a imaginé.

Oma, tout en écoutant les récits, a fini de débarrasser la table et fait la vaisselle.

— Demain, je partirai de bonne heure, annonce Charles.

Oma se tourne vers lui. Sa longue silhouette droite le toise avec autorité :

— C'est un long voyage jusqu'en Espagne. Vous resterez ici quelques jours avant de repartir !

Le ton sec de la vieille dame fait sourire les siens et surprend Charles qui lance un regard interrogatif à Alexandre. C'est Clara qui répond :

— Les matelas sont en feuilles de maïs, et il faut pomper l'eau dans la cour, mais ce sera toujours mieux que de dormir à la belle étoile ou dans des logements de fortune.

— Quant à la table, Mutti est la reine du potager : on mange des légumes tous les jours. C'est très sain, vous verrez…, ajoute Lise en riant.

*

Charles se rend très vite utile. Il aide Clara à remettre le jardin en état, à planter quelques fleurs d'automne. La maison n'a pas été habitée depuis des années, elle se détériore et les ouvertures laisseront passer le froid l'hiver venu. Alexandre n'est pas un grand bricoleur, c'est Charles qui trouve le moyen d'isoler les embrasures avec de la paille et du papier journal. En prévision des soirées d'hiver, il tente d'allumer du feu dans la cheminée, au grand dam de Clara qui craint le pire.

— Elle n'est plus ramonée depuis si longtemps ! Que ferons-nous s'il y a un incendie ?!

— Nous jetterons un seau d'eau !

La plaisanterie de Lise ne rassure pas sa mère, mais la fait rire. Enfin, il remet l'âtre en service. Alexandre apporte les bûches amoncelées depuis des années dans l'appentis.

— Voilà, l'hiver peut arriver ! annonce Charles devant la flambée qui crépite sous leurs yeux.

Ce foyer devient vite le point central des soirées du *Couvent*. On y échange les détails des périples respectifs. Lors de ces récits, le rire prend souvent le pas sur le sérieux. Ces veillées rappellent le passé, tant à Cologne qu'à Fontenay-aux-Roses, et elles consolident les retrouvailles familiales. La guerre et l'exil sont loin. Charles est un hôte joyeux et prévenant. Dans le grenier, il a trouvé un jeu d'échecs auquel manque la reine ; Lise la fabrique en taillant un morceau de frêne.

— C'est très beau, murmure le jeune homme, sincèrement admiratif, en tournant la pièce entre ses doigts. Une œuvre d'art…

Lise est flattée et un peu gênée :

— Juste un bout de bois taillé !

Les parties d'échecs, ou de cartes, animent maintenant les soirées. En échange d'un ou deux napperons brodés, Lise a obtenu de la mercière de Duras quelques pelotes de laine pour sa grand-mère. Au rythme régulier du cliquetis de ses aiguilles, Oma veille sur ce petit groupe. On oublie que Charles doit partir.

*

Cette journée de la fin novembre a été particulièrement ensoleillée. Monsieur le Maire a partagé la soirée, il vient de partir. Alors que le couple Mendel ainsi qu'Oma sont allés se coucher, Charles et Lise restent un peu dans le jardin à respirer les senteurs de la nuit. Subitement, Charles prend la main de Lise et l'entraîne à pas de loup vers le grenier de la maison. Il ouvre le vasistas qui donne sur le toit, met dessous un tabouret et tend la main à Lise :

— Venez, on va regarder les étoiles. Il fait si beau !

Les deux jeunes gens s'installent sur le faîte. Très vite, cigarettes et confidences s'échangent. Charles parle de son enfance à Bonn à quelques kilomètres de Cologne, en amont du Rhin. Il connaît Cologne où il venait tous les ans pour le carnaval. Ils évoquent ainsi, pour le plus grand plaisir de Lise, les rues de la ville, ses parcs, les promenades le long du fleuve. Sous ce ciel étoilé, ils flânent en imagination dans une cité en paix, calme et lumineuse.

— Que ferez-vous quand la guerre sera terminée ? demande Charles.

— Je serai peintre. J'aurai un atelier donnant sur les toits de Cologne. J'exposerai et je vendrai… beaucoup ! ajoute-t-elle en riant. Et vous ?

— Ingénieur. Je crois qu'après le nazisme, l'Allemagne aura besoin de sang jeune et inventif pour retrouver un équilibre politique et social…

— Croyez-vous qu'un jour nous pourrons retourner en Allemagne ? interroge Lise avec inquiétude.

— Bien sûr ! Notre pays aura besoin de nous ! Vous verrez, nous retrouverons notre vie, notre patrie.

Un voile de tristesse passe dans la voix de Lise quand elle évoque Hans.

— C'est mon ami d'enfance. Il dirige la Librairie de mon père en son absence… Un commerce juif dans un pays nazi. Je n'ai aucune réponse à mon dernier courrier. Je suis très inquiète.

Charles ne sait que répondre pour rassurer la jeune fille ; il devine les risques que peut rencontrer ce jeune libraire.

— Regardez ! conseille-t-il en passant un bras autour des épaules de Lise.

Le doigt tendu vers le ciel, il nomme la Grande Ourse et l'étoile Polaire. Sa tête frôlant celle de Lise, il précise :

— Les six étoiles en zigzag, là, à droite… c'est peut-être Cassiopée. Mais je ne suis pas sûr.

— C'est étonnant, une voûte céleste aussi claire en novembre ! s'étonne Lise.

— Nous sommes dans le sud, l'hiver vient sans doute plus tard…

Ils parlent de banalités pour cacher le trouble qui s'est emparé d'eux au contact de leurs corps. Du haut de leur belvédère, la vue semble infinie sur les vignes, les champs et les méandres du Dropt. Immergés dans le silence de la campagne endormie, ils sont seuls au monde. Parfois, une légère galopade leur parvient, sans doute un chevreuil qui gambade dans les cultures.

— Nous sommes bien ici, n'est-ce pas ? chuchote Lise. Nous devrions y rester, toujours.

Charles serre plus fort la jeune fille dans ses bras. Une image floue de François Villeneuve apparaît lorsqu'il pose ses lèvres sur les siennes. Très vite, elle s'estompe dans la douceur du baiser.

— Une île dans la tempête, murmure Charles. Nous y sommes naufragés.

La nuit est très avancée quand ils se quittent sur un dernier baiser. À son réveil, Lise cherche Charles. Au petit matin, il a pris la route vers Narbonne.

3

1941 - Premières lois antisémites

L'année 1941 débute par une tempête de neige qui paralyse tout le pays. Auriac-sur-Dropt n'est pas épargné : il fait moins dix degrés et la campagne est recouverte de gel. On raconte que la Loire charrie des morceaux de glace et qu'à Paris on fait du ski dans les avenues. Lise imagine le lac du bois de Boulogne gelé et se souvient de la pièce d'eau du *Stadtwald* où elle faisait du patin à glace avec son cousin Ludwig. Au *Couvent*, les activités sont réduites et la bibliothèque du premier étage rend bien des services. Rassemblés autour de la cheminée, les Mendel lisent, jouent aux échecs ou partagent leurs lectures. Oma tricote ou brode, ce qui ravit la mercière de Duras, qui n'a jamais vendu autant de cotons de couleur en si peu de temps et qui s'est fait une clientèle d'amatrices de napperons et sets de table assidue. Un peu pour s'occuper, beaucoup pour revivre les évènements d'un passé à jamais révolu, Alexandre s'est mis en tête de raconter son enfance à Cologne. Monsieur le Maire de Duras a déniché une vieille Remington* dans un grenier de la mairie et la lui a prêtée. Depuis, Alexandre repart dans « sa vie d'avant », comme il aime la nommer. Loin des drames de l'Occupation, la famille profite de cette période de grand froid pour s'isoler du reste du monde en lutte et retrouver un peu de calme et de sérénité. Clara a raconté à Alexandre les échanges qu'elle a eus avec M. Bruder : ses propositions d'aide, l'estime qu'il lui manifeste. Parfois, en passant à l'épicerie, Alexandre appelle son ancien patron ; Bruder est toujours heureux de l'entendre. Il lui fait part des dernières parutions, des libraires qui tiennent le coup face à l'occupant, de ceux qui collaborent en sélectionnant leur fonds. Alexandre apprécie ces conversations qui le renvoient à une vie normale, active et paisible.

En mars, l'État français crée le Commissariat général aux questions juives, chargé d'appliquer la politique

---

* Machine à écrire.

discriminatoire imposée par l'Allemagne. Selon la loi, ce service sera chargé des mesures concernant les juifs : contrôle de leurs activités, arrestations, mode de liquidations de leurs biens…

En avril, le maréchal Pétain décide officiellement que le 1er mai sera férié car « Fête du Travail et de la Concorde sociale », il applique ainsi sa devise « Travail, Famille, Patrie* ».

Les mois de grand froid ont ravagé le potager, donnant davantage de travail. On est le 2 mai, Lise et Clara sont en train de biner pour planter des graines de courgettes et d'aubergines lorsque les pétarades d'une moto, qui s'arrête devant la maison, leur font lever la tête. Un homme casqué s'avance vers elles. Lise reconnaît tout de suite ce sourire : Charles !

En dehors d'une carte rapide disant qu'il restait un moment à Narbonne, Charles n'a donné aucune nouvelle depuis presque six mois. Il est accueilli avec joie par la famille Mendel. Alexandre est si heureux de le voir qu'il l'appelle « mon fils » sans s'en rendre compte. Oma se précipite immédiatement vers ses fourneaux

---

* Pendant quatre ans, cette devise remplacera « Liberté, Égalité, Fraternité », notamment sur les pièces de monnaie.

pour concocter un repas digne de ce retour. Quant à Clara, elle décrypte discrètement le lien qui est né entre sa fille et ce jeune homme.

— Mon patron m'a donné quatre jours de repos à l'occasion du congé du 1er mai. Ce n'est pas qu'il soit en accord avec la politique du gouvernement, mais il trouve que j'ai bien travaillé et qu'il me doit des vacances. Il applique à sa façon les lois de 36* !

Alexandre ouvre une bouteille de côtes-de-Duras rescapé des apéritifs de Monsieur le Maire.

— Il met un point d'honneur à nous faire goûter les crus de sa région et on ne s'en plaint pas, commente-t-il. Alors, Charles, racontez-nous : pourquoi êtes-vous resté à Narbonne alors que vous deviez rejoindre Londres ?

Les verres sont pleins, on trinque, puis Charles se plie de bon gré au récit des derniers mois.

— Louis Gauthier, le père de mon camarade de Paris, chez qui je me suis arrêté, dirige une entreprise d'électricité. Il y a beaucoup de travail. Son employé est prisonnier en Allemagne, alors il m'a proposé de travailler pour lui quelques mois.

---

* En 1936, le gouvernement de Front populaire vote les lois sociales, dont l'instauration des congés payés.

— Et votre projet de rejoindre l'Angleterre ? demande Alexandre.

— J'ai besoin d'argent pour faire ce voyage. J'ai pensé qu'il valait mieux que j'accepte cette proposition au lieu de partir sans un sou. Sur son conseil, j'ai fait les démarches auprès de la préfecture de l'Aude qui m'a délivré une carte d'identité d'étranger et une autorisation de travail pour un an. Quel rôle a joué Louis Gauthier dans l'obtention rapide de ces papiers, je ne veux pas le savoir.

— Alors tu vas rester, au lieu de rallier la Résistance ?

Si elle est ravie de savoir que Charles restera en France, elle est un peu déçue qu'il n'agisse pas auprès de ceux qui combattent l'occupant. Charles lui sourit et, après un regard circulaire autour de lui, baisse la voix pour préciser :

— Je ne suis pas aux côtés du général de Gaulle, mais ça ne m'empêche pas d'aider les résistants. Une fois par semaine, vers 5 heures du matin, je récupère dans les imprimeries qui travaillent la nuit clandestinement les journaux interdits : *Combat*, *Le Populaire* et *Libération*. Puis je les livre au réseau qui les diffuse auprès de la population.

— Et… et tu vas faire ça longtemps ? demande Lise, inquiète.

— Jusqu'à ce que je parte.

— Ou que tu sois arrêté !

— Je prends toutes les précautions, Lise, ne t'en fais pas. Je sais que si je suis arrêté, c'est le peloton…

Cette perspective jette un froid. C'est Clara qui reprend la parole.

— Charles, savez-vous que les allées du potager que vous avez nettoyées en novembre n'ont pas vu une mauvaise herbe depuis ? Il faut dire qu'avec le froid qu'on a eu, rien ne poussait dans la terre gelée.

La conversation continue ainsi sur des banalités, seul compte le plaisir d'avoir retrouvé Charles. Il passe deux jours au *Couvent*. Pour Lise, deux jours de promenades dans la campagne, de flâneries le long du Dropt main dans la main, de promesses d'amour, de baisers échangés. Hélas, Charles doit repartir. Il promet d'écrire.

— Encore faut-il que le courrier fonctionne ! Mais ne vous inquiétez pas, je serai prudent, et quand je prendrai la route de l'Espagne, je trouverai le moyen de vous le faire savoir. Ma mère a votre adresse, si elle sait quelque chose, elle essaiera aussi de vous contacter.

Le 4 mai, après le déjeuner, Charles remonte sur sa moto. Lise reste longtemps au bord du chemin à écouter s'éloigner les pétarades de la motocyclette. *Je voudrais ne plus jamais voir partir ceux que j'aime, plus jamais !* a-t-elle envie de hurler.

4

Juillet 1941 - La guerre devient mondiale

Un matin du mois de juillet, alors qu'il est à l'épicerie, Alexandre décide d'appeler les éditions Bruder.

— Je suis Alexandre Mendel. Je voudrais parler à M. Bruder.

La standardiste lui répond d'un ton craintif.

— M. Bruder n'est pas là.

— Mais... vous me reconnaissez !

— Oui, bien sûr, monsieur Mendel. Mais, vous...

Elle baisse le ton et ajoute :

— M. Bruder a été convoqué au commissariat pour le recensement des juifs*. J'espère qu'il va revenir... vite !

---

* Après la loi du 3 octobre 1940 sur le statut des juifs, en juillet 1941, sur ordre de l'occupant, la police procède au recensement des juifs

Alexandre sent le sang lui monter à la tête. Ses jambes tremblent. Il balbutie :

— Mais je croyais que seuls les juifs étrangers étaient concernés…

La standardiste a été dérangée, elle l'interrompt d'une voix claire :

— Je lui dirai que vous avez appelé… Merci, monsieur.

Alexandre reprend le chemin vers le *Couvent.* Depuis que Pétain a rencontré Hitler à Montoire, une petite ville du Loir-et-Cher, Alexandre connaît une peur insidieuse alimentée par le souvenir des paroles du Maréchal, prononcées ce jour d'octobre 1940 : « J'entre dans la collaboration pour soutenir l'unité de la France. » *Cet homme fera tout pour collaborer avec les nazis, il agira comme eux ; il ira jusqu'à arrêter des juifs, des communistes. Pour quel sort ! Pourvu que nous ne revivions pas ce que nous avons connu en Allemagne en 34. Pourvu que nous soyons à l'abri dans le sud*, pense-t-il en marchant d'un pas lourd.

Un été chaud et sec a succédé à cet hiver exceptionnellement glacial. Auriac-sur-Dropt est un joli village

---

sur un fichier qui servira de base aux futures rafles. Sur leurs cartes d'identité est apposé le tampon « JUIF ».

au milieu d'un paysage vert et vallonné. Le climat habituel, tempéré, permet la culture des fruits, du tabac et de la vigne. Si la famille Mendel trouve à peu près de quoi s'alimenter dans cette région maraîchère, ils ont peu d'argent ; le maigre salaire que rapportait Lise est suspendu pendant les vacances scolaires, et les heures de ménage qu'elle fait à Duras ne suffisent pas à nourrir toute la famille. Alexandre s'est lié d'amitié avec le curé de la paroisse de Duras. Ils ont de longues conversations philosophiques et spirituelles. Un soir, ils se sont quittés assez tard après avoir débattu longuement du sens du pari de Pascal, sans tomber vraiment d'accord sur l'intérêt de croire en Dieu pour un être rationnel. Au moment de partir, l'homme d'Église demande des nouvelles de la famille et s'inquiète de ses moyens financiers :

— Comment faites-vous ? Seule votre fille travaille...

— En effet, et son salaire ne suffit pas. Mais j'ai trouvé de quoi alimenter nos revenus ; je n'étais pas mauvais en chimie, je vais essayer de faire du savon, mais il me faut les ingrédients et...

Le prêtre s'est retourné, a ouvert un petit placard et en a sorti quelques restes de cierges non consumés. Il les lui a tendus :

— Si cela peut vous aider ! Et en plus, ils sont bénis, mon fils ! a-t-il ajouté avec humour.

Madeleine, l'épicière du village, lui a fourni de la térébenthine, du bicarbonate de soude et différents ingrédients. Grâce à ses connaissances, Alexandre fabrique du cirage et de la lessive en poudre qu'il tente de vendre. Les jours où elle ne travaille pas, Lise sillonne la campagne de ferme en ferme sur son vélo, à la recherche d'un poulet ou d'un peu de viande qu'elle échange contre les produits fabriqués par son père. Il est loin le temps des journées colonaises ou parisiennes consacrées à la littérature, des soirées musicales entre amis et des bons repas familiaux cuisinés par Clara ! La parenthèse de l'hiver glacial 40-41 s'est refermée. Alexander vit au présent, exclusivement concentré sur les solutions de survie : nourrir sa famille, trouver un peu d'argent, tenter de rester en vie quoi qu'il arrive. Cela lui évite de penser au passé, à sa famille restée en Allemagne ou dispersée dans le reste du monde, à la *Buchhandlung*, à Hans, mais aussi à ce qui se passe dans la zone occupée. Sa sagesse l'incite à ne pas voir plus loin que la fin de journée qui vient de commencer. Sa faculté d'adaptation et son écoute du monde l'aident à considérer la guerre et l'exil comme un état présent, sans passé ni avenir.

*

L'automne est flamboyant. La campagne offre des tons dorés, jaunes et rouges. Le ciel est sans nuages, l'air paisible et parfumé. À Nantes, un commandant allemand a été assassiné par des résistants communistes. Lise a repris ses cours de dessin au collège de jeunes filles de Marmande, elle fait la route à bicyclette deux fois par semaine. Aujourd'hui, jeudi 13 novembre, elle traîne dans les vignes, grappillant de-ci de-là quelques grains oubliés après les vendanges. Au bourg d'Auriac, elle entre à l'épicerie saluer Madeleine.

— Une lettre pour vous, mademoiselle Lise. Ça vient de Paris…

Madeleine donnerait cher pour connaître les noms des expéditeurs, et sans doute aussi le contenu des courriers. Lise prend la lettre et, joyeuse, annonce à l'épicière satisfaite :

— C'est mon amie Solange !

Les doigts encore poisseux de jus de raisin, elle ouvre l'enveloppe et déplie la feuille de papier. Solange et elle échangent peu mais, malgré les difficultés de la poste et l'éloignement, leur amitié reste intacte. Dès les premiers mots, Lise sait que ce sera une mauvaise nouvelle.

Paris, le 30 octobre 1941

Lise, ma très chère Lise,

Comme tu me manques en ces moments si douloureux ! Comme je voudrais t'avoir auprès de moi et te dire avec ma voix assombrie par les larmes ce que je t'écris ici. Léon a été fusillé. Il est mort le 22 octobre avec 48 de ses camarades. Les Allemands, soutenus par le gouvernement, les ont arrêtés à la suite de l'assassinat d'un commandant allemand à Nantes. Bien sûr, ce n'est pas Léon qui l'a tué, mais les auteurs ont agi sur ordre du Parti communiste clandestin entré en résistance depuis l'invasion de l'URSS par la Wehrmacht. Léon avait rejoint un groupe de Loire-Atlantique où réside sa famille. Ils ont été fusillés à Châteaubriant après un simulacre de procès. Personne n'a rien pu faire. Les Allemands avaient offert une prime de plusieurs millions à qui les dénoncerait. Léon faisait partie de ce réseau, mais sa mission consistait à faire dérailler des trains, pas à tuer un homme de sang-froid.*

Ma tendre Lise, mon chagrin est immense, ma vie s'est arrêtée…

---

* À la suite de l'assassinat, à Nantes, d'un lieutenant-colonel de la Wehrmacht, 48 militants communistes sont fusillés en représailles. Parmi eux, Guy Moquet, un jeune homme de 17 ans.

— Solange ! Léon ! Oh non…, balbutie Lise. Non…

Elle se laisse glisser le long du mur de l'épicerie. La campagne, tout à l'heure si belle et apaisante, lui semble tout à coup grise et malfaisante. La mort vient d'entrer dans sa vie. La mort est à Auriac. Le couple Solange-Léon rit et danse devant ses yeux. « Non, non, non, non », répète-t-elle en sanglots. Tout à coup, elle redevient une petite fille, fragile, peureuse. Elle se recroqueville sur elle-même, la tête appuyée sur ses bras posés sur ses genoux. Redevenir enfant, à Cologne, au chaud, tenir la main de son père et de sa mère, marcher dans les rues animées ; ne pas vivre aujourd'hui, ne pas savoir que Léon est mort, ignorer le chagrin de Solange. Le carillon de l'épicerie lui fait lever la tête.

— Eh bien, Lise, ça ne va pas ?

Madeleine l'aide à se relever.

— Mauvaise nouvelle de ton amie ?

Lise ne peut que hocher la tête. La réalité est là, elle va rentrer au *Couvent* et écrire à Solange. Impossible de lui parler au téléphone, car elle est réfugiée avec sa famille en Savoie et Lise n'a que son adresse.

*

Quelques semaines avant Noël, après une longue conversation sur le sens des religions avec son ami le prêtre de la paroisse, Alexandre attend le car pour rentrer à Auriac. Le froid l'a découragé de parcourir à pied les six kilomètres qu'il fait habituellement avec entrain. Engoncé dans son manteau, les mains dans les poches, il repense à cette conversation. Il a gardé le goût du vin chaud partagé et des paroles de l'homme d'Église.

— Qu'importe le Dieu, l'homme a besoin de croire pour se rassurer sur sa fin. Le mystère, c'est la fin !

Cette parole tourne dans la tête d'Alexandre alors qu'une voiture s'arrête à sa hauteur. Le conducteur cherche la direction de Marmande. Il propose à Alexandre de le déposer au *Couvent*, qui se trouve sur sa route. En chemin, Alexandre parle du savon et du cirage qu'il fabrique. L'homme est intéressé. Il lui propose un stock de toiles cirées colorées contre du savon. Le marché est vite conclu. Quelques minutes plus tard, Clara, occupée à tirer de l'eau à la pompe, voit une voiture s'arrêter devant la grille du jardin. Alexandre en descend, disparaît un instant dans la maison, revient avec un carton de savons qu'il échange contre un sac de toiles cirées, sous le regard interrogateur de sa femme.

Bientôt un atelier de confection de jouets se monte dans une pièce de la maison. Lise en est la principale créatrice. Elle dessine les modèles qu'elle réalise avec Oma. La petite entreprise s'organise : Alexandre confectionne et vend cirage et savon ; Oma et Lise fabriquent des jouets en toile cirée bourrés de kapok qu'il ajoute à ses articles. Pendant ce temps, Clara s'occupe de faire pousser poireaux et pommes de terre. Elle qui aime tant la société sort peu, elle entretient la maison et tente de confectionner des repas. Elle souffre plus que son mari de ce nouveau mode de vie forcé. La famille reconstituée, elle prend conscience que sa vie à Fontenay, et surtout la *Buchhandlung* de Cologne, lui manquent : l'animation de la Librairie et les conversations avec les lecteurs qu'elle connaissait parfois depuis longtemps. Ses journées n'étaient pas celles d'une simple libraire : elle prenait toujours un moment pour échanger avec eux, soit au téléphone, soit lors de leur commande ou de leur passage à sa caisse. Elle s'inquiétait de leur famille, de leur travail. Elle était l'âme souriante de la Librairie, et maintes fois les clients entraient simplement pour la saluer ou lui donner de leurs nouvelles. À Auriac, pas question d'organiser des concerts ni de jouer du piano comme à Fontenay. Avec une ténacité tranquille, Clara a endossé son nouveau rôle. Sans être résignée, elle prend son mal en patience et agit en fonction des évènements et du bien-être des siens. L'important étant qu'ils soient tous à l'abri et réunis.

Le 7 décembre, les États-Unis sont entrés en guerre à la suite de l'attaque japonaise de Pearl Harbor. Les Allemands et les Italiens leur ont, à leur tour, déclaré la guerre ; c'est maintenant un conflit mondial auquel il faut faire face. La Résistance française s'est organisée. Dans tout le pays, des groupes clandestins s'opposent à l'occupant par des sabotages, la distribution de journaux clandestins, l'évasion de prisonniers ou de juifs. Depuis Londres, la BBC* leur envoie des messages codés. Malheureusement, cette lutte armée provoque la répression et nombreux sont les otages torturés et fusillés par la Gestapo et la police française du gouvernement de Pétain. En effet, à l'initiative de François Darlan, ministre de l'Intérieur et vice-président du Conseil, la police, jusque-là municipale, est devenue police d'État. Cette police nationale est aux ordres du ministère de l'Intérieur qui obéit aux diktats de l'occupant. Bien que résidant en zone non occupée, la vie devient plus dangereuse de jour en jour pour les Mendel, comme pour tous les juifs réfugiés et les opposants aux nazis.

---

* British Broadcasting Corporation, radio anglaise.

5

1942 - Le danger se rapproche

Au début de l'année 1942, Lise, sans rien dire à sa famille, a accepté de transporter régulièrement de fausses cartes d'identité confiées par le proviseur du collège de jeunes filles de Marmande à l'intention du maire de Duras. Elle ne sait pas à qui elles sont destinées ; elle les cache dans son cartable dans la couverture d'un livre, et grelotte de peur et de froid en parcourant à la tombée de la nuit la vingtaine de kilomètres qui la séparent d'Auriac.

Un soir du mois de février 1942, elle quitte le collège plus tard que d'ordinaire, car les faux papiers qu'elle doit transporter sont arrivés en retard. Elle prend son trajet habituel par les routes vicinales pour éviter la grande route. Alors qu'elle pédale, courbée sur son guidon pour s'abriter de la bise, elle aperçoit dans la lumière clignotante de son phare de vélo, à une cinquantaine de mètres devant elle, un groupe d'individus près d'un véhicule. Par réflexe, elle se cache dans le fossé avec sa bicyclette. Trois hommes s'invectivent, elle comprend aux mots qui lui parviennent que c'est à propos de la Résistance. Ils en viennent aux mains. L'un d'eux est frappé à la tête et enfourné dans la voiture qui démarre en trombe. Il ne reste qu'une moto, couchée sur la chaussée, et un silence pesant. Lise n'arrive plus à se relever, elle est terrifiée, elle vient de reconnaître la voix de François Villeneuve. Les paroles du domestique entendues au téléphone se superposent à sa vision de juin 40 : « Monsieur François est en Dordogne chez ses grands-parents. » Cette fois ça ne fait plus aucun doute, François Villeneuve est dans la région. Pourvu qu'elle ne le croise pas ! Elle n'a aucune envie de se trouver face à lui ; non seulement elle sait, maintenant, qu'elle ne l'a jamais aimé, mais elle est convaincue que les soupçons de Léon étaient fondés : François fait partie des mouvements d'extrême droite et collabore certainement avec les nazis et le gouvernement de Pétain, preuve en est les mots entendus ce soir sur cette route.

Elle regagne le *Couvent*, toujours tremblante, mais bien décidée à ne rien dire à ses parents. Même le lendemain, quand elle apprend, en se rendant au bourg, que le corps sans vie d'un jeune homme a été retrouvé dans un fossé non loin d'Auriac, elle garde pour elle son aventure nocturne. En parler, parler de François Villeneuve, inquiéterait ses parents. Et puis, ne rien dire, c'est un peu effacer l'évènement. Le déni peut avoir une fonction rassurante.

*

Le printemps 1942 est lourd d'attentes et d'espérances. Charles accompagne Lise en pensée dans toutes les occupations de sa journée. Il vient souvent la visiter alors qu'elle est penchée, l'aiguille à la main, sur un jouet. Elle s'arrête alors pour rêver à ce moment précieux où il a su tenir la guerre à distance, là-haut sur le toit de la maison. Elle revit sa dernière visite, il y a maintenant un an, et sa promesse de revenir. Elle lit et relit les deux cartes qu'il lui a envoyées depuis. Elle entend en écho ses mots sur le bord du chemin, avant son départ : « Quand la guerre sera finie, nous ne nous quitterons plus, je te le promets. » Parfois, l'image de Hans se fond dans celle de Charles, apportant avec elle les souvenirs heureux du temps de leur enfance à Cologne. Que sont devenus leurs amis ? Hans en parlait parfois dans ses lettres. Elle aimait alors repenser aux promenades sur les bords du Rhin à la sortie des cours, aux randonnées dans la montagne, à son cousin Ludwig aujourd'hui prisonnier des nazis et dont on n'a aucune nouvelle. Les visages lui reviennent, les sourires, mais aussi les cris des gamins l'escortant jusqu'à chez elle : «*Judenkind ! Judenkind**!» Toute cette haine qui les a fait partir. En France, elle avait reconstruit une vie sociale avec de nouveaux amis : Solange et Léon, mais aussi Francine, l'amie des vacances en Savoie, et Hélène, sa tendre compagne du camp de Gurs. Plus elle remonte dans ses souvenirs d'amitié, plus elle a l'impression d'avoir quitté sa vie comme on quitte un vêtement. Léon est mort. Et les autres, que sont-ils devenus ? Elle est ici, dans cette campagne isolée, loin des rires entre camarades. Pourquoi le cours de leur jeunesse est-il ainsi détourné ?

Depuis quelques mois, les communications avec l'Allemagne sont interrompues. Elle a bien envoyé des lettres à l'adresse de la *Buchhandlung*, mais sans obtenir de réponse. En avril, ils ont appris le bombardement de Cologne et de plusieurs villes allemandes. Cette

* « Enfants juifs! Enfants juifs! »

annonce a été un choc. Alexandre n'a rien dit, mais sa femme et sa fille ont compris qu'il pensait à Hans et à sa Librairie. Sans doute avait-elle été détruite. L'une et l'autre ont respecté le silence d'Alexandre. « Le passé est passé », a-t-il dit simplement avant de quitter le *Couvent* pour s'isoler dans la campagne le reste de la journée. Lise, depuis cette annonce, vit dans l'angoisse de ne pas savoir ce qu'est devenu Hans.

Un matin du mois de juin, contre toute attente, une courte lettre du jeune homme, partie de Cologne en mars, l'attend chez Madeleine alors qu'elle vient y chercher un peu de farine. Sur le chemin du retour, elle est tellement impatiente qu'elle s'assied sur un talus pour la décacheter. À la lecture des premières lignes, elle pousse un cri et s'effondre en larmes. Ludwig, son cousin adoré, a été fusillé et Martha, sa mère, internée au camp de *Theresienstadt*. Cette lettre a mis plus de trois mois pour arriver ; depuis, sa tante est certainement morte, sans doute fusillée elle aussi. Tout ce qui fait sa force disparaît d'un coup. Lise n'est plus qu'un vide immense. Elle se recroqueville, ramassée sur elle-même, la tête sur les genoux. Les larmes ne coulent plus, ses pensées sont arrêtées. Elle reste ainsi un moment sans pouvoir bouger. Puis, lentement, venue du lointain de son enfance, une chansonnette vient frapper à ses oreilles :

Hänschen klein
Ging allein
In die weite Welt hinein
Stock und Hut
Stehn ihm gut,
*Ist gar wohlgemut**.

Avec une infinie douceur, comme on berce un enfant, Lise fredonne les paroles en se balançant d'avant en arrière. Devant ses yeux, Ludwig et elle, tout-petits, font une ronde dans le jardin d'Oma.

Aber Mutter weinet sehr
Hat ja nun kein Hänschen mehr
Da besinnt sich das Kind,
*Läuft nach Haus geschwind***.

Mais la suite de la chanson reste coincée au fond de sa gorge. Elle étouffe, se lève et, les bras en croix, pousse un hurlement vers le ciel. Les nuages passent,

* « Petit Jeannot / Est allé seul / Dans le vaste monde / Canne et chapeau / Lui vont bien / Il est joyeux. »
** « Mais maman pleure beaucoup / Maintenant qu'elle n'a plus son petit Jeannot / Alors, l'enfant réfléchit. »

indifférents ; le râle des genêts lance son cri ; des bouvreuils se répondent ; un vent frais, chargé des senteurs de l'été naissant, vient la caresser. Peu à peu, le monde autour d'elle reprend sa place.

Elle retombe sur le talus, la lettre dans la main, des larmes chaudes brouillent sa vue. Comment annoncer cela à Alexandre et à Clara ? Comment Alexandre va-t-il supporter la mort de sa sœur ? Ces questions sans réponses déchirent un peu plus son chagrin. C'en est trop ! Trop de ces morts, trop de ces trahisons, trop de cette guerre ! Lise tape du pied et se redresse, ivre de colère. Le monde l'a trahie, l'avenir dont elle rêvait a disparu, il ne reste qu'un chemin de ruine et de haine. Elle range la lettre dans sa poche et remonte sur sa bicyclette. Maintenant, il faut annoncer cela à ses parents.

Ils sont assis à la table de la cuisine, penchés sur un journal étalé devant eux. Lorsque Lise entre dans la pièce, ils lèvent les yeux et comprennent tout de suite qu'il vient de se passer quelque chose de grave. Ils l'interrogent du regard, mais Lise est incapable de parler, de transmettre une telle information avec des mots. Elle tend la lettre de Hans : Clara pousse un cri ; Alexandre se lève en titubant et sort de la pièce. Lise se jette dans les bras de sa mère. Oma a entendu le cri poussé par sa fille. La lettre de Hans est restée sur la table ; la vieille dame en prend connaissance et retourne cacher son chagrin dans la pièce voisine auprès de ses cotons colorés et de son ouvrage de broderie. Elle va agiter ses mains toute la fin de journée pour ne pas penser.

Alexandre est resté absent deux jours. Comme un vieux loup malade, il a dû arpenter la campagne. À son retour, aucune des femmes n'a posé de question. Lise a trompé son chagrin dans le souvenir de Charles dont elle dessine le visage à n'en plus finir, mais sa douleur est difficile à contenir.

6

Juillet 1942 - L'étau se resserre autour des juifs de France

Charles n'a pas donné de nouvelles depuis des mois. Dans sa dernière lettre datée de novembre 41, il était encore à Narbonne. Son contrat de travail avec Louis Gauthier était terminé. Il était en attente d'un passeur pour franchir les Pyrénées. Plus les jours se succèdent et plus Lise prend conscience que sa présence lui manque, son sourire, ses baisers. François Villeneuve a disparu de sa vie ; elle se demande parfois si c'est bien lui qu'elle a aperçu sur la route, un jour d'été 1940. Elle essaie même de se convaincre que ce n'est pas sa voix qu'elle a entendue cette nuit de février.

Sans aucun signe de Charles depuis si longtemps, Lise vit des sentiments contradictoires : a-t-il été arrêté ? Est-il en Espagne ? À Londres ? En prison quelque part ? Ou a-t-il simplement oublié les moments passés ensemble ? Elle se sent terriblement seule. À qui parler ? Elle se confie dans des lettres à Solange, qu'elle déchire pour ne pas lui parler de Charles alors que Léon est mort. *Léon et Charles… Jamais ils ne se connaîtront. Jamais nous ne reconstruirons un groupe d'amis.* Plusieurs fois, elle a écrit à Hélène, à Niort, mais n'a jamais reçu de réponse.

La politique du gouvernement français est de plus en plus dure envers les juifs. Le 29 mai, le port d'une étoile jaune est obligatoire à Paris et dans toute la zone occupée. Si la zone sud en est dispensée, la mention « juif » doit être inscrite sur les cartes d'identité et d'alimentation. Pour les Mendel, cette note n'est pas nécessaire dans la mesure où ils n'ont pas de cartes d'alimentation et où leurs cartes d'identité d'étrangers ne sont plus valables depuis le 14 janvier, et pas question de faire une demande de renouvellement ! Le maire de Duras s'occupe de leur fournir des papiers au nom de Lement, que Lise devrait prochainement réceptionner au collège de Marmande.

L'été est arrivé de bonne heure. La campagne embaume ; les plants de tabac, parvenus à maturité, seront bientôt récoltés ; les vignes commencent à s'alourdir de grappes prometteuses. Pour profiter de la fraîcheur, Lise bouquine souvent jusqu'à la tombée du jour, assise sur le perron du *Couvent*. Ce soir, 14 juillet 1942, la nuit est presque là, mais elle tient absolument à terminer *Mrs Dalloway**. Elle vient de rencontrer Virginia Woolf, morte en 41, et rien ne pourrait interrompre sa lecture. Pourtant, un air d'accordéon lui fait lever la tête. Des rires, une reprise de violon : il y a un bal quelque part. Les jambes de Lise s'agitent, incontrôlables. Elle se lève, abandonnant *Mrs Dalloway* sur la pelouse. Ça vient de Duras ? Lise court prendre sa bicyclette. Elle l'enfourche et s'arrête net. En y allant, ne risque-t-elle pas de mettre ses parents en danger ? On ne sait pas qui elle peut y rencontrer. Clara lui a toujours demandé de ne pas se mêler aux jeunes du pays. « N'oublie pas que nous sommes des réfugiés juifs allemands. Nous sommes tolérés par les villageois, rien de plus. »

Deux semaines auparavant, Lise a appris l'arrestation de Maryse, l'institutrice de Duras. Mme Lyons, la voisine, était en ville ; elle a raconté que la police était entrée dans l'école pour l'arrêter devant ses élèves. Elle était soupçonnée de faits de résistance. Depuis, on ne

* Roman de Virginia Woolf écrit en 1925.

sait plus rien de Maryse. On dit qu'elle aurait été fusillée. Lise a été très choquée, elle s'était liée d'amitié avec la jeune institutrice, elle connaissait tous ses élèves, auxquels, jusqu'au mois de décembre, elle faisait faire du dessin le samedi matin. À l'annonce de cette nouvelle, elle a craint que la police ne vienne l'interroger. En effet, elles avaient souvent été vues ensemble ; un délit de complicité pouvait être invoqué et puis, bien que l'année scolaire soit terminée, elle continuait à transporter de faux papiers entre Marmande et Duras. Pendant plusieurs jours, elle a tremblé sur cette petite route qu'elle n'empruntait pourtant qu'à la nuit tombée. Tout le long du trajet, elle cherchait ce qu'elle pourrait donner comme argument si jamais elle était arrêtée. *Je dirais que je ne savais pas ! Qu'ils ont été mis dans mon sac à mon insu. Mais cela mettra en danger le directeur du collège... ou Monsieur le Maire...* Mais rien ne se passa. Saura-t-on un jour ce qu'est devenue Maryse ? Sur cette triste pensée, Lise retourne vers *Mrs Dalloway*. Il fait nuit maintenant. Pour se consoler, elle monte sur le toit pour écouter en rêvant la musique du bal populaire et danser avec Charles en imagination.

*

Le lendemain, il fait nuit noire, elle rentre de Marmande, son sac à dos plein de tomates et deux fausses cartes d'identité pour Monsieur le Maire roulées dans les poignées de son guidon. C'est la troisième fois qu'elle fait le trajet depuis l'arrestation de Maryse. Elle profite des senteurs de la nuit d'été, du chant du râle des genêts niché au bord du Dropt. Subitement, cette quiétude est déchirée par un bruit de moteur ; une moto la double à toute vitesse. Elle n'a que très rarement croisé un autre véhicule sur cette petite route isolée. Le souvenir de l'assassinat du jeune résistant quelques mois auparavant, la présence probable de François Villeneuve dans la région et l'arrestation récente de Maryse la remplissent d'effroi. Va-t-elle, à son tour, être arrêtée ? En voyant s'éloigner la moto, elle respire. *Voilà ce que c'est de ne pas avoir la conscience tranquille*, se dit-elle. Mais passé le virage, la moto est stationnée au milieu de la chaussée. Un homme lui fait signe de descendre de vélo. Elle tremble tellement que son pied accroche la fourche ; elle se retient au guidon et esquisse un sourire.

— Bonjour ! dit-elle d'une voix la plus assurée possible.

Il est jeune, un regard rieur sous une casquette grise, il porte une chemise ouverte aux manches retroussées.

— Qu'est-ce que vous faites à cette heure-là toute seule sur cette route ?

Avant qu'elle ne trouve une réponse, l'autre homme, qui s'était attardé dans la vigne pour se soulager, vient vers eux. Il est plus âgé, le regard sévère, vêtu d'une veste en toile.

— C'est pas une heure pour se promener, constate-t-il d'une voix rauque. Vous allez où ?

— Je rentre chez moi ! lâche Lise, terrorisée.

— Et c'est où, chez vous ?

En un éclair, elle comprend que si elle donne l'adresse du *Couvent* et qu'ils sont de la police, elle met sa famille en danger. Elle cherche une réponse plausible, mais la peur paralyse son esprit.

— Bah ! Laisse tomber, Jean. En revanche, on va vous escorter jusqu'à la grande route. Ce sera plus prudent...

C'est le jeune qui a parlé. Alors qu'il remonte sur la moto, Lise aperçoit le brassard FTP* sur la manche de celui qui s'appelle Jean. Elle sent ses muscles se détendre. Elle leur sourit.

— Je... je vais à Auriac.

Et sans demander son reste, elle remonte sur sa bicyclette et s'éloigne. Les deux hommes l'accompagnent

* Francs-tireurs et partisans, mouvement de résistance intérieure créé en 1941 par le Parti communiste.

jusqu'au carrefour de la route départementale. Avant de poursuivre leur chemin, le conducteur lui crie :

— Évitez de vous promener toute seule la nuit, Cendrillon. Vous pourriez faire de plus mauvaises rencontres !

— La prochaine fois, je viendrai avec vous ! ajoute le plus jeune.

*

Ce mois de juillet 42 signe une escalade dans la situation des juifs de France : deux jours après le 14 juillet, fête de la Révolution et de la Liberté, la police française, grâce aux « fiches de recensement » effectuées quelques mois plus tôt, arrête les juifs avec un systématisme diabolique. Un matin, en cherchant à joindre M. Bruder, Alexandre apprend qu'il a été arrêté. Sans doute fait-il partie des 13 000 Parisiens parqués au Vélodrome d'Hiver avant d'être expédiés dans les camps de Pithiviers, Beaune-la-Rolande et Drancy, d'où partent les trains pour les chambres à gaz. Alexandre est terrassé. Cela ne s'arrêtera donc jamais ! La terreur s'est emparée du pays, avec son lot de restrictions et de peurs, de délations, de fusillés, de vies brisées.

PARTIE IV

LA TRAQUE REPREND

AOÛT 1942

1

Une mauvaise rencontre

La zone libre n'offre plus de protection, les rafles se succèdent. Par le curé de Duras, Alexandre est au courant de la création d'une sorte de milice, le SOL*, organisation politique et paramilitaire créée en 1941 et constituée de notables pétainistes, anciens combattants, bien décidés à défendre leur patrie contre tout opposant au Maréchal, résistant ou étranger, et particulièrement les juifs. Cette information le renvoie aux rassemblements rencontrés parfois dans Paris avant la guerre. Leur idéologie était inquiétante ;

---

* SOL : Service d'Ordre Légionnaire. Ancêtre de la milice créée en 1943 et dirigée par Joseph Darnand.

elle l'est d'autant plus aujourd'hui. Il se pose la question : que faire ? Où aller ? Depuis huit ans, lui et sa famille courent devant un monstre qui tente de les rattraper à chaque étape de leur vie. Comment fuir devant le cauchemar qui progresse ? À partir du mois d'août, aux actions du SOL vient s'ajouter la coordination par le préfet du Lot-et-Garonne, soutenu par l'occupant, des rafles antisémites dans tout le département.

Un soir d'août 42, des gendarmes français frappent à la porte du *Couvent*.

— Nous venons chercher M. Alexandre Mendel.

— Pour quelle raison ?

— Vérification d'identité. Veuillez nous suivre...

Alexandre titube, se retient au mur. Clara et Lise se précipitent. Elles le portent, quasiment évanoui, jusqu'au fauteuil. Tandis que Clara fait mine de ranimer son mari, qui joue très bien la comédie, Lise s'avance vers l'un des gendarmes. Les yeux dans les yeux, elle lui lance d'un ton ferme :

— Vous n'avez pas honte de venir arrêter un homme âgé et malade ? Vous voulez envoyer un innocent à la mort !

— Vous êtes français et vous travaillez sous les ordres de l'occupant ! poursuit Clara sur le même ton. Nous sommes de meilleurs Français que vous ! Nous, au moins, nous savons de quel côté nous sommes, et ce n'est pas du côté de l'occupant !

C'était un coup de poker risqué, mais il a réussi. Les deux hommes sont abasourdis et repartent sans un mot. Mais l'alerte a été chaude.

*

La semaine suivante, en fin d'après-midi, Lise est à Duras ; elle a remis à Monsieur le Maire un lot de cartes d'identité qui vient du collège. En sortant de la mairie, elle s'apprête à monter sur son vélo lorsqu'une poigne attrape le guidon. Elle lève la tête : François Villeneuve est devant elle, souriant, les yeux plus noirs que jamais. La jeune fille se fige.

— Quelle belle surprise ! Qu'est-ce que tu fais dans le coin ? Tu as l'air en forme ! lance le jeune homme d'un ton charmeur.

Il se penche pour déposer un baiser sur sa joue, mais elle recule d'un mouvement sec.

— Tu n'es pas contente de me revoir, on dirait.

Il lui prend la main et ajoute :

— Je me trompe ?

Lise dégage sa main, essaie de s'asseoir sur la selle et appuie sur la pédale, mais François retient la bicyclette.

— Je t'offre un verre en face, au Café de la mairie. Tu ne peux pas refuser, minaude-t-il. On vient de se retrouver, on a sûrement beaucoup de choses à se raconter !

Ce ton sucré aux accents hypocrites répugne Lise.

— J'ai pas le temps, balbutie-t-elle. Je dois rentrer, il est tard.

La peur l'a envahie. Ce n'est plus le jeune étudiant de Sciences Po qui la faisait rêver, mais un garçon au regard dur, sanglé dans un blouson de cuir. Un éclair lui traverse l'esprit : il a peut-être un revolver sur lui ; celui qui a servi à tuer le jeune homme à la moto. Car maintenant, elle en est certaine, c'est bien François qui était sur la route. Encore une fois elle essaie de partir, mais il lui attrape le bras.

— Tu ne peux pas me refuser ces quelques minutes avec toi !

Dans son regard passe une lueur chargée de violence. Lise prend vraiment peur. La nuit tombe. La rue est déserte.

— Je fais partie de la police, tu sais. Je pourrais te faire arrêter… Après tout, tu es juive !

Il faut lui céder, pense-t-elle. *Peut-être qu'après, il me fichera la paix.*

— D'accord ! On va au café…

— Lise ! Lise ! Ça va ?

Monsieur le Maire s'approche du couple.

— Bon, je te laisse ! lance François en s'éloignant. On boira un verre une autre fois.

— Tu connais ce garçon ? interroge le maire étonné.

Pour toute réponse, Lise hoche la tête. Cette présence inopinée est un immense soulagement. Elle reprend peu à peu ses esprits et surmonte sa peur.

— On met ton vélo dans le coffre, je te ramène, décide-t-il en soulevant la bicyclette. Ce sera plus prudent.

Dans le secret de l'habitacle de la voiture, Monsieur le Maire interroge Lise, qui lui explique comment elle connaît François et la relation qu'ils ont eue.

— Je ne veux pas me mêler de tes affaires, Lise, mais nous avons de graves soupçons sur ce garçon. D'après nos renseignements, il ferait partie du SOL, cette formation proche d'une milice armée qui fait la loi selon ses convictions en exterminant tous ceux qu'elle soupçonne d'être contre l'État. Il est issu d'une famille de notables de Bergerac ; son père, ancien avocat parisien, fait partie des fondateurs de ce groupuscule…

Plus Monsieur le Maire donne de détails, plus Lise comprend qu'elle et sa famille sont en danger. Elle voit défiler le film de ses rendez-vous parisiens avec François, ses réflexions sur les juifs ou la politique, les mises en garde de ses amis, les excuses qu'elle lui donnait pour masquer une réalité qu'elle refusait de voir.

— Éloigne-toi de lui, Lise, autant que tu peux. Pour toi et pour ta famille.

*

Dans la nuit du 21 au 22 août 1942, une mystérieuse Traction Citroën noire vient prévenir la famille Mendel qu'ils vont être arrêtés.

— Vous devez filer ! Restez cachés dans la cabane de vigne de Blanchon. Vous savez où ?

— Oui, oui !

— Prenez le minimum et de quoi vous nourrir un peu. La nuit prochaine, on viendra vous donner de faux papiers. Surtout, ne bougez pas de là !

L'homme leur serre la main.

— Bonne chance !

— Merci, monsieur. Monsieur… ?

En réponse à Alexandre, l'homme lève sa casquette et sourit. Pas de nom.

Cette fois, il faut fuir.

— Lise, tu pars immédiatement avec Oma dans cette cabane. Clara et moi, nous rassemblons quelques affaires pour nous tous et vous rejoignons.

Lise et sa grand-mère prennent un vêtement chaud et quittent la maison. Elles passent la nuit dans ce refuge au milieu des vignes. La journée du lendemain leur paraît très longue. Alexandre et Clara n'arrivent pas. Les cartes d'identité qu'on devait leur porter non plus. Après une nuit d'angoisse, au matin du 23 août, Lise décide de retourner vers le *Couvent*.

— Il a dû se passer quelque chose. J'y vais ! Toi, tu restes là !

— Certainement pas. Je viens avec toi !

Quand sa grand-mère a décidé quelque chose, Lise sait que seul Alexandre a une chance de lui faire changer d'avis, et elle n'a pas le temps de parlementer. Elle passe la tête par la porte : le silence de la campagne est impressionnant. Elles font le chemin jusqu'à Auriac, le cœur serré. Quand elles passent devant l'épicerie, Madeleine les interpelle et les fait entrer dans l'arrière-boutique. Tout en leur servant un café, elle explique :

— La nuit dernière, vers 4 heures du matin, il y a eu une rafle. Tes parents ont été arrêtés. Emmenés en camion, je ne sais où…

Lise sent ses jambes se dérober. Elle se redresse, la tête droite, prête à affronter cette nouvelle épreuve. Oma cache son trouble, elle appuie simplement sa main sur la table, pour ne pas vaciller.

— Faut pas retourner au *Couvent*, Lise. Ils vont revenir…

Lise est incapable de parler. Elle remercie Madeleine d'un hochement de tête et sort, suivie d'Oma. Une fois dehors, elle prend une grande inspiration et annonce, d'une voix déterminée :

— Nous retournons au *Couvent*.

Après avoir fait jurer à Oma de ne pas bouger de l'abri de jardin où elle l'a installée, Lise monte sur son vélo et fonce à Duras. Elle doit voir Monsieur le Maire, tout de suite.

Les nouvelles qu'il lui donne ne sont pas rassurantes :

— D'après mes informations, tes parents, comme d'autres, ont été emmenés au camp de Casseneuil. C'est un camp de rassemblement du département à une soixantaine de kilomètres d'ici. Beaucoup de juifs du Lot-et-Garonne y sont déjà internés.

— Nous sommes en zone libre !

— Oui, mais René Bousquet, le chef de la police, aurait passé un accord avec la police allemande pour livrer un quota de juifs réfugiés dans la zone sud…

Lise est horrifiée.

— Vous êtes sûr ! Comment vous savez ?

— Je sais, Lise.

Lise comprend que Monsieur le Maire ne peut pas

en dire davantage. Après un temps de silence, elle demande d'une voix étranglée :

— Qu'est-ce qu'on peut faire ?

— Mes contacts restent très prudents sur le sujet. On sait seulement que beaucoup de ces internés sont déjà partis vers l'est...

Lise ne le laisse pas terminer sa phrase. Elle sait ce qu'il lui reste à faire. Elle quitte le bureau, décidée à trouver François Villeneuve. Mais qui pourrait la renseigner ? Inutile d'interroger Monsieur le Maire, il la dissuaderait de faire cette démarche. Elle pousse son vélo dans les rues de Duras. Arrivée devant le Café de la paix, elle entre. Trois jeunes gens sont attablés. Elle se dirige vers eux. Les conversations s'arrêtent. Lise sourit aux trois garçons qui ne la quittent pas des yeux.

— Bonjour ! arrive-t-elle à articuler. Je... je cherche un ami, François Villeneuve. Il m'a dit...

Les trois visages s'interrogent.

— Connais pas, dit l'un d'eux.

— Il habite Duras ?

Lise remercie rapidement et sort du café.

Il y a du monde dans les rues. Elle dévisage chaque passant, mais pas de François Villeneuve. Comment faire pour le retrouver ? Il doit circuler dans toute la région. Pourquoi serait-il justement à Duras, aujourd'hui ! Pourtant, lui seul peut l'aider à faire libérer ses parents, elle en est certaine. Arrivée devant le Café de la mairie, elle tente encore. Pas de François Villeneuve, mais deux garçons portant le même blouson de cuir que lui sont attablés dans un coin isolé. Elle va droit vers eux.

— Bonjour. Je cherche François Villeneuve.

— Il a de la chance ! murmure l'un d'eux en la fixant d'un regard concupiscent.

Malgré son dégoût, Lise répète sa question.

— Qu'est-ce que vous lui voulez ? demande le garçon.

— Euh... On avait rendez-vous et...

— Il vous a posé un lapin ! Mais moi je suis là...

Lise a compris, pas la peine d'insister. En dehors de réparties scabreuses, elle n'obtiendra rien de ces deux-là. Cependant, elle est certaine qu'ils connaissent François. Elle s'éloigne de leur table et se dirige vers la porte du café, qui s'ouvre sur François Villeneuve. Il marque un temps et lui sourit.

— Lise ! Quelle bonne surprise !

— Il faut que je te parle, François ! Tout de suite.

— Ouh ! Quel empressement ! Je te manque tellement ou... aurais-tu quelque chose à me demander ?

Quand ils sont sur le trottoir, Lise balbutie :

— J'ai besoin d'un service...

François lui prend la main.

— Viens ! Nous allons trouver un endroit tranquille. J'imagine que cette requête doit être discrète…

François marche vite, tirant Lise par la main. Ils avancent dans les ruelles étroites de plus en plus désertes à mesure qu'ils s'éloignent du cœur de la ville. Tout à coup, François pousse une porte et entraîne la jeune fille dans une sorte de cave voûtée, éclairée par un soupirail. L'endroit ressemble à une grotte sinistre. En un éclair, Lise comprend qu'elle vient de se mettre en danger. Mais il est trop tard et il s'agit de ses parents.

— Ce n'est pas très confortable, mais nous serons tranquilles pour parler. Assieds-toi.

— Tu… tu vis ici ? demande Lise en s'asseyant sur un lit de camp recouvert d'une couverture.

Le jeune homme éclate de rire.

— Oh là, non ! Il me faut du confort, tu me connais. C'est juste une sorte de… pied-à-terre.

Il s'assied à côté d'elle si près qu'elle sent, avec un certain dégoût, l'odeur de son corps contre le sien.

— Alors, de quoi s'agit-il ? Ce service…

À cet instant, Lise prend conscience que François est à l'origine de l'arrestation de ses parents, qu'il sait ce qu'elle va lui demander. La promiscuité du corps du jeune homme et son regard insistant confirment cette intuition. Mais il est trop tard, il faut jouer le tout pour le tout. Peut-être se trompe-t-elle ? Elle compte sur leur amitié passée et, sans le quitter des yeux, explique :

— Mes parents ont été arrêtés. Ils sont au camp de Casseneuil…

— Et tu crois que je peux faire quelque chose ?

Le sourire lubrique de François l'atteint comme une alarme et lui fait instantanément regretter sa démarche.

— Peut-être que…

François passe un bras autour de sa taille et la serre contre lui. Elle sent la chaleur de son souffle dans son cou.

— En effet, je peux peut-être faire quelque chose, mais il va falloir que tu me donnes ce que tu me refuses depuis toujours…

Tandis qu'il parle, la bouche touchant sa peau, la main du jeune homme tente une incursion sous son corsage. Elle la repousse.

— Non François ! Arrête, s'il te plaît…

— Mais chère Lise, tu veux aider tes parents, non ? Donc tu n'as pas le choix !

D'un mouvement brusque il la renverse sur le lit de fortune et se couche sur elle. Lise se débat. Tourne la tête de droite à gauche pour éviter les baisers. Mais le corps du jeune homme est lourd.

— Tu vas te laisser faire ! hurle-t-il en lui assénant une gifle magistrale.

La douleur est tellement forte que Lise a l'impression que sa tête s'est décrochée de son cou. Sa joue n'est qu'une brûlure. François profite de sa légère commotion pour soulever sa jupe et essayer de tirer sur l'élastique de sa culotte. Elle reprend ses esprits et commence à le frapper à coups de poing, mais sa rage ne suffit pas. Il est fort et déterminé.

Il va me violer, pense-t-elle, *et peut-être me tuer et Clara... et Alexandre...* Elle est prête à tout subir s'il y a un infime espoir de sauver ses parents quand elle aperçoit son sac posé à côté d'elle. Dedans se trouvent les clés du *Couvent* : un trousseau important qui compte de longues clés de fer. Elle le saisit d'une main ferme et le jette de toutes ses forces contre la tempe de son agresseur. Le choc et la surprise obligent François à desserrer son étreinte. Lise en profite pour lui donner un coup de genou violent dans les testicules.

François titube. Plié en deux, il se tient le bas-ventre et hurle :

— Salope ! Je te retrouverai !

Mais Lise est déjà dans la ruelle. Malgré son envie de vomir, elle se met à courir aussi vite que la peur et les tremblements le lui permettent. Elle retrouve sa bicyclette et part en direction d'Auriac et du *Couvent*.

2

Camp de Casseneuil

Le camp de Casseneuil, ou camp de la Gare, a été construit pour les réfugiés espagnols. C'est encore un alignement de baraquements surpeuplés : femmes, enfants, jeunes gens, vieillards y attendent le grand départ, à moins d'un miracle...

Le chef de camp est un militaire, et la surveillance extérieure est assurée par un Groupe mobile de réserve*. L'administration est confiée à un personnel civil nommé par le préfet. Clara et Alexandre ont été arrêtés vers 4 heures du matin, alors qu'ils s'apprêtaient à rejoindre Oma et Lise. Ils ont quitté Auriac à bord d'un camion

* Unités paramilitaires créées par le gouvernement de Vichy.

bâché en compagnie d'autres familles juives. Le trajet est long jusqu'à Villeneuve-sur-Lot. Serrés l'un contre l'autre, ils envisagent le pire. *Cette arrestation est celle de trop*, pense Alexandre. *Cette fois, c'est la déportation vers l'Allemagne, la fin.* Clara, de son côté, prie pour que sa fille et sa mère échappent à cette rafle. Car c'est bien d'une rafle dont il s'agit : sur ordre de René Bousquet, le secrétaire général de la police de Vichy, appuyé par le préfet du Lot-et-Garonne, un quota de juifs doit être remis aux autorités d'Occupation, selon un accord signé entre lui et Karl Oberg, responsable des SS en France. Cet accord définit l'organisation de la déportation des juifs français et étrangers installés sur le sol français, tel que Hitler l'avait décidé en 1939 : chaque semaine, 3 000 déportés devront quitter le pays.

Ils sont arrivés tôt dans la matinée, et la journée s'étire sans qu'aucun renseignement sur leur situation ne leur parvienne. Clara et Alexandre sont assis sur des bancs de bois à l'extérieur d'une baraque. Appuyés l'un contre l'autre à ne faire qu'un, ils sont silencieux : chacun garde pour soi l'inquiétude de leur devenir. De temps en temps, Clara interroge son mari du regard en serrant davantage son bras ; il lui répond par un sourire qui se voudrait rassurant, mais elle n'est pas dupe, Alexandre est rongé par l'angoisse. Le couple Mendel sait qu'il est arrivé au bout du chemin, que tout espoir est vain. C'est une soirée de fin d'été. Les platanes qui entourent le camp sont irisés de rouge et de jaune. Quelques feuilles, balancées par un souffle d'air léger, commencent à tomber. Les jeunes se sont regroupés avec, eux aussi, la certitude d'être à la fin de leur vie. Brusquement un chant s'élève parmi eux.

— *Hava Naguila, Hava Naguila, venis'mekha* *...

Tous se lèvent et se mettent à danser une hora** devant les autres détenus. La force qui monte de cette chaîne humaine submerge ces spectateurs inattendus.

— Cette joie, Clara, c'est la certitude que, quoi qu'on leur fasse, les juifs ne seront pas anéantis, affirme Alexandre à l'oreille de sa femme. Ce mouvement spontané de la jeune génération, c'est la preuve que même s'il ne reste qu'un survivant, la vie reprendra ses droits. J'en ai la conviction. Il faut croire en demain...

*

Après une nuit effroyable, les nouveaux détenus sont convoqués les uns après les autres au bureau du chef

---

* « Réjouissons-nous et soyons heureux. » Chant hébreu.
** Danse en cercle ou en ligne où les danseurs se tiennent par la main.

de camp pour étudier leur situation. Alexandre et Clara n'ont aucun papier en règle. Ceux que la mairie de Duras a fait faire n'ont pas eu le temps de leur être transmis. Alexandre a gardé sur lui son passeport périmé sur lequel est inscrit « APATRIDE », ainsi que le récépissé de sa demande de naturalisation daté de 1936. Reçu seul par le commandant du camp, il lui explique son internement au stade de Colombes puis au camp de la Viscose, sa volonté et celle de sa femme de devenir français ; pour preuve de sa bonne foi, il montre les papiers en sa possession. Il parle, parle, d'une voix calme et patiente, son regard bleu ancré dans celui du commandant. Il regrette qu'en tant que bénéficiaire du droit d'asile, il n'ait pu s'engager comme travailleur étranger au service de l'armée française.

— J'avais dépassé la limite d'âge, de peu !

Le commandant l'écoute, sans un mot. Lorsque Alexandre se tait, un long silence suit ses déclarations.

— Vous êtes libres, annonce l'officier. Partez, vous et votre femme. Mais, soyez discrets !

Alexandre sent tous ses muscles se détendre. Il se lève et tend la main au commandant.

— Je vous remercie.

Avant de quitter le bureau, il ajoute, d'une voix ferme et décidée :

— Une chose encore : nous sommes nombreux dans ce camp. Trop, peut-être ! Le quota est certainement atteint. Je demande que d'autres familles soient libérées avec nous.

Le commandant fait un pas vers lui. Ils sont à moins d'un mètre l'un de l'autre, les yeux dans les yeux. Alexandre ne cille pas, il soutient ce regard. Il sait qu'il vient de mettre sa vie et celle de sa femme en danger, mais son éthique personnelle ne peut se satisfaire de leur seule libération.

Le temps s'arrête.

— Je vais faire le nécessaire, finit par répondre l'officier.

Cette fois, c'est lui qui tend la main à Alexandre :

— Que Dieu vous garde, monsieur Mendel.

Quelques heures plus tard, Clara et Alexandre ainsi que 80 détenus sont libérés. Le ton calme et déterminé d'Alexandre a réussi un prodige. Cependant, combien restent dans ce camp qui partiront vers la mort ? Alexandre ne cesse d'y penser dans le car qui les ramène à Auriac.

*

De retour au *Couvent*, il n'est plus question d'y rester. Après le soulagement des retrouvailles, il faut s'organiser.

Les rafles vont se succéder, et Lise sait que François voudra se venger et fera tout ce qui est en son pouvoir pour les faire arrêter. Il n'y a pas de temps à perdre.

— Il faut absolument passer en Espagne, affirme Alexandre. C'était le projet de Charles, il avait raison...

Charles. Où est-il ? À l'évocation de son nom, Lise est prise d'une envie de pleurer, de se lover dans ses bras, de partir avec lui vers un pays de paix. Tête baissée, pour que ses parents ne voient pas son chagrin, elle s'active avec Clara pour préparer quelques bagages. Pas le temps d'écrire à Charles sur le journal qu'elle lui destine dans lequel elle consigne ses journées et lui dessine ses émotions. Il faut agir vite.

La nuit tombe lorsque Monsieur le Maire arrive au volant d'une Traction Citroën noire.

— Il faut partir, tout de suite. Vous devez votre internement à Casseneuil à une dénonciation. Ils ne vous lâcheront pas...

— Mais qui ? demande Clara incrédule.

Lise sent ses jambes se dérober. C'est elle qui est responsable : sa démarche auprès de François, c'est comme si elle les avait dénoncés directement. *Si je n'étais pas allée le trouver...* Elle est prise d'une envie subite de disparaître, de mourir, là, tout de suite.

— Peu importe qui, la dénonciation court dans les

rues comme la peste au Moyen Âge. Retournez dans la cabane de vigne de Blanchon. Dans quelques heures, un membre du réseau viendra vous donner les faux papiers au nom de Lement qu'on attend depuis si longtemps. Puis il vous déposera à la gare de Marmande. Prenez le premier train pour Amélie-les-Bains et Céret où vous vous rendrez à l'Hôtel de la gare. Attendez-là, un passeur viendra vous chercher. Bonne chance !

Après une rapide accolade aux membres de la famille, la Traction démarre et disparaît. Quelques minutes plus tard, sans un regard vers le *Couvent*, son jardin, son potager et les mois d'accalmie qu'ils ont offerts à la famille, les Mendel prennent le chemin des vignes. Jamais ils ne reviendront dans ce bourg qui les a accueillis et où ils ont tenté encore une fois de construire une vie à l'abri de la haine. Clara et Lise auraient souhaité dire au revoir et merci à Madeleine et à Mme Lyons, les compagnes bienveillantes de ces deux années, mais il n'en est pas question. Lise a repris ses esprits : elle pense à tous ceux qui ont été arrêtés, fusillés, assassinés. Sa relation avec François n'a rien à voir avec tout ça. Monsieur le Maire a raison, chacun veut sauver sa vie et pense qu'en dénonçant son voisin, il obtiendra la grâce de la police d'Occupation.

Courbée, sans bruit, la petite troupe avance, cachée par les rangées de ceps.

3

La fuite vers la liberté

Le jour se lève à peine. Alexandre n'a pas dormi de la nuit. Le messager n'est pas passé. L'inquiétude grandit. Et s'il avait été arrêté ? *Monsieur le Maire prend beaucoup de risques pour nous*, pense Alexandre. *Quelle injustice s'ils devaient le payer, lui ou les membres de son réseau. Mais ne ferais-je pas la même chose dans des circonstances identiques ? La liberté est un bien précieux qui mérite qu'on prenne des risques.* Vers 5 heures, il tente un coup d'œil par une ouverture dans le mur de pierre sèche. Dans la brume du jour naissant, il aperçoit une silhouette courbée qui se faufile entre les alignements de ceps. Alexandre n'ose pas se montrer, cet homme peut être à la solde de la police ou du SOL*.

* Service d'Ordre Légionnaire du Lot-et-Garonne auquel appartient François Villeneuve.

Quelques coups discrets frappés à la porte le rassurent. Un autre que ce messager n'aurait pas frappé. Il ouvre.

— Monsieur Lement ?

Alexandre hésite et comprend :

— Oui, c'est moi.

Le jeune homme, coiffé d'une casquette et vêtu d'un blouson d'aviateur, lui tend une enveloppe.

— C'est pour vous. Suivez-moi !

La veille, dans l'isolement de la cabane, il a été convenu qu'Oma resterait à Marmande.

— J'ai une amie professeure au collège de jeunes filles, je sais qu'elle t'hébergera le temps qu'il faut.

— Mais je ne veux pas ! a réagi la vieille dame. Je dois venir avec vous, je peux très bien marcher…

— Si cette femme l'accepte, vous resterez à Marmande, Oma. C'est décidé.

Comme souvent, le ton calme d'Alexandre l'a fait capituler.

Il est 5 heures du matin quand la camionnette Renault Juvaquatre du messager quitte les vignes de Duras en direction de Marmande. À son bord, la famille Mendel part pour un long et dangereux périple. Première étape : Marmande, chez Mme Chevalier, l'amie de Lise. La famille est reçue chaleureusement.

— Votre grand-mère est la bienvenue. Ne vous inquiétez pas, elle sera ici en sécurité le temps qu'il faudra. La chambre de mon fils est libre, et avant qu'il ne revienne du *Stalag**…

Devant le désespoir de cette femme, Alexandre pose une main sur son épaule :

— Il reviendra. Cette guerre aura une fin !

— Merci, monsieur. Prenez soin de vous et de votre famille. Lise, tu dois continuer à dessiner, tu as un vrai talent…

— Merci, madame. Oma brode et raccommode parfaitement. Si vous avez des ouvrages à lui donner, elle ravaude avec art les tissus les plus abîmés ! ajoute Lise.

Puis elle embrasse sa grand-mère. À son tour, Clara prend sa mère dans ses bras. La vieille dame se raidit un peu, elle déteste ce genre d'effusion. Sa fille lui chuchote à l'oreille :

— *Dir wird es hier gut gehen. Wir sehen uns bald wieder. Halt durch****!*

Sa voix tremble. *Reverrai-je ma mère ?* se demande-t-elle. Oma, étrangement, lui rend son baiser.

---

* Camp de prisonniers de guerre non-officiers en Allemagne entre 1940 et 1945. Les officiers étaient dans des *Oflags*.

** « Tu seras bien ici. On se retrouve bientôt. Courage ! »

*

Après Marmande, c'est un long trajet qui les attend ; près de 300 kilomètres. En cette fin août 1942 commence la fuite vers la liberté. Alexandre a 53 ans, les gaz de la guerre de 14 lui ont laissé des séquelles aux poumons. Malgré sa constitution sportive, les efforts physiques le fatiguent vite et les mois passés dans le camp de la Viscose ont épuisé sa santé. Depuis l'exode et les mauvaises conditions de vie, Clara a beaucoup maigri. Une femme mince aux gestes posés a pris la place de la femme un peu forte et joviale. Lise se sent responsable de ses parents et se demande avec inquiétude quand et comment cette épopée, commencée il y a huit ans, va se terminer. Ils sont loin les temps paisibles de Braunsfeld ! Comme une famille banale qui part en vacances, Alexandre et Clara sont assis dans le train en direction d'Amélie-les-Bains. Alexandre somnole ; Clara rêve devant le paysage qu'elle regarde sans le voir ; Lise, restée dans le couloir, passe le trajet à éloigner poliment les avances d'un jeune soldat. Pourtant ce n'est pas une famille banale, et chaque contrôle est une épreuve. Heureusement, les faux papiers semblent efficaces.

En gare de Toulouse, ils doivent changer de train. Un barrage de policiers vérifie les identités pour accéder au quai.

— Suivez-moi, ne dites rien, murmure Alexandre.

Il marche devant, chargé des deux valises. Clara et Lise suivent. Au contrôle, Alexandre sort les papiers glissés dans son portefeuille. Le policier les examine, jette un coup d'œil aux deux femmes et rend les documents à Alexandre avec un hochement de tête pour signifier qu'ils peuvent passer. Les cœurs battent la chamade. Lise échange un rapide sourire de soulagement avec sa mère. Devant elles, la haute stature d'Alexandre avance sans se retourner. Après ce nouveau contrôle, Alexandre décide de chercher un autre moyen pour parvenir à leur destination. Bien qu'on soit encore en zone libre, ici aussi la police française fait du zèle pour satisfaire le gouvernement de collaboration.

— Les gares sont trop surveillées. On va prendre l'autocar, ils sont sans doute moins contrôlés. Ce sera plus long, mais plus sûr ! décide-t-il.

Devant le parvis de la gare de Toulouse, la famille monte dans un car à destination de Carcassonne. Ils devront descendre à Castelnaudary pour prendre la direction de Perpignan. La nuit tombe quand ils arrivent. Ils ont peu d'argent, pas question de payer l'hôtel pour trois personnes. Lise et Clara se souviennent de leur marche de juin 40 et des opportunités qu'elles ont alors trouvées pour dormir et se ravitailler.

— On avance et on trouvera bien une ferme qui nous accueille ou un talus abrité, propose Lise sur un ton de légèreté. On a de la chance : comme en 40, on est en été et il fait beau…

Ses paroles sensées convainquent ses parents. Ils se mettent en route. Alexandre et Lise se relayent pour porter les valises. Ils sortent de la ville. Après une heure de marche sur une route vicinale éclairée par la lune, un véhicule s'arrête à leur hauteur. C'est une camionnette Renault dont le plateau est chargé de cageots de pommes. Dans la lumière des phares, on distingue le conducteur penché à la portière. Sous sa casquette, on devine un homme très jeune.

— Vous allez loin comme ça ? demande-t-il d'un ton jovial.

— Céret ! répond Alexandre sans hésiter.

— Ah ! Et vous comptez arriver quand ? Dans deux mois ?

Sans relever l'ironie, Alexandre demande :

— Vous allez dans quelle direction ?

— Prades. Montez, ça vous rapprochera toujours. Mais je vous préviens je vais rouler une bonne partie de la nuit… et sans m'arrêter. Prades c'est pas loin de 200 bornes!

Quelques minutes plus tard, Clara est installée à l'avant, près du jeune conducteur ; Alexandre et Lise sont assis entre les cageots de pommes. Très vitc, le roulement du camion berce le père et la fille qui s'endorment, tandis que Clara bavarde avec le chauffeur. Vers 4 heures du matin, la camionnette entre dans la cour d'une ferme.

— Je vais dormir un peu avant le déchargement. Je dois repartir juste après, mon père m'attend à Fanjeaux pour terminer la récolte.

Clara s'apprête à descendre.

— Restez là. Essayez de dormir. Je viendrai vous réveiller, conseille le jeune homme. Je demanderai au fermier si y peut vous avancer… On sait jamais!

*

Quand le jour se lève, la famille Mendel est assise dans une bétaillère tirée par un vieux tracteur. Leur compagnon de voyage est un cochon, bien gras et puant. Quarante kilomètres dans ces conditions et à cette vitesse, Clara ne sait pas si elle va tenir, d'autant que le cochon semble l'avoir prise en affection et se frotte continuellement à elle. C'est un grand soulagement quand le tracteur s'arrête à l'entrée d'un village.

— Z'êtes sur la route, annonce le fermier. Suffit de continuer tout droit. Encore une vingtaine de kilomètres et vous y êtes, à Céret.

En guise d'au revoir, il touche son béret d'un doigt et remonte sur son tracteur.

— Au revoir et merci ! crient les Mendel, mais le bruit du moteur couvre leurs voix.

Après des heures de marche sous le soleil, ils atteignent enfin leur destination. Céret est une petite ville au pied du Canigou. La famille se présente à l'hôtel indiqué par la filière de Duras. Cette fois, il faut se reposer et manger, les pommes n'ont pas rassasié les appétits, et les heures qui viennent seront peut-être plus dures encore. On les installe dans la salle de restaurant. Bien qu'il soit midi, ils sont les seuls clients. La patronne les regarde avec suspicion, son mari avec une servilité douteuse. Mais qu'importent les civilités, on leur sert un vrai repas constitué d'une tranche de pâté de campagne, d'un steak-frites et d'un flan aux œufs. Le tout semble dater de plusieurs jours, mais quand la faim commande, on passe sur la fraîcheur ! Puis l'hôtelier leur propose d'attendre dans une pièce attenante à la salle du restaurant. C'est un bric-à-brac de caisses de bouteilles, de chaises et de fauteuils défectueux, de cartons d'épicerie. Au mur, une affiche, qui représente une baguette dorée sur fond de tickets d'alimentation, encourage à économiser le pain en le coupant en tranches fines. À côté, une plaque publicitaire, rouillée d'être restée dehors, annonce : « Saint-Raphaël, apéritif de France ». Alexandre extirpe les fauteuils de derrière ce fourbi et ils s'installent. Très vite, le sommeil et la fatigue les surprennent, ils s'endorment presque instantanément.

Des coups frappés à la porte réveillent Alexandre le premier. Un homme qui dit être le passeur est devant lui : pas très grand mais robuste, le regard fuyant, la barbe de plusieurs jours.

— Vous avez des bagages ? demande-t-il, en fixant les valises posées par terre.

— Deux valises…

— Faut me les confier. Le chemin est rude pour passer la frontière, faut pas vous encombrer.

Il s'empare des bagages et ajoute :

— Je reviendrai dans la soirée.

Bien que cet homme ne leur inspire aucune confiance, ils n'ont pas leur mot à dire et dépendent totalement de lui.

— Il faut faire confiance au réseau de Monsieur le Maire, chuchote Lise en direction de ses parents.

On n'a pas le choix, ajoute-t-elle, peu convaincue de ce qu'elle dit.

Voyant partir le peu de biens qu'ils ont emporté avec eux, Clara a un pressentiment. La porte se referme.

— Aussi bien, il ne reviendra pas…, murmure-t-elle.

Et l'attente commence.

4

La traversée des Pyrénées

Comme prévu, l'homme revient à la nuit tombante. Le gaillard est peu bavard, il fait juste un signe pour qu'on le suive. Rapidement, ils quittent la ville et progressent dans la campagne. Le passeur marche devant, toujours muet. Ils traversent des prairies, franchissent des petits rus, avancent sur des chemins caillouteux dans un silence habité de chants d'oiseaux nocturnes et de quelques bêlements. Alexandre et Clara se tiennent par la main.

Il est 23 heures quand ils s'arrêtent au milieu d'un immense champ qui descend en pente douce. Le passeur se retourne et leur désigne, à quelques centaines de mètres devant eux, une sorte de bâtisse isolée à flanc de montagne. Éclairée par la pleine lune d'une lumière électrique, elle semble une maison hantée.

— Je vous laisse là. Continuez jusqu'à la ferme, on viendra vous y chercher, grogne l'homme en tendant la main pour se faire payer.

Devant le regard interrogatif d'Alexandre, il précise :

— C'est 15 000 francs jusqu'en Espagne.

C'est le prix convenu, Alexandre tend les billets. L'homme les prend et, sans un mot ni un regard, fait demi-tour et rebrousse chemin.

— Allez, en avant ! lance Lise avec autant de conviction qu'elle peut en trouver. Il y aura certainement à manger et à dormir !

La ferme en question est une bergerie misérable. Un berger peu sympathique les attend. Ils le suivent sans un mot vers une sorte de borie en pierre sèche. Arrivés devant, il leur désigne une porte basse qu'ils doivent franchir quasiment à quatre pattes. Alexandre et Clara pénètrent avec difficulté. Quand ils sont tous les trois à l'intérieur, l'homme referme d'un tour de clé. Des ombres remuent à côté d'eux. D'autres candidats à l'évasion par les Pyrénées ? Hélas non, après le voyage en compagnie d'un cochon, ils sont enfermés avec des chèvres ! Pour combien de temps ?

— Il va nous laisser ici ! lance Clara à la limite de la crise de nerfs.

— Nous n'avons pas le choix, il faut faire confiance.

Au ton de son père, Lise devine qu'il maîtrise sa propre angoisse. À tâtons, elle s'approche de ses parents et les prend dans ses bras.

— Dormons ! Au lever du soleil, j'essaierai de sortir par l'ouverture au-dessus de nos têtes, si quelqu'un n'est pas venu nous chercher avant. Et n'oubliez jamais que je vous aime…

Serrés les uns contre les autres, ils tentent de se rassurer. Pourtant, chacun pense la même chose : celui qui vient de les enfermer là peut aussi bien les livrer à la police que leur faire passer la frontière. Alexandre a été obligé de payer d'avance, ils ont donné à peu près tout ce qu'ils possédaient. En les livrant, leur geôlier pourrait se faire payer une seconde fois.

Les heures passent. Enfin, dans les premiers rayons de l'aube, un homme arrive.

— Vous avez l'argent ? demande-t-il d'un ton sec.

— On a payé. 15 000 francs jusqu'à l'Espagne, nous a-t-on dit.

— Si vous voulez voir l'Espagne, c'est 3 000 de plus.

Le peu qu'il leur reste est cousu dans la doublure des vêtements, ils en auront besoin en Espagne, et Alexandre n'est pas disposé à payer une seconde fois.

— Mais nous n'avons plus d'argent. Le prix de 15 000 francs a été fixé de Céret jusqu'à l'Espagne et je…

Tandis qu'Alexandre essaie de parlementer, l'homme avise le diamant de la bague de fiançailles qui brille au doigt de Clara. Il prend sa main et arrache violemment le bijou.

— Ça ira comme ça !

Alexandre veut réagir, mais il ne fait pas le poids et regarde, les larmes aux yeux, disparaître dans la paume du passeur les serments d'amour échangés avec Clara au retour de la guerre de 14.

Le bonhomme parti, l'attente continue. Reviendra-t-il ? Les nerfs sont soumis à rude épreuve. Clara ne dit plus rien, elle est blottie contre son mari. Lise essaie d'éloigner les chèvres qui viennent renifler ses parents. Dans la pénombre, elle laisse couler ses larmes. *Que sommes-nous devenus ?* se demande-t-elle en se frottant les yeux. *Qu'est devenue notre vie ? Survivrons-nous à toutes ces épreuves ?*

La nuit tombée, le fermier revient muni d'une lampe de poche et leur fait signe de le suivre. La pleine lune éclaire le paysage d'une lumière fantomatique, grise, blanche, bleutée. L'homme marche à grandes enjambées sur le sentier abrupt et ne les attend pas. Les Mendel le rattrapent aussi vite qu'ils le peuvent. Il s'agit de ne pas quitter des yeux le faisceau de la lampe de poche qui se balance au bout de son bras :

le perdre de vue, c'est se perdre. Commence alors un trajet d'obstacles éprouvant : il faut sauter des ruisseaux, escalader des rochers, crapahuter sur des sentiers étroits et accidentés. Victime de son essoufflement, Alexandre avance à pas comptés. Lise soutient Clara. L'homme marche sans se soucier de savoir si on peut le suivre. Lise finit par prendre sa mère sur son dos et avance, aussi vite que le lui permet ce poids, le regard attentif au maigre rayon lumineux qui vascille devant elle. Enfin, c'est l'arrivée au col du Perthus. La lune éclaire un panorama magnifique, une vue grandiose sur les Pyrénées : le Canigou, les alpages, les forêts. À leurs pieds, le chemin descend à perte de vue vers la vallée.

L'Espagne, enfin. Nous sommes le 28 août 1942.

PARTIE V

L'ESPAGNE

SEPTEMBRE 1942 - AUTOMNE 1943

1

Septembre 1942 - La garde civile espagnole

Le passeur leur indique une ferme nichée au pied d'une combe et disparaît. Les centaines de mètres qui les en séparent, ajoutées aux kilomètres dans la montagne, sont encore plus éprouvantes, mais elles mènent vers la liberté.

— Ça ira ? interroge Alexandre. Clara, tu pourras marcher jusque-là ?

— Ce n'était qu'un coup de fatigue.

Alexandre prend dans la sienne la main de sa femme.

— Nous serons bientôt en sûreté, murmure-t-il pour l'encourager. Et toi, Lise ?

— Il faut bien aller de l'avant, dit-elle en souriant, parodiant sa grand-mère. Je ferais encore des kilomètres !

Ils se mettent en marche en direction de la ferme. Une vieille femme, qui ne parle que le catalan, les accueille. Elle leur sert une soupe aux fèves et leur permet de rester jusqu'au lever du jour. Allongés sur la paille, serrés les uns contre les autres dans une grange ouverte à tous les vents, les Mendel retrouvent des forces. La route est encore longue.

— Merci, ma fille. Sans toi, j'aurais abandonné.

Cette confidence maternelle chuchotée et le baiser qui la suit renvoient Lise aux soirs de son enfance. Elle s'endort, petite, dans les bras de sa mère.

Au matin, la vieille Catalane leur indique le sentier menant vers la vallée. La consigne donnée par Monsieur le Maire de Duras est de se rendre à la police espagnole et de se déclarer citoyens britanniques ou canadiens. En effet, depuis le début des hostilités, pour des raisons en partie économiques dues à sa situation après cinq années de guerre civile*, l'Espagne est officiellement non belligérante, ce qui implique une « neutralité » qui permet ainsi à des milliers de réfugiés de rejoindre le monde libre en traversant la péninsule ibérique.

---

* L'Espagne n'approuve pas totalement la politique antisémite de l'Allemagne nazie, elle cherche même à rapatrier sur son sol ses ressortissants juifs sépharades.

Après plusieurs heures de marche, ils aperçoivent enfin deux bicornes en toile cirée noire : la Guardia Civil*. Dans une langue mitigée latin-espagnol-italien, Alexandre explique qu'ils sont anglais. Les gendarmes ont-ils compris ? Sans un mot, ils les font monter dans un autobus à la carrosserie cabossée et rouillée, direction Figueras, la ville la plus proche. Le chauffeur roule à tombeau ouvert ; le véhicule saute sur les nids-de-poule, chasse dans les virages. Clara et Lise sont accrochées aux bras d'Alexandre. Il se penche vers elles, un sourire illumine son visage.

— Il ne faut pas lui en vouloir, il n'a pas encore son permis de conduire !

Les deux femmes étouffent un fou rire libérateur.

Arrivés à Figueras, on les fait entrer dans une école désaffectée où d'autres réfugiés patientent déjà : beaucoup de femmes avec des enfants en bas âge et quelques hommes. L'entrée des nouveaux arrivants interrompt les quelques conversations engagées. Un échange de sourires, une connivence d'être dans la même situation d'attente, d'avoir peut-être essuyé les mêmes dangers, accueillent rapidement les Mendel dans cette pièce

* Force de police espagnole de statut militaire.

exiguë et surpeuplée où les odeurs de corps se mêlent à celle de la crasse générale du lieu.

Après quelques heures, la famille Mendel est enfin appelée, et la procédure commence. Ils disent avoir perdu leurs papiers. Après un interrogatoire rapide, dans un anglais à l'accent espagnol, on prend leurs empreintes digitales et le verdict tombe : ils sont tous les trois arrêtés pour passage illégal de la frontière et envoyés en prison. Clara s'effondre ; la prison après ce périple épuisant, elle ne la supportera pas. Alexandre intervient auprès des policiers pour qu'au moins sa femme ait un repas à peu près correct et un moment de repos. Lise écoute son père argumenter dans cette langue mi-anglaise, mi-espagnole, qui semble être parfaitement comprise par des hochements de têtes. En effet, sur le trajet vers leur lieu de détention, les gardiens leur autorisent un arrêt dans un café. Pour quelques instants, ils sont assis au soleil devant un vrai café avec du lait frais, du sucre, et un bocadillo* débordant de jambon et d'œufs en tortilla**. Un en-cas au parfum de paix et de liberté.

---

* Bocadillo : sorte de sandwich.

** Tortilla : omelette.

2

Automne 1942 - La prison de Figueras

La prison de Figueras est une petite bâtisse blanche flanquée de quatre tours crénelées. Alexandre est enfermé avec des prisonniers politiques qui risquent la mort dans cette Espagne franquiste. Clara et Lise sont dans le quartier des femmes avec les prostituées et les détenues de droits communs. La séparation a été difficile, mais l'espoir de retrouver une sécurité, et le courage d'y croire, a permis aux Mendel d'accepter cette nouvelle épreuve. Ils se sont enlacés, embrassés, ont retenu leurs larmes, mais quand la haute stature d'Alexandre a disparu à ses yeux, Clara n'a pu contenir ses sanglots, elle s'est jetée dans les bras de sa fille qui ne valait guère mieux.

Elles partagent leur cellule avec trois autres prisonnières. Les paillasses sont sales, les couloirs puants, la soupe immangeable, même pour des affamées. On y voit flotter des os suspects identifiés par les autres détenues comme des mâchoires de chiens. Quand elle entend ça, Clara décide de ne pas y toucher, mais le lendemain, tenaillée par la faim, elle boit son bol sans rechigner.

— Pense que c'est un bon potage fait par Oma avec les légumes du jardin, lui murmure Lise. Tu verras, ça passera mieux !

Leurs valises ayant disparu avec le passeur de Céret, elles n'ont plus aucun vêtement pour se changer et sont obligées de laver régulièrement ce qu'elles portent dans l'unique lavoir commun. Elles y attrapent des poux de corps qui les démangent continuellement. Pour sécher leur linge, Lise a l'idée de tendre chaque robe entre sa mère et elle, et de déambuler dans la cour de la prison en l'agitant. Elles font cela en sous-vêtements devant les autres femmes qui commencent par rire puis, très vite, trouvant l'idée excellente, se mettent à en faire autant en entonnant une chanson dont Clara et Lise ne comprennent pas les paroles, mais qui semble particulièrement amusante. C'est un cortège étrange qui défile sous le regard abasourdi des geôlières. En dehors de ces moments collectifs, les deux femmes n'ont d'autre horizon que les quatre murs de leur cellule, et comme compagnie trois femmes ne parlant qu'espagnol entre elles et les ignorant totalement. Au début, Lise a bien essayé de communiquer, prête à apprendre quelques mots d'espagnol, mais elle a vite compris que sa présence était indésirable.

— *No sé de donde vienes. No te conozco... Vete**! lui a jeté à la figure avec mépris la plus jeune des trois.

Les jours et les nuits sont rythmés par le cri des veilleurs : « *Alertaaaaaaa!* » qui se répète de donjon en donjon. Peu à peu, le manque de sommeil, la malnutrition et l'inquiétude ont raison des dernières forces de Clara. Elle est de plus en plus faible et ne quitte plus son grabat. Lise obtient qu'un médecin l'examine. Il parle un peu français, et Clara peut enfin expliquer la fuite et la traversée des Pyrénées.

— Et puis, je me fais beaucoup de soucis pour mon mari. Il est interné avec les hommes, nous n'avons aucun moyen de communiquer...

Elle fond en larmes et ajoute :

---

* « Je ne sais pas d'où tu viens. Je ne te connais pas. Casse-toi ! »

— Nous avons déjà été séparés si longtemps... Il était interné par les Français, maintenant ce sont les Espagnols...

L'homme écoute avec bienveillance et la rassure :

— La peur, le danger, le manque de nourriture... Vous avez seulement besoin de vous reposer et de manger. Fatigue physique et psychique, anémie...

— Mais ici, la nourriture..., hasarde Clara.

— Je sais, je sais, mais il faut vous forcer...

Et la noria des longues journées et des nuits bruyantes reprend. Combien de temps s'écoule ainsi ?

*

Cela fera bientôt deux mois que les Mendel sont à la prison de Figueras. Lors de leur arrestation, ils ont demandé que le consulat britannique soit prévenu, mais rien ne se passe. Sans doute les autorités espagnoles n'ont-elles rien fait. Pourtant, un matin de la fin octobre, la gardienne vient chercher Clara et Lise. Elles comprennent qu'elles vont sortir. Tout de suite Clara demande ce qu'il en est pour Alexandre.

— Mon *marido*... sortir... aussi ?

Pour toute réponse, la geôlière les pousse dans une pièce où attend un jeune homme en complet strict. Il vient vers elles, leur serre la main et se présente :

— John Tremblay, je suis envoyé par le consulat britannique à Barcelone*. Nous sommes désolés que vous ayez dû rester si longtemps ici. Il y a seulement trois jours que nous avons été prévenus.

Lise lui sauterait bien au cou, mais se retient et demande :

— Et mon père ? Il est libre, lui aussi ?

En les entraînant vers la sortie, John Tremblay explique dans son meilleur français que le nécessaire est fait, mais qu'Alexandre n'est pas encore libre.

— Bientôt ! *Very soon !*

Il les conduit vers un hôtel de Gérone où elles seront placées en résidence surveillée ; un autre enfermement, heureusement moins sordide. En chemin, Lise explique que leurs valises ont été volées en France par un passeur, qu'elles n'ont aucun vêtement pour se changer.

— Pouvez-vous nous arrêter devant une boutique, s'il vous plaît ?

* Les ambassades américaine et britannique ont fait pression auprès du gouvernement de Franco pour que la frontière demeure ouverte à tous ceux, soldats et civils, peu importe leur nationalité ou situation, qui s'échappent de la zone sous contrôle allemand. Ce qui sera définitivement acquis en avril 1943. Toute personne en situation de réfugié, et/ou apatride, ayant franchi les Pyrénées, est donc accueillie par ces ambassades.

— Mais nous n'avons pas d'argent ! Lise, tu es folle ! l'interrompt Clara.

Le jeune homme sourit.

— C'est le consulat qui paie. Vous êtes sous sa protection, maintenant.

Pendant une demi-heure, la mère et la fille retrouvent les plaisirs futiles d'une vie normale. Le jeune homme attend, patiemment. Lorsque Lise sort de la cabine d'essayage vêtue d'une robe bleue soulignant sa taille, il lui sourit d'un air approbateur. Tandis qu'il paie les achats, elle lui demande discrètement :

— Pourriez-vous aussi nous conduire à une pharmacie ? Après, ce sera tout.

Et elle ajoute avec malice :

— J'imagine que l'hôtel et le consulat nous nourrissent.

Le jeune homme est totalement sous son charme et elle l'a compris. En route vers l'hôtel, elles contemplent le dentifrice et les brosses à dents, luxe suprême, qu'elles viennent d'acheter. Depuis Céret et le vol des valises, elles en ont tellement manqué.

— De quoi aurions-nous encore besoin ? Je crois que c'est le moment, murmure Lise à l'oreille de sa mère. Je rêve d'un gâteau aux fruits dans une pâtisserie…

Trop tard, le chauffeur arrête la voiture devant leur future demeure. Il quitte Lise à regret, ses yeux semblant dire « Je veux vous revoir », mais Lise est bien loin de cela.

— Je compte sur vous pour accélérer la libération de mon père. Tenez-nous vite au courant.

Elle lui tend la main, qu'il prend en rougissant.

L'hôtel de Gérone est simple et familial. Peu à peu, la nourriture, le confort et le calme redonnent force à Clara. Le consulat britannique continue à les tenir informées des démarches destinées à faire libérer Alexandre. Mais les jours se succèdent et les deux femmes s'impatientent.

— Il a subi trop d'épreuves, s'alarme Clara un matin. Il est fort et robuste, mais je crains tout de même pour sa santé. Il a les poumons gazés, il est vite essoufflé... Tu as vu comme il avait du mal dans la montagne ! Et puis, l'éclat d'obus dans sa tête doit le faire souffrir, et avec tous les efforts fournis, il a sûrement des migraines. Comment peut-il aller bien dans de telles conditions ! Oh ! Je voudrais tant être auprès de lui...

Lise essaie de la rassurer :

— Vati est fort, ne t'inquiète pas, il va nous revenir vite !

Clara a les larmes aux yeux, sa voix s'étrangle :

— Et s'il était malade ?

Pour seule réponse, Lise prend sa mère dans ses bras. Elle aussi est inquiète, n'avoir aucune nouvelle de son père est alarmant. Pas un mot de lui, et toujours le même refrain du consulat. Le matin, elle a posté une lettre à Oma, à l'adresse de son amie de Marmande. Elle espère recevoir rapidement une réponse. *Mutti ne parle pas de sa mère, mais un mot de sa part lui fera du bien*, pense-t-elle.

Les semaines passent et l'inquiétude grandit. On est fin 1942. En France, les nazis ont envahi la zone sud le 11 novembre. Si les dangers sont maintenant de l'autre côté de la frontière, les Mendel ne sont pas encore sauvés.

3

Hiver 1942 - L'attente

Les journées sont fraîches, l'hiver arrive. Alexandre est détenu depuis plus de deux mois à la prison de Figueras. Clara et Lise sont toujours dans l'attente. Très vite, et grâce au jeune John Tremblay, elles sont libres de sortir de l'hôtel. Gérone est une jolie cité médiévale de Catalogne traversée par la rivière Onyar. Lise et Clara flânent le long de ses rives, se promènent dans les rues du vieux quartier. Lise fait des croquis ; Clara essaie de s'intéresser aux ruines romaines de la forteresse de la Força Vella, mais rien ne peut la distraire de la situation de son mari. Son impatience grandit de jour en jour. Elles ont vite compris qu'une médiation discrète d'aide aux réfugiés passe par le patron de l'hôtel, en lien avec le consulat britannique et la

Cruz Vermelha, la Croix-Rouge portugaise. Il promet de leur communiquer des informations dès qu'il en a. Un soir, n'y tenant plus, Clara va le trouver :

— Monsieur Alvarez, je vous en prie, faites-nous parvenir au moins une lettre d'Alexandre ! S'il va bien, il peut écrire ! Ce silence est insupportable !

— Il va très bien, mais les prisonniers n'ont pas le droit d'écrire. Nous faisons tout ce qui est en notre pouvoir. Soyez patiente et faites-nous confiance, il sortira bientôt.

Un soir où elles se retrouvent dans leur chambre après une journée pluvieuse durant laquelle Lise semblait particulièrement préoccupée, Clara laisse éclater sa colère :

— Nous sommes là à nous balader dans cette ville comme des touristes désœuvrées alors que Vati est encore en prison ! Combien de temps cela va-t-il durer ? On n'a pas un sou, on dépend totalement des Anglais… Ne rien savoir de Vati est une torture…

Lise pose une main sur son bras pour l'arrêter :

— Écoute-moi, dit-elle d'un ton ferme. Hier, tandis que tu te reposais, je suis allée à la Croix-Rouge. Ils ont un bureau non loin de l'hôtel, c'est M. Alvarez qui me l'a conseillé. J'ai fait envoyer un télégramme à la famille en Amérique.

— À Eva* ?

— Oui, à ma tante Eva. Tu sais qu'en décembre 39, à la mort de Simon, elle a quitté la Palestine pour rejoindre sa fille Emma et son mari Paul à New York.

— Je me rappelle le courrier que nous avions reçu début 36. Emma expliquait qu'ils n'avaient pas pu rester à Berlin, qu'ils avaient finalement émigré au dernier moment…

Elle s'assied sur le lit, le regard dans le vague.

— Je me souviens de cette soirée de réveillon 1933… La dernière fois que nous avons tous été rassemblés…

Elle pose sa main sur celle de sa fille comme pour y trouver un réconfort à cette évocation.

— Chacun cherchait la meilleure solution. Comme nous, Simon et Eva avaient choisi l'exil. Paul affirmait que Hitler ne pourrait rien contre lui. « Je suis un avocat respecté ! » brandissait-il comme un rempart.

Elle sourit à sa fille et ajoute :

— Quelle triste soirée, qui a vu la dispersion de notre famille aux quatre coins du monde… Je ne savais pas que tu avais leur adresse aux États-Unis ?

---

* Voir le prologue du *Libraire de Cologne*, *op. cit.*

— C'est la Croix-Rouge qui l'a retrouvée. Au début, nous échangions un peu avec ma cousine Emma. Tu te souviens ? Et puis…

— Crois-tu qu'ils pourront nous envoyer de l'argent ? demande Clara avec une lueur d'espoir dans la voix.

— Non seulement nous envoyer de l'argent, mais contacter aussi les associations américaines qui aident les réfugiés. L'employée de la Croix-Rouge semble dire que c'est possible.

Un vague sourire se dessine sur les lèvres de Clara : tout n'est pas perdu. Lise n'a pas tout dit. Elle a un autre projet qu'elle veut, pour le moment, tenir secret : celui de faire venir Oma restée à Marmande, maintenant en zone occupée.

4

1943 - Gare de Gérone

L'appel de Lise à sa tante Eva a été entendu. Une somme d'argent arrive bientôt, accompagnée d'un courrier de Paul qui lui conseille de prendre contact avec le délégué de la Croix-Rouge, chargé des internés franco-américains, et avec le responsable des ressortissants français de la province de Gérone.

N'hésite pas à te faire valoir de mon cabinet d'avocats new-yorkais. Donne l'adresse si tu veux. Et secoue un peu les Britanniques !!!

Lise met immédiatement ces consignes à exécution et, par l'intermédiaire de M. Alvarez, obtient de John Tremblay une lettre d'Alexandre rapidement écrite.

— Il a fallu que je donne de l'argent au gardien espagnol, il refusait que votre père communique avec l'extérieur. Je crois que c'est ainsi qu'il augmente son salaire…

Lise pense qu'il aurait pu le faire plus tôt, mais ne dit rien. C'est un bout de papier rapidement griffonné que Clara déplie d'unc main tremblante.

Mon aimée, ne t'inquiète pas, je vais bien. On me dit que la liberté est proche, nous serons bientôt réunis. Prends soin de toi et de Lise. Ton mari. Alexander.

Clara laisse éclater un flot de larmes qui libère la tension accumulée depuis des mois. Elle rit et pleure dans les bras de sa fille qui ne sait plus comment la consoler.

*

Début février 1943, Lise apprend par le délégué de la Croix-Rouge portugaise qu'Alexandre va être libéré, c'est une question de jours. Il devrait arriver prochainement en gare de Gérone. « Je vous recontacterai dès que je connaîtrai la date et l'heure », ajoute la voix dans le téléphone. Trop impatientes et ne faisant plus confiance à personne, les deux femmes décident d'être, tous les jours, à l'arrivée des trains en provenance de Figueras.

Elles viennent donc quotidiennement grelotter sur le quai de la gare dans l'espoir de voir Alexandre descendre d'un train. Mais au fil des jours, plus les trains arrivent, plus l'espoir s'amenuise. On est le 13 février 1943. Il fait un froid de loup. Lise et Clara, bien emmitouflées dans des manteaux donnés par la Croix-Rouge, sont assises sur « leur banc » du quai de la gare de Gérone. Clara a refusé que Lise vienne seule pour attendre l'arrivée hypothétique de son père.

— Tu imagines, s'il ne me voit pas… ?! Dieu sait ce qu'il va croire… Que je suis malade, morte !

Lise capitule ; demander à sa mère d'attendre patiemment à l'hôtel l'arrivée de son mari était une idée folle. Les heures passent. Les trains se succèdent. Il est 18 heures 20, la nuit est tombée, le dernier train en provenance de Figueras est annoncé dans un quart d'heure. Lise se dit qu'une fois de plus elles vont rentrer seules, que Clara fera la courageuse, mais que ses nerfs sont mis à rude épreuve. Quels mots pourra-t-elle trouver pour la réconforter ? Elle-même sent tout espoir l'abandonner, même les pensées les plus douces d'un avenir joyeux aux côtés de Charles n'arrivent pas à lui rendre sa vaillance habituelle. Charles ! Elle n'en a aucune nouvelle. Où est-il ? En France ? Quelque part en Espagne ? En Afrique du Nord ? Pense-t-il à elle ? Est-il vivant ? Elle se sent vieillie, aigrie, usée. Sa jeunesse s'est dissoute dans la guerre et la haine. L'avenir est un mot qui n'a plus aucun sens. Le sifflet d'une locomotive qui entre en gare la sort de ses sombres réflexions. Le convoi s'arrête dans un crissement de freins. Elles se lèvent toutes les deux simultanément. Clara se tient droite, son regard d'aigle scrute les voyageurs. Lise se demande ce qu'elle fait encore sur ce quai où son père n'apparaîtra pas, quand elle aperçoit sa haute stature parmi les hommes et les femmes avançant vers elles.

— Mutti ! Mutti ! Il est là ! hurle-t-elle en tendant le bras dans la direction.

Clara aussi l'a vu. Elles se précipitent vers lui. Et la même scène qu'il y a deux ans se reproduit, car à côté d'Alexandre, il y a Charles, les bras grands ouverts, qui accueille une Lise ivre de joie.

5

Février 1943 - Récit de Charles

Alexandre est accueilli à l'hôtel de Gérone au même titre que sa femme et sa fille, en résidence surveillée. Mais qu'en est-il de Charles ? Lise ne se pose pas la question en le suivant, lovée dans son bras, jusqu'à l'hôtel. Elle profite de sa présence, de la joie immense de l'avoir retrouvé. Son corps est contre le sien et rien d'autre n'est important pour le moment.

Dans le hall les attend John Tremblay. Il vient vers eux, sourire aux lèvres et main tendue :

— La Croix-Rouge m'a prévenu de votre libération. Je suis heureux de vous accueillir et de faire la connaissance de votre fils, ajoute-t-il en serrant la main de Charles sous le regard étonné de Clara et de Lise.

Une heure plus tard, ils sont tous les quatre dans la chambre de Clara et d'Alexandre. Lise et Charles sont assis côte à côte sur le lit ; Clara et Alexandre leur font face, installés sur des chaises qu'ils ont pris soin de rapprocher pour être au plus près l'un de l'autre.

Alexandre explique :

— Quand la porte de ma cellule s'est ouverte et que j'ai vu entrer Charles suivi du geôlier, je n'ai pas réfléchi longtemps ! Je l'ai immédiatement pris dans mes bras, en criant très fort : « Mon fils ! Mon fils ! »

— Du grand théâtre, commente Charles. C'était risqué !

— Chacun est un autre par les temps qui courent, précise Alexandre. Les papiers sont faux, les Français sont britanniques, et notre plus grande chance : les Espagnols ne comprennent pas tous le français… Et puis, je n'ai fait qu'anticiper l'avenir, ajoute-t-il avec un sourire complice à sa fille.

— Mais comment es-tu arrivé en Espagne ? s'impatiente Lise.

— C'est une très longue histoire. J'étais toujours à Narbonne, chez Louis Gauthier. Je cherchais un moyen de traverser les Pyrénées…

Charles raconte et Lise se laisse porter par sa voix. *Qu'importe son récit, il est là*, pense-t-elle. *Je peux le toucher, le regarder. Plus tard, nous aurons le temps ; plus tard, il me racontera. Maintenant, je veux juste profiter d'être avec lui.*

— ... m'annonçait la mort de ma mère, continue Charles. Elle avait succombé à une infection pulmonaire trois semaines plus tôt et n'avait pas voulu qu'on me prévienne qu'elle était malade. Je ne l'avais pas vue depuis octobre 40...

— Je suis désolée, murmure Lise. Ça a dû être très dur pour toi.

Elle passe un bras sous le sien et pose sa tête sur son épaule. Elle aurait voulu le prendre dans ses bras, mais la présence de ses parents la retient. *Perdre sa mère dans ces conditions... je crois que j'en serais morte ! Si Mutti...*

Charles a repris son récit :

— Avec mes papiers français je risquais d'être envoyé en Allemagne au titre du STO*, alors je me suis caché chez Louis. Il m'a redonné un peu de travail, que je faisais clandestinement. Le 20 décembre au soir, j'ai quitté Narbonne par le train, direction Perpignan puis Latour-de-Carol, près de la frontière. J'y suis arrivé vers

* STO : Service du Travail Obligatoire. Recrutement de travailleurs et de jeunes Français imposé par l'Allemagne pour suppléer dans son industrie à la main-d'œuvre partie au front.

5 heures du matin. J'étais tellement heureux d'atteindre les Pyrénées !

Au souvenir de son enthousiasme, Charles sourit et fait de grands gestes avec les mains.

— L'Espagne pour moi c'était la liberté, la possibilité d'entrer dans la Résistance au grand jour. Tant d'espoir ! Le contrôle allemand m'a laissé passer, mais les Français m'ont arrêté. Quand j'ai expliqué que je voulais traverser la frontière, ils m'ont emmené à la gendarmerie, dans le bureau de leur capitaine. Je peux vous dire que je n'en menais pas large !

Devant les yeux de Lise passent les images de cette arrestation : Charles bousculé, fouillé, menotté peut-être. Pendant tout ce temps où elle rêvait à leur avenir, il risquait sa vie. *J'étais bien frivole*, se reproche-t-elle.

Le ton de Charles a changé :

— À mon grand étonnement, le capitaine de la gendarmerie m'a offert spontanément son aide.

— Et tu lui as fait confiance ? s'étonne Lise, revenue à la réalité. Moi, j'aurais hésité…

— Je n'avais pas le choix.

— Vous avez eu du courage, commente Alexandre, et de la chance. Comme la police, les gendarmes sont aux ordres du gouvernement de Vichy, ils doivent appliquer sa politique collaborationniste contre les juifs, les réfractaires au STO, les résistants, et…

— Mais continuez, Charles, insiste Clara.

Il lui sourit et reprend :

— Le commandant de la gendarmerie m'a remis aux mains d'un cheminot qui m'a caché dans un local de la gare. J'y suis resté jusqu'à la nuit tombée, sans manger, sans boire, partagé entre la peur qu'il me fasse arrêter et celle qu'il m'oublie.

Il marque un temps ; l'auditoire attend la suite impatiemment. Lise ne le quitte pas des yeux.

— Il est revenu en fin de journée, avec de la nourriture et accompagné d'un autre homme qui devait me servir de guide moyennant 5 000 francs. Dans la nuit du 21 au 22 décembre, j'ai enfin traversé les Pyrénées, dans la neige et le froid, avec cet homme qui n'a pas desserré les dents pendant toute la marche. Il faisait encore nuit quand il m'a annoncé que la frontière était au bout du chemin et qu'il me laissait là.

Les paroles de Charles s'impriment en filigrane sur les images de fuites vécues par Lise. Elle n'a pas de mal à l'imaginer dans la montagne. *Moi, j'étais avec mes parents, mais lui était seul !*

— Nous étions près de la ville de Puigcerdá, en Catalogne. Je devais continuer à pied, en évitant les routes. Pour ne pas me perdre, il m'a juste conseillé de suivre la ligne de chemin de fer jusqu'à Barcelone. Un peu plus de 100 kilomètres !

— Barcelone ? Mais alors, comment tu es arrivé à Figueras ?

Lise suit maintenant avec attention le récit de son amoureux et réalise les risques qu'il a pris, seul face aux passeurs malhonnêtes. *C'est un héros*, se dit-elle admirative.

— Alors ! Figueras ?

— Sois patiente, Lise, comme je l'ai été en marchant toute la nuit en suivant les rails. Pendant presque 13 heures ! Avant chaque tunnel, il était écrit « *Silbar* », je croyais que c'était le nom d'une ville où j'allais arriver.

— *Silbar* signifie « siffler » en espagnol, intervient Alexandre. C'est l'ordre donné au conducteur des trains qui entrent dans un tunnel.

— Je l'ai appris plus tard ! La journée du 3 décembre touchait à sa fin quand j'ai atteint la gare de Ripoll. Je peux vous dire que je ne savais pas du tout où j'étais, j'avais les pieds en sang et une seule idée en tête : manger et dormir. Évidemment, la Guardia Civil m'a demandé mes papiers. J'ai expliqué que je les avais perdus, que j'étais français et m'appelais Meunier.

Et pendant tout ce temps où il risquait sa vie, j'envisageais toutes les possibilités, même qu'il ne m'aime plus ou qu'il soit mort ! Et le voilà devant moi… Le cœur de Lise est à l'étroit dans sa poitrine, elle a envie de crier, de chanter : *Charles ! Charles est là, vivant, amoureux !*

— Sans aucune explication, ils m'ont fait monter dans une voiture et m'ont conduit à la prison de Figueras…

— Où je vous ai vu entrer dans ma cellule le 24 décembre au matin !

— Resterez-vous ici ? demande Clara.

Lise tourne vers Charles un regard chargé d'inquiétude et d'espoir. *Non, pas repartir, pas déjà !* Tout attentive à sa présence, elle n'avait pas imaginé qu'il puisse repartir. *Encore un départ, encore une séparation…*

— J'ai appris qu'un groupe d'évadés de France va rejoindre l'armée française en formation en Afrique du Nord. Il doit embarquer de Barcelone pour le Maroc le 14 avril et je veux en être.

À l'annonce de la date, Lise ressent ce déchirement qu'elle connaît trop bien. Charles l'a compris, il passe un bras sur ses épaules et la serre contre lui :

— Nous avons encore deux longs mois pour être ensemble…

*

Ce sont des jours de liberté. Lise et Charles se promènent, flânent dans la ville, s'arrêtent boire un verre dans les cafés, entrent dans les pâtisseries pour assouvir enfin les désirs gourmands de Lise. La guerre est devenue un cauchemar lointain. Ils imaginent l'avenir. En France ? En Allemagne ?

— Vivons le présent, propose Charles avec sagesse. Il reste encore du chemin à faire avant de retrouver un monde de paix. La seule certitude est que nous serons ensemble.

*

Pendant ce temps, avec l'aide de la *Cruz Vermelha*, et grâce à sa ténacité et à sa patience, Alexandre obtient la libération des détenus de la prison de Figueras âgés de moins de 18 ans et de plus de 40 ans. Lise l'a mis au courant des démarches qu'elle a effectuées pour faire venir sa grand-mère, et des sommes d'argent envoyées pour cela par la famille des États-Unis. Alexandre fait marcher ses contacts auprès de la Croix-Rouge pour faire avancer le dossier d'Oma.

Un matin, un tout jeune homme se présente à la réception de l'hôtel de Gérone ; il doit avoir à peine 18 ans. Il est accompagné d'Oma ; longue, maigre et droite, enveloppée dans un immense manteau, une toque de laine fixée sur la tête, un petit sac en bandoulière. Clara croit à un miracle, sa joie est immense.

— Mais comment as-tu fait ? Ce trajet ? Les Pyrénées ? demande-t-elle incrédule.

C'est le garçon qui répond :

— Un ami de Marmande nous a conduits jusqu'à la frontière. Il nous a confiés à un passeur qui devait nous faire traverser les Pyrénées. En fait, il nous a laissés à l'entrée d'un sentier en désignant la montagne. « De l'autre côté, c'est l'Espagne », a-t-il simplement dit avant de partir. Sans votre maman, je crois que j'aurais rebroussé chemin. Il faisait tellement froid, la neige, les sentiers invisibles ou gelés. Les sommets qui semblaient faire barrage… Elle m'a pris la main et m'a entraîné…

— Il fallait bien aller de l'avant, l'interrompt Oma. Maintenant, nous sommes là, c'est ce qui compte.

Elle lui tend la main pour lui dire au revoir. Le jeune homme la prend dans ses bras :

— Sans vous, dans ce paysage hostile et glacial, je n'y serais jamais arrivé…

Oma se détache de lui :

— Mais si, mais si !

Avant de partir, il ne peut s'empêcher un dernier commentaire :

— Sans son fichu caractère, je le sais, je ne serais pas là. Merci à votre mère. Adieu.

6

Printemps-Automne 1943 - Barcelone

Un matin, on leur annonce qu'une voiture du consulat vient les chercher pour les emmener à Barcelone. Depuis sa libération, Alexandre est très actif : il collabore au service comptabilité de la Croix-Rouge portugaise et a rejoint l'*American Jewish Joint Distribution Committee**. Sans doute ces activités ont-elles accéléré leur départ.

---

* Organisation américaine de secours aux juifs persécutés. L'*American Jewish Joint Distribution Committee* (*JDC* ou *Joint*) est la plus grande organisation humanitaire juive au monde. Elle est basée à New York. Fondée en 1914, elle est aujourd'hui présente dans plus de 70 pays. L'antenne de Barcelone était dirigée par le portugais Samuel Sequerra, qui y avait ouvert un centre de secours à l'hôtel Bristol.

Trois heures plus tard, une voiture les dépose devant l'hôtel Bristol de Barcelone. Il y a une grande activité dans le hall : des hommes et des femmes, jeunes et moins jeunes, circulent, des dossiers sous le bras, comme au sein d'une entreprise.

— Qu'est-ce qu'il se passe ? Ce n'est pas seulement un hôtel ? demande Clara étonnée.

— Le *Joint Distribution Committee* a ses bureaux ici, lui répond Alexandre. Je serai sur place pour continuer à travailler.

Charles les a suivis. Ils résident maintenant tous les cinq au premier étage de l'hôtel. Alexandre touche un maigre salaire pour ses prestations auprès du *Joint* qui les loge, mais la famille est toujours dans une situation précaire dont l'avenir dépend aussi de l'évolution de la guerre. Alexandre craint que sa belle-mère, malgré sa grande résistance, ne soit un poids dans ces jours encore incertains. Leur périple n'étant pas terminé, il a décidé avec Clara d'envoyer Oma chez leur nièce à New York. Le *Joint* prendra en charge le voyage.

La vieille dame a commencé par refuser, mais quand on lui a parlé d'un voyage en avion, elle a accepté l'aventure.

— Ce sera la première fois ! a-t-elle dit avec une impatience enfantine. Il faut bien...

— … aller de l'avant ! a ajouté Lise en riant.

Nous sommes au printemps 1943. Le 2 février, la Wehrmacht a dû capituler à Stalingrad devant l'Armée rouge, après une bataille qui a duré huit mois et a coûté la vie à plus d'un million de civils et de militaires, allemands et soviétiques. La guerre continue. Les mois qui viennent vont être décisifs et si, pour le moment, Franco est non-belligérant, rien ne dit qu'il ne prendra pas parti devant l'évolution des évènements.

Quelques jours plus tard, en fin de journée, Alexandre rassemble toute la famille :

— Avant le départ d'Oma, je voudrais faire une annonce. Ce matin, Charles m'a demandé la main de Lise. Je la lui ai accordée, bien sûr, mais comme il n'est pas question de vous marier officiellement pour le moment et que Charles doit repartir, je propose de célébrer un mariage dans l'intimité de notre famille.

Lise saute au cou de son père :

— Vati ! Vati ! Je suis tellement heureuse…

Clara vient embrasser sa fille et son gendre. Chacun félicite les futurs époux sous le regard d'Oma qui trouve que ces effusions sont un peu disproportionnées. Mais ne vit-elle pas en ce moment une sorte de tourbillon qui lui fait accepter ce qu'elle n'aurait pas admis quelques années auparavant ? Le temps de

Braunsfeld est définitivement loin et… il faut aller de l'avant !

Le lendemain, avant le départ d'Oma pour l'aéroport de Barcelone, Alexandre célèbre le mariage entre Lise et Charles. Après la formule rituelle à laquelle chacun répond « oui » dans un sourire de bonheur, Alexandre annonce solennellement :

— Charles Meyer, aujourd'hui Charles Meunier, je te confie ma fille bien aimée, Lise. Prends soin d'elle, rends-la heureuse, atténue ses chagrins, que toujours tu sois le compagnon fidèle et aimant. Et toi, Lise, ma fille, sois une épouse aimante, fais de ta vie une œuvre d'art comme tu le fais de tes dessins. Je vous déclare unis par le mariage. Venez m'embrasser…

On est le 11 mars 1943, leurs lendemains de noces seront très courts. Le 14 mars, sous un soleil éclatant, Charles part pour Caldas de Malavella, à 100 kilomètres de Barcelone dans la province de Gérone. Il y rejoint un convoi qui doit le mener à Setùbal au Portugal d'où il embarquera le 3 avril à bord du *Djebel-Aurel* à destination de Casablanca, au Maroc*.

---

* Pays d'Afrique du Nord sous protectorat français jusqu'en 1956.

Les adieux sont difficiles, Lise retient ses larmes, mais son cœur est déchiré ; encore une épreuve, encore une séparation. *Le reverrai-je ?* se demande-t-elle en le voyant s'éloigner.

Le *Djebel-Aurel* accoste le 14 avril à 10 heures du matin. Charles lui écrit quelques mots rapides :

L'arrivée a été grandiose. Au cours d'un discours, le général qui nous a accueillis nous a décerné la médaille des évadés de France. À bord, j'ai pu reprendre ma véritable identité : Charles Meyer, né à Bonn en Allemagne. C'est lui que tu épouseras officiellement, dès la fin de la guerre ! Je t'embrasse tendrement. Je t'aime. Charles

*

À Barcelone, les Mendel ne sont pas les seuls apatrides réfugiés à l'hôtel Bristol. Clara et Lise ont fait la connaissance d'autres familles et notamment d'une jeune mère polonaise, Mme Kovacs, et de son nouveau-né. Elle n'a plus de nouvelles de son mari depuis un an. Réfugié en France, sans papiers, ne pouvant intégrer l'armée française, mais désirant combattre, il n'a eu d'autre choix que de rejoindre la Légion étrangère. Le dernier courrier le situait en Algérie et conseillait à sa femme d'essayer de rejoindre le Maroc. La jeune femme a accouché dans une ferme, au pied des Pyrénées ; un réseau de passeurs l'a déposée un matin devant le poste de police de Figueras. Faible, anémiée, elle a très vite été prise en charge par la Croix-Rouge. Elle est à Barcelone depuis trois mois en attente d'un départ pour l'Afrique du Nord. Clara s'occupe beaucoup d'elle et de sa petite fille Viki. Petra Kovacs est plus jeune que Lise de cinq ans, elle souffre de ne pas être avec sa mère, et Clara prend, avec discrétion, cette place vacante. Lise passe toutes ses journées à faire des croquis du bébé et de sa mère. Elle remplit des pages et des pages de dessins et rêve d'une exposition sur le thème de la renaissance de la vie dans l'exil. Charles a pu envoyer une deuxième carte de Casablanca, disant qu'il était affecté au camp de Mediouna, pour une nouvelle période d'instruction.

Alexandre prend de jour en jour plus de responsabilités au sein de l'organisation humanitaire *American Jewish Joint Distribution Committee.* En s'appuyant sur le réseau international d'aides sociales de cette organisation, et grâce à sa connaissance des langues, il contribue à réunir des familles, juives et non juives, dispersées par la guerre dans le monde entier. Il se dépense sans compter pour le bien-être matériel et moral de tous.

Parallèlement, il multiplie les contacts avec l'ambassade britannique et la Croix-Rouge afin d'obtenir les papiers nécessaires pour que lui et sa famille puissent rejoindre le Maroc.

*

Un jour de l'automne 1943, la *Cruz Vermelha* contacte les Mendel. Un avion pour Casablanca décolle dans l'heure, il n'y a pas une minute à perdre. Ils entassent leurs maigres biens dans une valise et partent pour l'aéroport où ils retrouvent un groupe de quelques personnes dans la même situation. Encadrés par le personnel de la Croix-Rouge, ils passent les contrôles sans problème. Ils n'ont jamais eu l'occasion de faire un voyage en avion ; devant le visage anxieux de sa femme, Alexandre ironise :

— Ce sera un baptême de l'air ! On nous offrira certainement du champagne !

Lorsque le Super Constellation décolle, Clara ne peut retenir ses larmes. Dans le vacarme de cette carlingue vibrante, elle part enfin rejoindre un pays en paix avec son mari et sa fille. Tandis que l'avion s'élève dans le ciel, elle prend la main d'Alexandre. *Dorénavant, plus rien ne pourra nous séparer*, murmure-t-elle.

ÉPILOGUE

Pour la troisième fois, la famille Mendel va devoir faire preuve d'adaptation et d'intégration. La vie au Maroc ne ressemble en rien à ce qu'ils ont connu : la chaleur, la vie à l'extérieur, les larges avenues, la médina, la plage si proche. On y retrouve pourtant comme un parfum de France dans la langue, le nom des rues et les costumes européens qui côtoient les djellabas. Ils ont emménagé dans un nouveau chez-eux : un appartement que leur a trouvé le *Joint* et dans lequel ils se sentent enfin en sécurité. L'Allemagne est ravagée par le nazisme et les bombardements, leur vie allemande leur paraît très loin et reléguée dans un passé révolu. Ils étaient établis en France depuis dix ans, leur espoir est d'y retourner.

Alexandre a été embauché à l'*American Jewish Joint Committee* en qualité de directeur du Centre de réception des réfugiés de Casablanca. Lise peint et vend quelques toiles. Clara aide les femmes seules ou en difficultés. En décembre 1943, lors d'un exercice, Charles a été grièvement blessé. Il est rapatrié à l'hôpital de Casablanca où Lise reste à son chevet jusqu'à son rétablissement, avec la même patience et le même amour que sa mère en 1918, auprès d'Alexandre.

Le 6 juin 1944, les alliés débarquent en Normandie. Le 25 août, Paris est libéré et les Mendel envisagent de rentrer en France. Ils n'ont plus de famille en Allemagne et ce pays leur brûle le cœur.

En août 1945, ils retrouvent la maison de Fontenay-aux-Roses. Elle a été pillée et occupée : de nombreux objets rapatriés de Cologne, souvenirs du patrimoine familial, ont disparu, ainsi que les dessins de Lise, les écrits d'Alexandre et de nombreux livres. *Sans doute brûlés dans les cheminées du voisinage*, pensera Clara avec amertume. Ils emménagent à Saint-Cloud, dans une grande maison. C'est là qu'Alexandre décédera un jour de novembre 1953, à l'âge de 64 ans. Près de dix ans de sa vie lui auront été volés, brisés par des guerres qu'il condamnait et dont les séquelles l'auront handicapé toute son existence. Peu de temps avant lui, Oma s'était éteinte à l'aube de ses 84 ans. Elle était toujours aussi active, mais perdait la tête et avait l'idée fixe qu'il fallait se sauver pour se mettre à l'abri.

Douze ans après leur première demande de naturalisation, le 24 mai 1946, les Mendel deviendront français. Charles, également devenu français, épousera Lise officiellement fin 1946.

Lise apprendra par la presse que François Villeneuve et son père, ainsi que de nombreux membres du SOL, ont été jugés par un tribunal de l'Épuration*, condamnés à mort et exécutés un matin de l'hiver 48. Elle retrouvera Solange, gardera des relations épistolaires avec Francine devenue rédactrice de mode pour un magazine féminin. Elle repensera souvent à cet après-midi ensoleillé à flanc de montagne où elle lui a mis un crayon dans les mains. Elle cherchera longtemps à retrouver la trace d'Hélène Acker, sa compagne du camp de Gurs. Ils apprendront que Monsieur le Maire de Duras a été fusillé par les nazis en 43 pour faits de Résistance. Ce sera un chagrin immense.

Alexandre ne retournera jamais en Allemagne, Clara non plus. Il apprendra avec émotion que Hans a su préserver sa Librairie du nazisme et qu'elle est toujours

---

* À la Libération, nom donné à une « chasse aux sorcières » menée par des foules désireuses de vengeance, qui visait les personnes ayant collaboré avec l'occupant, ou présumées l'avoir fait (exemple le plus connu : les femmes tondues).

ouverte à Cologne, mais il n'aura aucun désir d'y aller. *Nos petits enfants iront à Cologne, ils y chercheront leurs racines… s'ils en ont besoin !*

Lise est la seule qui fera un jour, avec Charles, un voyage en Allemagne. À Cologne, elle retrouvera Hans et la nouvelle Librairie avec un plaisir énorme et beaucoup de nostalgie. La ville ayant été détruite à 80 %, elle y cherchera en vain les lieux de son enfance. Mais comme disait sa grand-mère : « Il faut aller de l'avant ! » Et avec Charles, elle construira une famille française.

Clara affirmera un jour ne jamais avoir senti de terre ferme sous ses pieds à partir de 1933.

*

En 1944, le poète Louis Aragon écrira ce poème pour la Libération de Paris, je lui ai emprunté le titre de ce roman :

Où fait-il bon même au cœur de l'orage
Où fait-il clair même au cœur de la nuit
L'air est alcool et le malheur courage
Carreaux cassés l'espoir encore y luit
Et les chansons montent des murs détruits

Jamais éteint renaissant de la braise
Perpétuel brûlot de la patrie
Du Point-du-Jour jusqu'au Père-Lachaise
Ce doux rosier au mois d'août refleuri
Gens de partout c'est le sang de Paris

Rien n'a l'éclat de Paris dans la poudre
Rien n'est si pur que son front d'insurgé
Rien n'est ni fort ni le feu ni la foudre
Que mon Paris défiant les dangers
Rien n'est si beau que ce Paris que j'ai

Rien ne m'a fait jamais battre le cœur
Rien ne m'a fait ainsi rire et pleurer
Comme ce cri de mon peuple vainqueur
Rien n'est si grand qu'un linceul déchiré
Paris Paris soi-même libéré

Louis Aragon, 1944

MOT DE L'AUTEURE

Comme *Le Libraire de Cologne*, ce roman s'inspire de faits réels vécus par des membres de ma famille, notamment : les demandes de naturalisation reportées de jour en jour ; l'arrestation pour « vérification d'identité » de mon grand-père et de mon père au stade Yves-du-Manoir de Colombes et de ma tante au Vélodrome d'Hiver, puis l'internement dans les camps de la Viscose pour l'un et de Gurs pour l'autre, tandis que mon père s'engageait dans la légion étrangère ; l'exode vers le Sud-Ouest vécu par ma grand-mère, mon arrière-grand-mère et l'une de mes tantes ; l'arrivée à Duras, le village d'Auriac-sur-Dropt et le *Couvent* ; l'arrivée de mon grand-père libéré du camp de la Viscose ; le transport des faux papiers par ma jeune tante ainsi que la fabrication du savon par mon grand-père et celle des jouets en toile cirée par ma tante et mon arrière-grand-mère ; l'arrestation de mes grands-parents et l'internement au camp de Casseneuil ; la fuite vers l'Espagne, le passage des Pyrénées, la prison de Figueras et les retrouvailles sur le quai de la gare de Gérone inspirées des retrouvailles de ma grand-mère et de mon père sur ce même quai, puis Barcelone et Casablanca.

Les récits de Charles correspondent en partie à ce qu'a vécu mon père. Mon grand-père a contribué à faire sortir des détenus de la prison de Figueras et du camp de la Viscose, il a effectivement travaillé pour le *Joint*.

L'histoire d'amour entre Clara et Alexandre est celle de mes grands-parents.

Quant au personnage d'Oma, c'est « exactement » mon arrière-grand-mère !

François Villeneuve et la majorité des autres personnages, ainsi que certains événements sont totalement fictifs.

Je tiens ici tout particulièrement à citer ma tante-Béate, qui a laissé de nombreux écrits auxquels j'ai fait beaucoup d'emprunts, ainsi que sa sœur, ma tante-Anette. Elles ne sont plus là pour me lire mais sans leurs récits, ce roman n'aurait pu exister.

Je remercie Lewam Marchfeld pour toutes les traductions en allemand.

CHRONOLOGIE HISTORIQUE

- **De 1870 au 10 juillet 1940 :** période de la IIIe République fondée sur le Parlementarisme et la Démocratie.
- **9 décembre 1905 :** la **loi « laïcité »** sur la séparation de l'église et de l'état est adoptée en France. La République devient laïque.

1936

En France :

- **3 mai 1936 : élection du Front populaire.** Rassemblement des forces de gauche (socialistes, communistes, radicaux) poussées par le danger des ligues d'extrême droite dans un paysage européen fascisant (Allemagne : Hitler ; Italie : Mussolini ; Espagne : Franco). Réalisation de l'unité syndicale CGT et CGTU (CGTU communiste, CGT socialiste depuis 1921 suite à la scission de la SFIO en PCF et SFIO).

- **6/7 juin 1936 : les Accords de Matignon.** Conventions collectives du travail, relèvement des salaires, reconnaissance de la liberté syndicale, mise en place de délégués ouvriers, deux semaines de congés payés et semaine de quarante heures (au lieu de quarante-huit) sans diminution de salaires.
- **CGT :** Confédération Général du Travail.
- **CGTU :** Confédération Générale du Travail Unitaire.
- **PCF :** Parti Communiste Français.
- **SFIO :** Section Française de l'Internationale Ouvrière.
- **Léon Blum**, dirigeant de la SFIO, est élu chef du gouvernement en juin.

En Espagne :

- **La guerre civile :** conflit qui opposa du 17 juillet 1936 au 1er avril 1939 le gouvernement républicain espagnol du Front populaire à une insurrection militaire et nationaliste dirigée par le général Franco.

1938

- **Avril :** fin du Front populaire remplacé par le gouvernement d'Édouard Daladier.

- **Mars 1938 : *Anschluss*.** Annexion de l'Autriche par l'Allemagne nazie.
- **30 septembre 1938 : les accords de Munich** signés par l'Allemagne, l'Italie, la France et le Royaume-Uni, obligent la Tchécoslovaquie à céder la région des Sudètes au IIIe Reich d'Hitler, poursuivant sa politique de regroupement de toutes les populations d'origine germanique.
- **9 et 10 novembre 1938 : Nuit de Cristal** (*Reichskristallnacht*). Attaque contre les juifs présentée comme une réaction de la population à la suite de l'assassinat, le 7 novembre, de Ernst vom Rath, employé de l'ambassade d'Allemagne à Paris, par un jeune Polonais de confession juive. Cette répression, ordonnée par Hitler, fut orchestrée par Joseph Goebbels.

1939

- **1er septembre :** invasion de la Pologne par l'Allemagne nazie.
- **2 septembre :** France et Royaume-Uni déclarent la guerre à l'Allemagne.
- **3 septembre 1939 au 10 mai 1940 : « Drôle de Guerre ».** Attentisme militaire de chaque côté des frontières du nord de la France.

- **5 septembre :** circulaire gouvernementale donnant ordre aux ressortissants étrangers de moins de 50 ans de se rendre dans un lieu de rassemblement pour vérification d'identité.
- **14 septembre :** nouvelle circulaire concernant tous les hommes d'origine étrangère de 50 à 65 ans.

1940

- **10 mai : bataille de France.** Début de l'invasion allemande du nord de la France via les Pays-Bas, la Belgique et le Luxembourg. Début de la « vraie » guerre.
- **Mai-juin : « Exode ».** Belges, Luxembourgeois, Français fuient les combats et émigrent vers le sud de la France.
- **10 juin :** l'Italie déclare la guerre à la France et à l'Angleterre.
- **14 juin :** la Wehrmacht défile sur les Champs-Élysées.
- **17 juin :** Philippe Pétain, Président du Conseil, demande l'Armistice.
- **Philippe Pétain :** héros de la Première Guerre mondiale ; maréchal de France en 1918 ; ministre de la guerre en 1934 ; ambassadeur en Espagne en 1939 ; vice-président du conseil en mai 1940. Il a 84 ans.

- **18 juin :** depuis Londres, le Général de Gaulle appelle à résister à l'occupant.
- **22 juin :** signature de l'armistice dans le wagon de Rethondes en forêt de Compiègne (là où fut signée la reddition de l'Allemagne en 1918). Il définit les conditions d'occupation de la France, le sort des personnes capturées, la neutralité des forces françaises et un paiement de compensations économiques à l'Allemagne. La France métropolitaine sera coupée en deux par une ligne de démarcation (au nord : zone occupée par l'armée allemande ; au sud : zone libre accueillant le gouvernement).
- **27 juin :** Pierre Laval est nommé vice-président du Conseil.
- **FFL :** Forces Françaises Libres, créées après l'Armistice, sous l'égide du général de Gaulle, elles continuent la lutte contre les troupes de l'Axe (Egypte, Lybie, Érythrée, Syrie) puis en Afrique du Nord sous les ordres des généraux Leclerc, de Larminat, etc.
- **1er juillet :** le gouvernement de Pétain s'installe à Vichy en zone libre.
- **10 juillet :** l'Assemblée nationale vote les pleins pouvoirs constituants au maréchal Pétain.
- Le président de la République Albert Lebrun est « démissionné » de facto : fin de la IIIe République.

- **3 octobre : loi « portant statut des juifs ».** C'est un acte édité par le régime de Vichy qui donne une définition de « la race juive ». Loi mise en pratique durant l'**Occupation**.
- **24 octobre : l'Entrevue de Montoire** (Loir-et-Cher) entre Pétain et Hitler établit officiellement les principes de la collaboration entre la France et l'Allemagne.

1941

- **29 mars :** Vichy crée le **Commissariat Général aux questions juives**. Cet organisme administratif est chargé d'appliquer la politique discriminatoire envers les juifs de France durant l'Occupation.
- **14 mai :** à Paris a lieu la première **rafle de juifs étrangers** organisée par la Préfecture de Police.
- **2 juin :** création d'un nouveau statut spécial pour les juifs, qui leur interdit d'exercer des professions libérales et limite leur accès à l'université. Cette loi prescrit le recensement des juifs de la zone nord sur un fichier qui servira de base aux futures rafles ; sur leur carte d'identité est apposé le tampon « JUIF ».
- **21, 22 et 23 août :** seconde rafle de juifs. 4 232 personnes sont arrêtées puis transférées au **camp de Drancy**.

- **19 octobre :** création de la **police aux questions juives**, PQJ, pour réprimer les délits résultants des législations d'exclusion visant juifs, francs-maçons et communistes.
- **20 octobre :** attentat à Nantes contre un officier allemand, Karl Hotz. En représailles, les Allemands fusillent 48 otages deux jours plus tard à **Châteaubriant.**

1942

- **17 juillet 42 au 2 février 43 : bataille de Stalingrad**, entre les forces de l'URSS et celles du IIIe Reich, pour le contrôle de la ville de Stalingrad. Victoire soviétique, début du repli allemand à l'est.
- **Avril :** les premiers convois de déportés quittent la gare de Compiègne vers les camps de concentrations allemands. Des dizaines suivront jusqu'à 1944.
- **29 mai :** en zone occupée, les **juifs** âgés de plus de six ans devront porter une **étoile jaune** sur leurs vêtements.
- **16** et **17 juillet :** rafle du **Vel' d'hiv**. À **Paris**, 12 884 **juifs** sont arrêtés par la police française et rassemblés au **Vélodrome d'Hiver**.
- **26 août :** rafle des juifs du Lot-et-Garonne internés au camp de la Gare à Casseneuil.

- **8 novembre : opération Torch.** Débarquement allié en Afrique du Nord. Reconquête de l'Italie (chute de Mussolini en juillet 43).
- **11 novembre :** les Allemands envahissent la zone sud, autrement dit la zone libre française.
- **FTP ou FTPF :** Francs-tireurs et Partisans français, créé par le Parti Communiste Français (PCF). En 44, les FTP sont regroupés au sein des FFI.
- **FFC :** Forces Françaises Combattantes, organisation militaire créée par le général de Gaulle et constituée par les agents des réseaux de la France libre dans les zones occupées.

1943

- **16 février :** instauration du **STO**, Service du Travail Obligatoire en Allemagne.
- **1er mars :** suppression de la ligne de démarcation en France.

1944

- **1er juin : FFI, Forces Françaises de l'Intérieur** créées par le Comité de libération national, elles regroupent l'ensemble des unités combattant l'occupant sur le territoire métropolitain.
- **6 juin : « D Day ».** Débarquement allié en Normandie.

- **15 août :** débarquement Alliés en Provence.
- **25 août :** libération de Paris par les alliés.

1945

- **6 mars :** entrée des troupes américaines dans Cologne.
- **30 avril :** suicide d'Hitler.
- **8 mai :** signature de l'Armistice, qui met fin à la Seconde Guerre mondiale.

Situation de l'Espagne pendant la guerre :

L'Espagne sortant de la guerre civile a de grosses difficultés économiques. Pour pouvoir commercer avec les deux camps, Franco se déclare « non belligérant ». Il opte pour une attitude libérale envers les réfugiés et accepte que les juifs traversent le sol espagnol vers une destination définitive. À la fin de la guerre, on estime à 6 000 le nombre de juifs ayant transité par l'Espagne.

QUELQUES PRÉCISIONS

Camp de la Viscose : situé au lieu-dit Saint-Antoine, sur la commune d'Albi, accueille les étrangers « indésirables » et les ressortissants du Reich, dont de nombreux juifs.

« Indésirables » : toute population immigrée (souvent sans papiers ou en demande de régularisation), ou opposée au régime de Vichy ou tombant sous ses lois antisémites – Républicains espagnols et Brigades Internationales (unités de volontaires combattants aux côtés des Républicains) ; nombreuses femmes originaires d'Allemagne et des pays du Reich ; hommes internés pour délits d'opinions (communistes) ; hommes et femmes juifs tombant sous les lois antisémites de Vichy.

Camp de Gurs : ce lieu d'internement administratif créé pour les réfugiés Républicains espagnols accueillera les « indésirables » et autres opposants au régime de Vichy. À partir de 1942, la majorité des internés seront systématiquement déportés vers Auschwitz et exterminés. Au total, près de 65 000 personnes y seront internées.

Camp de Casseneuil : le 26 août 1942 a lieu la rafle des juifs réfugiés en Lot-et-Garonne, ils sont rassemblés au camp de la Gare à Casseneuil puis transférés vers les camps de concentration allemands.

Charles Maurras : journaliste et essayiste, grand théoricien du nationalisme et de l'antisémitisme, figure de proue de l'Action Française, principal mouvement d'extrême droite sous la IIIe république, il est condamné à la réclusion criminelle à perpétuité et à la dégradation nationale à la Libération. Il est gracié en 1952.

Croix Rouge : association internationale d'aide humanitaire qui a pour objectif de venir en aide aux personnes en difficulté tant aux niveaux nationaux qu'aux personnes touchées par un conflit ou une situation de violence armée.

Georges Mandel : ministre d'État français de 1938 à 1940, assassiné par la milice française le 7 juillet 1944.

Joint : l'***American Jewish Joint Distribution Committee*** est la plus grande organisation humanitaire juive au monde. Fondée en 1914, elle aide des communautés juives persécutées dans le monde entier à travers son réseau d'assistance sociale. Elle finance également des projets humanitaires destinés à des communautés non-juives. Basée à New York, elle est aujourd'hui présente dans plus de 70 pays.

L'Action française : journal d'opinion d'extrême droite.

Marie Paradis : la première femme à grimper jusqu'au sommet du mont Blanc.

René Bousquet : secrétaire général de la police française de mai 1942 au 31 décembre 1943. Dans le cadre de la collaboration avec les nazis, il crée et contrôle la **Police nationale** et les **Groupes Mobiles de réserve** (GMR) ancêtres des CRS (Compagnie Républicaine de sécurité).

Oflag : abréviation de ***Offizier-Lager***, camp de travail en Allemagne pour les officiers prisonniers de guerre.

Stalag : abréviation de ***Kriegsgefangenen-Mannschafts-Stammlager*** camp de prisonniers de guerre.

De la même auteure chez ScriNeo

LE LIBRAIRE DE COLOGNE

CATHERINE GANZ-MULLER

Lauréat du Grand Prix du Roman Jeunesse de la Société des Gens de Lettres 2021

Quand l'amour des livres est plus fort que la haine…

Cologne, Allemagne, 1934.

Poussé à l'exil par les lois anti-juives, le libraire Alexander Mendel est obligé de partir vivre en France avec sa famille. Il confie sa Librairie à son jeune employé, Hans Schreiber.

Par fidélité à son mentor et par haine du régime nazi, Hans décide de se battre pour que la Librairie survive dans cette période tragique, malgré les menaces et les bombes.

Le combat d'un libraire, héros d'un pays où règnent la haine et la terreur, qui tente de faire triompher les livres… et la liberté.

Retrouvez aussi
chez ScriNeo

UN ADO NOMMÉ CHURCHILL

SOPHIE DOUDET

Automne 1886. Le jeune Winston étudie au collège d'Harrow près de Londres, loin de ses parents qui ne viennent jamais le voir. Insolent, orgueilleux et néanmoins brillant, l'adolescent ne cherche qu'une chose : la reconnaissance de son père, le grand Randolph Churchill, homme politique célèbre qui le méprise. Pour attirer son attention, Winston multiplie les provocations et les mauvaises plaisanteries, mais rien ne semble fonctionner. Comment alors convaincre celui qu'il admire par-dessus tout qu'il est digne de sa confiance ?

Du collège d'Harrow au poste de Premier ministre, découvrez comment Winston devint Churchill, l'un des plus grands hommes politiques du XXe siècle…

SAUVER MINA

CATHERINE CUENCA

2 août 2014.

L'État islamique envahit la région du Sinjar. Ses habitants, les Yézidis, considérées par les djihadistes comme les adeptes d'une secte satanique, sont contraints de fuir pour échapper à un génocide. Mais la plupart sont capturés : les hommes sont exécutés et les femmes réduites à l'état de *sabaya*, des esclaves sexuelles.

Ce jour-là, Amal, seize ans, et sa demi-sœur Mina, dix-sept ans, voient leur vie basculer. Si Amal réussit à échapper au massacre, Mina, elle, est vendue à l'acheteur le plus offrant. En apprenant le funeste destin de sa sœur, Amal s'engage alors dans une unité de défense composée de femmes pour lutter contre Daech. Son seul but : sauver Mina.

L'histoire bouleversante de deux sœurs prises dans l'enfer de Daech, prêtes à tout pour survivre et se retrouver.

Pour qui meurt Guernica ?

SOPHIE DOUDET

Espagne. Janvier 1937.

La guerre civile fait rage. Alors que les rebelles du général Franco ont conquis une grande partie du pays basque, Maria est envoyée par ses parents dans la petite cité de Guernica, pour l'éloigner du danger. Mais l'Histoire va en décider autrement…

Elle rencontre Tonio, adolescent romantique et poète à ses heures perdues.

Ensemble, ils découvrent la passion, la mort et l'engagement politique. Commence leur errance à travers une Espagne déchirée, où le danger se cache sous bien des rochers.

Entre barbarie et trahison, comment survivre, lorsqu'on a dix-sept ans et ses rêves pour seule arme ?

L'ENFANT D'ORADOUR

RÉGIS DELPEUCH

« Mais je ne suis pas un héros. Je n'ai pas choisi d'être le gosse orphelin de Charly ni le petit rouquin rescapé d'Oradour-sur-Glane, comme on m'appelait là-bas ! Je préfèrerais que personne ne me connaisse ni à Limoges ni ici mais que mes parents, mes sœurs et mon petit frère soient encore vivants. Depuis un an, je pense à eux tous les jours, tout le temps. Et tu sais pourquoi ? Parce que je ne veux pas oublier tous les bons moments avant ce maudit samedi. »

L'histoire vraie de Roger, seul enfant rescapé du massacre d'Oradour-sur-Glane, le 10 juin 1944.

ROSA PARKS, elle a dit NON au racisme.

FLORENCE LAMY

Après sa journée de travail, Rosa, éreintée, monte dans le bus qui la ramènera chez elle. Par chance, elle trouve un siège libre où elle peut s'asseoir.

Mais en ce 1er décembre 1955, rien ne se passera comme d'habitude, car en cours de trajet elle refuse de céder sa place à un homme blanc.

Ce « non » qu'elle prononce entraînera son arrestation et son jugement, mais aussi une révolution dans cette Amérique où l'homme noir est opprimé. Il fera d'elle, simple couturière, épouse discrète et surtout femme, le symbole d'une lutte qu'elle n'imaginait pas.

Une histoire vraie extraordinaire racontée dans un roman sensible et bouleversant.

LE DUEL DES GÉNIES

SOPHIE DOUDET

Italie, 1488.

Jeune homme ambitieux et orgueilleux, Michel-Ange rêve de faire connaître au monde son talent de sculpteur. Après un apprentissage auprès de l'artiste Ghirlandaio à Florence, il devient le protégé de Laurent de Médicis. C'est le début de la gloire qu'il a tant voulu !

Mais à la mort de ce dernier, il est contraint de fuir Florence et son nouveau dirigeant. Il part pour Bologne où il rencontre le peintre le plus en vue du moment : Léonard de Vinci, qui lui propose de partager son atelier. Mais très vite, la jalousie et la rancœur de Michel-Ange sont attisées par Salaï, le jeune et beau disciple de Léonard. L'amitié des deux artistes prend alors un nouveau tournant… Et le désir de Michel-Ange de prouver qu'il est plus talentueux que son rival va le pousser à relever un défi titanesque, qu'il pourrait bien regretter…

Au sommet de leur art, deux génies s'affrontent dans un combat de géants au cœur de la Renaissance italienne.

L'Hôpital des Sorciers

Catherine Cuenca

Saint-Antoine-en-Viennois, 1297.

Poupées enterrées dans le cimetière, serviteurs qui disparaissent et tombes profanées… Depuis quelque temps, la Maison de l'Aumône fait face à d'étranges manifestations !

Lorsqu'Aymon de Montagne, Grand Maître des lieux, est accusé de sorcellerie, le jeune Gabin décide de mener l'enquête.

Convaincu de l'innocence de son mentor, il tente de comprendre ce qui se trame dans l'ombre de l'hôpital…

Il devra composer avec mademoiselle Sybille, la nièce d'Aymon, qui semble détester son oncle, et la jeune servante Ysabeau qui, malgré sa cécité, paraît au courant de bien des secrets… Et si un Mal insidieux rodait vraiment dans les entrailles de l'hôpital, comme les autorités semblent le croire ?

Imprimé en France par Aubin Imprimeur

*Loi n° 49-956 du 16 juillet 1949 sur les publications
destinées à la jeunesse, modifiée par la loi
n° 2011-525 du 17 mai 2011.*

IMPRIM'VERT
Votre imprimeur agit pour l'environnement

PEFC
10-31-1601
Certifié PEFC
pefc-france.org